용의 꼬리를 문 생쥐 3

초판 1쇄 발행 | 2015년 7월 20일
초판 2쇄 발행 | 2017년 6월 30일

지은이 ⓒ 303행성 2015
일러스트 ⓒ Awin 2015

교정교열 | 문보람
편집 | 나비노블
총괄 디자인 | Awin
편집 디자인 | 서유미

펴낸이 | 김혜랑
펴낸곳 | (주)메르헨미디어
등록일자 | 2016년 12월 28일
등록번호 | 제 2016-000253 호
ISBN 979-11-88079-87-2
ISBN 979-11-88079-86-5 (세트)

※ 저자와의 협의 하에 인지를 생략합니다.
※ 본 작품의 모든 구성요소의 저작권은 계약에 따라 각 저작자와 나비노블에 있습니다. 저작권법에 의해 보호를 받는 저작물이므로 무단 전재 및 유포, 스캔, 공유시 법적 제재를 받습니다.
※ 이 도서의 국립중앙도서관 출판시도서목록(CIP)은 서지정보유통지원시스템 홈페이지(http://seoji.nl.go.kr)와 국가자료공동목록시스템(http://www.nl.go.kr/kolisnet)에서 이용하실 수 있습니다. (CIP제어번호: CIP2017014868)

nabinovel@nabinovel.net
http://nabinovel.net

Content_용의 꼬리를 문 생쥐

11. 소유권 주장은 확실하게 ——— 9
12. 첫 경험 ——— 61
13. 황후 간택 ——— 161
외전. 솔레다토르 ——— 281

후기 ——— 319

11. 소유권 주장은 확실하게

 짙은 갈색을 띤 커피콩이 간이 분쇄기 안으로 데구루루 굴러떨어졌다. 누르스름한 생두를 구운 커피콩은 보름쯤 지나면 맛이 크게 변질된다. 그렇다고 또 갓 구운 것은 맛이 없기에, 황제의 주 거처에는 구운 지 하루가 된 커피콩이 주먹 두 개 정도 크기의 하얀 자기 그릇에 담겨 보내져 오곤 했다. 황제의 커피 담당을 하겠다고 나선 이후 생쥐는 그 자기 그릇에 날짜가 적힌 꼬리표를 붙이고 관리했다.
 커피가루를 거르지 않고 바로 물에 넣어 끓이는 달임식 커피는 구운 지 하루에서 이틀 된 커피콩으로 만든다. 드리퍼 종이필터에 커피가루를 넣고 뜨거운 물을 부어 만드는 드립커피는 사흘에서 닷새가량 된 커피콩을 쓴다.

그 기간이 지나면 아까워도 버려야만 했다. 보통은 순수한 커피 그대로 잔에 따랐지만, 와인을 살짝 넣을 때도 있었다.

처음에는 커피를 마냥 쓰기만 한 까만 물이라고 생각한 그녀였지만 나중에는 생각이 조금 달라졌다. 커피 물은 여전히 썼다. 하지만 커피를 넣어 만든 빵이나 과자는 무척 맛있었다.

"아이스크림에 뿌려 먹어도 맛있는데, 케이어스 영감은 태울 줄만 알지 얼릴 줄은 모르거든."

주방에서 들고 온 과자를 테이블 위에 잔뜩 쌓아놓으며 사지예가 말했다.

"너 아이스크림 먹어봤니?"

생쥐는 커피콩 그릇을 정리하며 고개를 저었다.

"그게 뭐예요?"

"그러니까~ 달콤하고 부드러운 눈 같은 거야."

"눈은 싫습니다."

차가운 건 질색이라고 딱 잘라 말하는 생쥐를 사지예가 길쭉한 눈으로 쳐다보았다.

"얘가 솔레다토르처럼 말하네."

생쥐는 날짜를 수정한 자기 그릇을 장식장에 줄지어 세워놓은 뒤 테이블로 다가갔다. 사지예가 얇게 썬 사과를 말려 설탕물로 코팅한 스위츠를 그녀에게 내밀었다.

"이거 맛있더라. 되게 달아."

사지예 말대로 바삭하게 씹히는 데다 무척이나 달콤했다.

생쥐는 사지예 맞은편에 앉아, 주는 것을 야금야금 받아먹으며 고개를 살짝 기울였다.

"그런데요, 솔레다토르는 옛날 황후마마가 아니에요?"

혼례식 준비를 하면서 그렇게 배웠다. 하지만 사지예와 라지예는 황제를 종종 솔레다토르라고 불렀다. 생쥐의 물음에 사지예는 설탕가루가 묻은 손가락으로 제 뺨을 긁적였다.

"으~음, 실수야 실수."

"실수예요?"

"그래. 신경 쓸 필요 없어~."

그렇구나, 하고 고개를 끄덕인 생쥐가 재차 물었다.

"그런데 폐하도 눈 싫어하세요?"

"어. 추운 거 싫어해. 그래서 겨울이면 보통 틀어박혀서 자는데, 황제 노릇 하면 못 그러잖아. 그게 쌓여서 날 추워지면 성질도 더러워진다? 이제 얼마 안 남았네."

어느덧 가을이 무르익다 못해 절반 넘게 흘러 있었다. 색색이 짙은 단풍들이 찬 기운에 떠밀려 우수수 떨어질 날도 머지않은 것이다. 싸늘히 얼어붙은 겨울바람을 떠올리며 생쥐가 몸을 한차례 떨었다.

"저도 추운 거 아주 많이 싫습니다."

거듭 강조하는 말에 사지예가 하하 웃었다.

"그럼 솔레다, 아니 폐하랑 같이 커다란 화로 끼고 방에 콕 박히면 되겠네~. 벽난로에다 장작 잔뜩 던져 넣고 거위 깃털 잔뜩 집어넣은 이불이랑 저어기 북쪽 표범 가죽 둘둘 두르고 있음 하나도 안 추워~."
"벽난로요?"
생쥐의 시선이 휘익, 아직 쓰이지 않고 있는 벽난로를 향해 꽂혔다. 그녀가 일했던 식당에도 큼직한 벽난로가 있었다. 하지만 장작이 아깝다고 겨울 중에서도 아주 추운 날씨가 아니고선 잘 쓰이지 않았다. 그나마 손님이 있을 때면 항상 타오르는 주방 아궁이는 따뜻했지만, 그 곁에 오래 머무를 수는 없었다.
"불 많이 때도 돼요?"
"그러엄. 집 태울 정도만 아니면 괜찮아. 아니, 집 한두 채쯤 태워버려도 문제없어!"
사지예의 허락에 연녹색 두 눈이 번쩍 빛났다.
"겨울까지 살아 있다면 난로에 종일 불 때우겠습니다."
"네가 안 그래도 폐하가 그럴걸. 더울지도 몰라."
"더운 건 괜찮습니다."
추운 것보다는 훨씬 나았다. 생쥐는 양손으로 턱을 괴었다.
"요즘 폐하가 심술이신 것도 곧 추워져서 그런 거였군요."
"응? 뭐가? 뭐가 심술인데?"
생쥐가 볼을 퉁하게 부풀리며 기다렸다는 듯이 빼액 소리쳤다.
"아리에스 언니랑 못 만나게 해요!"
사냥대회가 끝난 뒤로 얼굴을 마주한 것이 한 손에 꼽을 정도였다.

생쥐는 나비궁의 본채에 머무르고 있었고, 아리에스는 별채에 터를 잡았다. 그렇기에 한쪽이 다른 한 쪽을 찾아가야만 만날 수 있다. 하지만 황제가 안전을 핑계로 본채의 출입을 엄격히 제한해버린 것이다.

"폐하께서 허락 안 하시면 만날 수가 없는데, 허락을 받기가 힘들어요! 아침에는 시간이 이르다고 안 되고, 오전이랑 오후에는 일이 바쁘니까 안 되고, 저녁에는 시간이 늦었다고 안 된다시잖아요."

게다가 아리에스 언니와 한 번 같이 잘 수 있게 해준다고 한 약속도 지킬 생각이 없어 보였다. 생쥐는 커다랗게 한숨을 내쉬었다. 그 모습을 쳐다보던 사지예가 입을 열었다.

"그냥 몰래 나가. 왜, 일 때문에 종종 자리 비우잖아."

"……몰래 나가거나 아리에스 언니를 불러오면 문제가 생길 수 있다고 하셨습니다. 별채에 있는 시녀들 때문에요."

별채에는 외부에서 들인 시녀들이 있다. 본채의 청소는 마담 노체가, 식사 준비는 케이어스가, 잔시중이나 일꾼 노릇은 두 요정이 맡고 있지만 그 외에도 일은 많았다. 별채의 관리와 각종 세탁, 귀족 영애인 아리에스의 시중 등을 위한 시녀들을 적으나마 둘 수밖에 없던 까닭이다. 그리고 그 시녀들의 눈과 귀는 조심할 필요가 있었다.

시녀들이 황태후와 연관되지 않도록 협박은 해두었으나 아예 입을 틀어막은 것은 아니다. 즉, 별채에서 있었던 일들이 소곤소곤 바깥으로 흘러나갈 수도 있는 것이다.

"특히 아리에스 언니가 본채에 자주 드나들면 안 좋은 소문이 날 수도 있다고 말했어요."

"안 좋은 소문이 뭔데?"

생쥐가 고개를 도리도리 저었다.

"자세히는 말씀해주지 않으셨습니다."

"그럼 솔레다토르가 거짓말하는 거 아냐?"

"거짓말이요?"

"그래~ 거짓말. 사실 별문제 없는데 괜히 왔다 갔다 하면 귀찮아서 그러는 거지!"

사지예는 확신에 찬 표정으로 자리에서 벌떡 일어났다.

"몰래 가자! 데려다줄게~."

"하지만……."

"괜찮아, 괜찮아~. 신경 쓰이면 시녀들 피해서 가면 되지 뭐. 내가 시녀들 모아다 쓸데없는 일 시켜놓을 테니까 그 틈에 몰래 아리에스 방에 들어가는 거야!"

구체적인 계획에 생쥐의 귀가 솔깃해졌다. 시녀들의 눈이 걱정이라는 것은 결국, 그녀들에게 들키지만 않으면 아무 문제 없다는 뜻이다. 생쥐는 두근거리는 심장으로 사지예를 올려다보았다.

"정말로 괜찮을까요?"

"당연하지! 슬쩍 갔다 와서 입 딱 다물고 있음 제아무리 솔레다토르래도 절대 모를걸~. 케이어스 영감은 눈치챌 수도 있겠지만…… 비밀로 해달라면 들어줄 거야, 아마……?"

마지막 말이 살짝 불안하긴 했지만 생쥐는 고개를 끄덕이며 일어섰다. 언니를 보고 싶다는 마음이, 들킬 수도 있다는 걱정보다 더 컸기 때문이다.

 "그런데요, 혹시 폐하께서 아시면 많이 화내실까요?"

 "화까진 안 낼걸? 그냥 인상 찌푸리고 혀 좀 차고 말겠지. 위험한 일도 아닌데 뭐, 화 안 내~."

 "그럼 가요. 가고 싶어요!"

 들킬 가능성도 낮고, 설령 들킨다 해도 별문제 없다는데 망설일 필요가 무어 있을까. 사지예가 먼저 통통 뛰는 걸음으로 앞장서고 생쥐가 그 뒤를 쪼르르 따라붙었다.

 "내가 먼저 별채로 들어가서 시녀들을 전부 불러 모을게. 으음, 어떻게 붙잡아두지? 귀찮으니까 그냥 전부 잠재워버릴까. 그래! 영감한테 가서 수면제 넣은 과자 만들어 달래자."

 "수면제요?"

 "응. 먹으면 한 서너 시간쯤 잠드는 걸로~."

 사지예의 설명에 생쥐가 태연히 고개를 끄덕거렸다. 온건한 방법이라곤 할 수 없었지만, 차갑다 못해 폭력적인 환경에서 살아온 그녀에게는 수면제 먹이는 것 정도야 아무렇지 않게 느껴졌다. 죽는 것도, 어디 이상이 생기는 것도 아닌 그냥 잠깐 잠드는 것일 뿐이니까.

 "주방에 들르는 김에 우리 먹을 과자도 챙겨 가자."

 "네!"

달콤한 것도 새콤한 것도 부드럽게 촉촉하거나 바삭바삭 부스러지고, 과일과 꿀, 초콜릿과 설탕, 각종 견과류가 들어간 것 등 뭐든지 다 있었다. 한 손에는 과자 트레이를, 다른 한 손에는 커다란 초콜릿 케이크를. 마지막으로 특제 수면제가 들어간 쿠키 접시를 챙긴 두 사람은 즐거이 별채로 향했다.

배꽃처럼 흰 손끝이 책장에 꽂힌 책등을 느리게 쓸어내렸다. 아리에스는 가느다란 눈웃음을 머금은 채 의자에 앉아 있는 이카르를 돌아보았다.

"그러니까 말이에요, 더 날이 추워지기 전에 한번 내려가 보는 게 어떨까 싶답니다."

"하지만……."

"고민할 필요 없지 않나요. 그냥 인사만 드리는 것일 뿐인걸요."

이제는 생쥐의 일도 나름 안정적이 되었다.

최소한 이곳 후궁전에서 황제의 보호 아래 머무는 한, 목숨 걱정은 하지 않아도 되는 것이다. 물론 아직 황태후는 건재하고 언제 또다시 시비를 걸어올지 알 수 없었지만, 생명이 오락가락하는 사태는 면하였다.

그러니까 이제는 내 앞가림도 좀 해놓자, 하고 생각하며 아리에스가 생긋 미소 지었다. 신호가 온 낚싯대를 성급히 끌어당겼다간 바늘이 툭 하고 빠져버리겠지만, 언제까지고 손 놓고 기다릴 수는 없는 노릇이다. 적당히 낚싯대를 움직여 물고기의 힘을 빼놓는 것이 올바른 순서. 아리에스는 책장에서 물러나 이카르 곁으로 다가갔다.

"꼭 약혼 문제 때문만은 아니에요. 이카르 경도 아시겠지만, 그때 일 탓에 서둘러 입궁하느라 아버지께 제대로 인사도 못 드렸답니다. 동생 일이 어느 정도 마무리가 되었으니, 그것도 알려드릴 겸 찾아뵈어야지요."

 틀린 말은 아니었다. 진실이야 어찌 되었든 생쥐는 여전히 라린 살타토르, 살타토르 백작의 딸이었으니.

"그래도, 역시 제가 동행하는 것은 좋지 않다고 생각합니다."

 이카르는 곤혹이 어린 목소리로 말했다.

"폐하께는 그렇게 말씀드렸지만, 어떻게 될지 모르는 일에 백작님까지 끌어들이는 것은……."

"걱정 마세요. 아버지께는 사실대로 설명해드릴 테니까요."

 아리에스가 상냥한 어조로 설명했다.

"폐하께 결혼하겠다고 호언장담을 해놓았는데 저 혼자 처가로 내려가는 건 역시 모양새가 이상하잖아요? 이카르 경이 동행하지 않는다면 틀림없이 수상하게 여기실 거예요."

"그건, 그렇습니다만."

"부담 갖지 말고 며칠 휴가 간다고 생각하세요."

어르고 달래도 이카르의 안색은 여전히 어두침침했다. 아리에스는 더 이상 그를 몰아세우지 않고 옅게 쓴 미소를 지었다. 꼬리를 빼며 고집을 피워댄다 한들 결국은 함께 가게 될 것이다. 그러니 쓸데없이 너무 괴롭힐 필요는 없었지만.

'계속 벽을 세워대니 찌르고 싶어진단 말이야.'

도망치는 토끼를 쫓는 사냥개의 본능과 비슷했다. 그뿐만 아니라 자꾸만 움츠러드는 이카르의 태도에 욱하는 감정도 없잖아 있었다. 어리고 예쁜 자신을 눈앞에 두고 무시무시한 마녀라도 맞닥뜨린 듯이 굴고 있으니, 솔직히 기분이 상하지 않을 수가 없었던 것이다. 외모에 자신이 있는 아리에스였기에 더욱 자존심에 금이 갔다. 어느 모로 봐도 과분하게 좋은 여자인데 감사히 덥석 받아들이기는커녕 슬금슬금 피하는 꼴이라니!

아리에스는 부글부글 끓어오르는 속을 애써 진정시키며 이카르를 향해 한쪽 손을 내밀었다.

"약간 피곤해졌어요."

방으로 돌아가고 싶으니 에스코트해달라는 뜻을 품은 말에 이카르가 자리에서 일어났다. 예전과 달리 이런 식의 에두른 말에도 곧잘 반응하는 것을 보면 길들인 보람이 없지는 않았다. 이카르는 아리에스의 손을 가볍게 잡으며 그녀 옆에 섰다. 목발까지는 필요 없었지만 다리는 아직도 약간 절룩거렸다.

"침실까지 모셔다 드리겠습니다."

"부탁드려요."

아리에스는 눈가를 부드러이 휘며 곁의 남자를 올려다보았다.

"어머, 생쥐야."

아리에스의 부름에 침실 문 앞을 기웃거리고 있던 생쥐가 얼른 고개를 돌렸다. 그립던 언니의 모습이 두 눈 가득 들어옴과 동시에 얼굴 위로 화사한 웃음꽃이 피어났다. 생쥐는 큼직한 초콜릿 케이크를 품에 안은 채 종종걸음으로 아리에스에게 다가갔다. 물론 아리에스 옆에 선 이카르를 슬쩍 노려보는 것 또한 잊지 않았다.

"안녕하세요!"

활기찬 목소리가 복도 가득 울려 퍼졌다. 아리에스는 있는 힘껏 기쁨을 표현하는 그 모습을 기껍게 바라보다가 손을 뻗어 생쥐의 머리를 쓰다듬었다. 정수리 부근에 새로 자란 연회색 머리카락은 윤기 없이 퍼석하던 옛 모습은 온데간데없이 비단실처럼 부드러웠다. 이대로 잘 관리하여 기른다면 반질반질 광채가 돌아 언뜻 은발로도 보이지 않을까 싶었다.

"폐하께서 안 보이시는 걸 보니, 몰래 나왔구나?"

아리에스의 말에 생쥐가 목을 살짝 움츠렸다.

"……네. 하지만 폐하께선 본채에서 혼자 못 나가게 하시는걸요."
"여긴 시녀들이 있으니까."
"시녀들은 전부 잠재웠습니다."
"뭐?"
"케이어스 아저씨에게 가서 수면제 넣은 과자를 얻은 다음, 사지가 시녀들을 불러다 과자를 먹였어요. 지금쯤 모두 자고 있을 겁니다."

수면제라니. 과격한 방법이기는 했지만 야단을 치고 싶은 생각은 들지 않았다. 그렇다고 칭찬을 할 수는 없었기에 아리에스는 그냥 어설피 웃고 말았다.

"그래, 어서 들어가자. 케이크 이리 주렴."

아리에스는 커다란 케이크를 받아다가 자연스럽게 이카르 손에 넘겼다.

"누누이 말하지만 후궁마마님이 이런 무겁고 큰 물건을 직접 들고 다녀선 안 된단다. 귀족 숙녀도 마찬가지고."

정성 들인 관리로 만들어낸 가녀린 몸에 겹겹의 묵직한 드레스를 두르고 불편한 뾰족구두를 신은 귀부인들은 짐을 들어 옮기기는커녕 제 몸조차 가누기 힘든 경우도 종종 있었다. 설사 간편한 차림을 하고 있다 하더라도 장식부채를 넘어서는 무게의 짐은 근처의 남자나 하녀에게 떠맡기는 것이 기본이다. 사교계의 숙녀라면 속내야 어떻든 간에, 우아하면서도 보호가 필요한 여린 꽃의 모습을 유지해야 하기 때문이었다.

"생쥐 네가 짐 같은 것을 두 팔 가득 끌어안고 다니는 것을 누가 보기라도 한다면, 너는 물론이고 폐하께서도 자신의 레이디를 제대로 돌보지 못하였다고 뒤에서 욕먹거든. 궁정에서 여자는 말이야, 남자의 장식품이라고 할 수 있어. 예쁘게 꾸미고서 방긋방긋 웃으면 그만인 거지. 마음에 드는 위치는 아니지만 대부분의 정무는 남자가 주체가 되니까 어쩔 수 없는 일이야."

아리에스는 한숨을 푹 내쉬며 침실 문을 열었다.

"애초에 여자는 작위도 못 받고 말이지! 무슨 부인, 무슨 영애, 다 남편이나 부친을 따라가잖니. 공작 영애도 백작이랑 결혼하면 백작 부인이 되는 거고. 나도 데릴사위를 못 얻으면 가문을 떠나 시집가야 하는 거고!"

생쥐는 아리에스의 말이 잘 이해가 가질 않아 입을 다물었고, 이카르는 괜한 불똥이 튈까 두려워 조용히 침묵을 지켰다. 아리에스는 불만 가득한 표정으로 테이블 주위를 빙글빙글 세 바퀴쯤 맴돈 뒤에야 걸음을 멈추었다.

"여자라고 해서 능력이 안 되는 것도 아닌데 억울해. 황태후만 봐도 궁정을 손에 쥐고 아주 잘 흔들어대고 있잖아? 하지만 황태후나 황후, 하다못해 공작부인쯤 되지 않고선 정치력을 가지기 힘드니까. 남편 뒤에서 꼭두각시놀음은 가능하겠지만."

여자가 사교가 아닌 정치에서 전면으로 나서려면 그 정도로 높은 지위가 필요했다. 아리에스의 투덜거림에 생쥐가 고개를 갸웃하며 말했다.

"그럼 되시면 되잖아요?"

"응? 뭘?"

"황후요."

생쥐의 천연덕스러운 대답에 아리에스는 물론이고 이카르까지 질겁했다. 아리에스가 살짝 창백해진 얼굴로 소리쳤다.

"황후라니! 나보고 폐하와 결혼하라는 소리니?"

"안 되나요?"

"안 되는 거 이전에 싫어! 그렇잖아도 신경 쓰이는데……."

망할 놈의 예언, 하고 아리에스가 속으로 중얼거렸다. 그녀의 단호한 대답에 생쥐가 실망스러운 표정을 지었다.

"되면 좋을 텐데, 안 되는 거군요."

"……대체 왜 좋다는 거니? 설마 폐하께서……는 절대 아닐 테고."

황제가 자기 양자의 여자를 빼앗으려 들 것이라고는 생각할 수 없었다. 생쥐는 여전히 태연하게 말했다.

"황후는 황궁에서 산다고 했어요. 그러니까 아리에스 언니가 폐하와 결혼하면 계속 황궁에 남아 계실 거잖아요. 아닙니까?"

"맞긴 한데……."

아리에스는 끄응 곤란한 신음성을 흘리며 미간을 좁혔다.

"우선, 결혼 문제는 가볍게 꺼내면 안 돼."

"안 되나요?"

"안 돼. 특히 황후는 누가 되었으면 좋겠다는 말도 함부로 흘려선 안 돼. 물론 다른 결혼사도 당사자나 그 친인척이 아니라면 조심스럽게 접근해야 하지. 생쥐 넌 내 동생이긴 하지만, 내 경우는 전에 말했잖니. 데릴사위를 들여야 한다고."

"폐하는 데릴사위가 못 되나요?"

"당연하지. 황제를 데릴사위로 들일 수 있는 집안이 세상천지에 어디 있겠니. 게다가 나는."

아리에스는 손을 뻗어 강 건너 불구경하듯 둘을 바라만 보고 있던 이카르를 붙잡아 끌어당겼다. 그녀는 곁에 선 이카르의 팔에 다정하게 매달리며 말을 이었다.

"이카르 경과 결혼하기로 했잖니. 그렇지요?"

"예, 에."

일단은 그랬다. 떨떠름한 기색이 느껴지는 대답에 아리에스의 눈썹이 살짝 찌푸려졌다. 그렇지만 끌어안은 팔은 놓지 않고 오히려 더욱 탐스럽게 부푼 가슴께로 붙여 당겼다. 팔에 와 닿는 물컹한 감촉에 이카르가 당황하며 고개를 외로 돌렸다.

"사, 살타토르 양……."

"네에, 이카르 경."

"저기……."

"왜 그러시나요?"

"……아뇨. 아무것도 아닙니다."

흉부가 말랑하니 눌려지는 느낌이 심히 신경 쓰입니다, 하고 대놓고 말할 수 없었던 이카르는 그냥 입을 다물었다.

얌전히 꼬리를 내리는 그 모습에 기분이 풀린 아리에스가 다시 생쥐를 바라보았다.

"그러니까 내가 황후가 될 일은 절대로 없단다."

"절대로 없어요?"

"물론이지. 황후가 아니라 살타토르 백작 부인이 될 거란다."

이대로 별문제 없이 약혼을 거쳐 결혼하게 되면 시간의 흐름에 따라 자연스럽게 그리될 것이었다.

"자아, 그럼."

아리에스는 이카르의 팔을 풀어주고 장식장 서랍을 열었다. 서랍 안에서 꺼낸 것은 다름 아닌 줄자였다. 그녀는 줄자를 양손으로 길게 잡은 채 이카르에게 말했다.

"여자들끼리의 일이 있어서 잠시 실례할게요."

"아, 예."

"생쥐야, 이리 오렴."

아리에스는 생쥐를 데리고 침실 안쪽으로 들어갔다. 문을 닫은 그녀가 생글생글 미소 지으며 줄자를 아래로 늘어뜨렸다.

"신발 벗고 여기 서봐. 얼마나 컸는지 한번 재보자."

"별로 크진 않았습니다."

마지막으로 재본 것이 보름쯤 전의 일이니 큰 차이가 있을 리 없었다. 그래도 생쥐는 순순히 구두를 벗고 약간 상기된 표정으로 아리에스 앞에 똑바로 섰다.

"허리 쭉 펴고. 좋아. 음, 역시 키는 그렇게 빨리 자라진 않는 걸까. 그래도 처음 별장에 왔을 때보다는 조금 크긴 했는데. 자, 이제 드레스도 벗어보자."

속치마를 제외하면 한 겹짜리 단출한 실내복이었기에 벗는 것은 어렵지 않았다. 아리에스는 속치마 차림의 생쥐에게 줄자를 가져다 대었다. 신중하게 허리둘레를 잰 그녀가 흐음 콧소리를 내었다.

"아직 마른 편이네. 그래도 맘 놓고 과자를 먹어대는 건 안 돼! 마른 체형에 배만 볼록하면 살찐 것보다 더 옷태가 안 살거든."

"폐하께서 과자는 하루 한 접시 반만 먹고, 식전이랑 잠자기 전에는 먹지 말라고 하셨어요. 사지랑 라지가 몰래 주긴 하지만요."

"그래? 의외로 세심하게 챙겨주네? 하기야 이카르 경 키운 것만 봐도……. 두 팔 높이 들어봐. 가슴둘레 재보자."

생쥐는 팔을 번쩍 머리 위로 들어 올렸다. 얇은 속옷 아래로 감추어진 젖가슴은 여전히 작았지만 봉긋하니 솟아 제 존재감을 내세우고 있었다.

"커졌어요?"

자신의 가슴에 줄자를 빙 두르는 아리에스에게 생쥐가 물었다.

"응. 조금."

"정말요?"

"그럼~."

사실 마지막으로 재봤을 때와 달라진 점이 없다. 하지만 아리에스는 활짝 웃으며 태연히 거짓말을 늘어놓았다.

"이대로 잘 먹고 관리도 해주면 금방 클 거야. 나보다 더 커질 지도?"

그 말에 생쥐의 시선이 레이스 장식 아래로 탐스럽게 부푼 한 쌍의 살덩이로 가 멈추었다. 생쥐와 같은 여자의 가슴이라 말하기 무색할 만큼 차이가 컸다.

"……어, 그건 안 될 거 같습니다."

"안 될 게 뭐가 있니. 자신감을 가져! 누구든 처음에는 작은 거야. 나도 생쥐 너만 할 때가 있었단다."

"하지만 언니와 전 나이도 같잖아요."

"1년 차이는 의외로 커! 1년 전의 나는 생쥐 너와 비슷한 크기였거든."

"정말이요?"

"물론이지!"

당연히 그 정도로 작지는 않았다. 하지만 아리에스는 생쥐에게 힘껏 희망을 불어넣어 주었다. 자신을 가지고 노력하면 자두만 한 것이 멜론까지는 무리더라도 복숭아 정도는 될 수 있지 않겠는가.

"앞일을 위해서라도 몸매 관리에 신경을 써야 해. 내가 전에 한 말 기억하고 있지?"

"폐하와 진짜 부부가 되어야 한다고 말했던 거요?"

"그래. 폐하께서 황태후를 처리하더라도 궁정은 만만치가 않아. 그러니 앞으로도 쭉 폐하의 보호를 받을 수 있도록 노력해야 해."

진짜 귀족도 아니고 배운 것도 없는 생쥐가 궁정에서 오래, 무탈하게 살아남으려면 황제의 힘이 반드시 필요했다. 아리에스는 생쥐의 드레스 단추를 여며주며 다정한 목소리로 속삭였다.

"이대로 쭉 폐하의 곁에 머물겠다면, 진짜 후궁이 되어야 한단다. 아직 이른 이야기지만 가능하다면 아이를 가지는 게 좋고, 특히 딸을 두엇 낳는다면 든든해지지."

황녀라면 황후 소생이 아니더라도 좋은 가문에 시집갈 수 있다. 그리 시집간 딸은 모친에게 든든한 배경이 되어주는 것이다. 물론 가장 좋은 길은 황제의 어머니인 황태후가 되는 것이지만, 후궁 소생의 황자가 황위를 차지하는 일은 외가의 힘이 독보적으로 강력하거나 황후가 적자를 생산치 못할 시에나 가능했다.

아리에스는 약간 흐트러진 생쥐의 머리 장식을 고치며 짧게 한숨을 흘렸다.

"사실 그냥 황궁을 떠나는 것이 네겐 제일 편할 텐데. 몰래 도망치는 건 어렵지 않으니까 조용해질 때까지 숨어 있다가 살타토르가로 오면 되잖니. 그럼 아무 걱정 없이 살 수 있을 텐데."

아리에스는 이 작은 의자매의 미래가 걱정될 수밖에 없었다. 지금은 황제가 잘 보호해주고 있다지만 그것이 영원하리라 장담키는 어려웠다. 용혈이 짙다 해도 불사는 아니니 최악의 경우 황제에게 변고가 닥칠 수도 있는 것이 아닌가. 그게 아니더라도 이대로 쭉 황실의 일원으로 살아간다면 궁정사에 어쩔 수 없이 휘말리게 되는 일도 분명 있을 터였다.

정치나 사교에 한 발짝도 들인 적 없는 백지장처럼 새하얀 어린 후궁이, 들이닥친 돌풍에 맞서 무얼 할 수 있을까.

"폐하는 좋은 분이시지만 든든하지는 않단 말이야."

"어째서요?"

생쥐는 고개를 갸웃 기울이며 물었다. 그녀의 눈에 비치는 황제는 더할 나위 없이 믿음직스러웠다. 곁에 있으면 무서울 것도 없고 두려울 것도 없었다. 그런데 왜 든든하지 않다는 것일까. 생쥐의 물음에 아리에스가 연이어 한숨을 내쉬며 대답했다.

"설명하자면 복잡해. 제일 큰 문제는 혼자서 다 처리하려 한다는 거지. 아무리 강한 사람이라도 혼자는 못 살아. 특히 이 궁정에서는."

"폐하께는 사지도 있고 라지도 있고 케이어스 아저씨와 노체 부인도 있는걸요. ……이카도 있고요."

"심복들 말고. 게다가 이카르 경 외에는 작위도 없잖니. 뭐, 드레이크라면 어지간한 백작 수준의 세력과 맞먹겠지만."

고작해야 다섯 명이건만, 심지어 아리에스와 이카르의 혼인이 성사되면 한 명이 줄어들게 되는 것이다. 생각할수록 가슴이 답답해진 아리에스의 얼굴 위로 그림자가 짙게 드리워졌다.

"……그냥 데리고 튈까."

"언니?"

아리에스는 팔을 뻗어 생쥐를 와락 끌어안았다. 둘 다 데리고 갈 수 있다면 더할 나위가 없을 텐데.

그녀는 여전히 아래턱 근처를 맴도는 회색 머리를 비비적거리며 한탄을 토해냈다.

"여전히 나랑 가고 싶은 마음은 없는 거니? 폐하께 방패막이용 후궁이 필요하다곤 하지만 대신할 사람을 구할 수 없는 것도 아니잖아."

물론 조건에 걸맞은 상대를 찾기란 쉬운 일이 아니었다. 우선 후궁에 걸맞은 적당한 배경을 지닌, 확실하게 믿을 수 있는 젊은 여자여야 했다. 그에 더해 자신은 물론이고 피붙이까지 목숨의 위협을 받게 되는 데다가 황태후를 처리하기 전까지는 쥐죽은 듯 얌전히 갇혀 살아야만 하는 것이다. 까다로운 조건이기는 하였지만 여유를 두고 찾는다면 못 구할 리 없었다.

아리에스의 속살거림에 생쥐는 얼른 대답하지 못하고 눈썹을 가운데로 모았다. 자신을 안고 있는 팔의 주인이 좋다. 그녀와 함께 있고 싶은 마음은 확고했지만, 그녀만을 선택해야 한다면 가슴 안쪽으로 망설임이 짙게 번져나가는 것이었다.

"……저는 폐하도 좋아해요."

생쥐는 우물쭈물 말을 이어갔다.

"필요 없어져서 나가라고 한다면, 가겠지만요, 어, 물론 아리에스 언니도 좋아합니다. 그러니까 언니와 함께 가는 것도 좋지만요……."

이런 마음을 어떻게 표현해야 할지 모르겠다.

생쥐는 입을 약간 벌린 채 멍한 표정으로 아리에스를 올려다보았다. 대신할 사람이 있어 자신이 없어져도 아무 문제가 없다면,

그러면 아리에스와 함께 가도 괜찮을 터였다.

하지만 답삭 그러겠노라고 말하기에는 말문을 막고 발목을 잡아당기는 무언가가 있었다.

아리에스는 어쩔 줄 몰라 하는 소녀를 내려다보다가 서운함이 살짝 담긴 미소를 머금었다.

"폐하를 많이 좋아하는구나."

"네. 좋아합니다."

"아니, 전보다 더 말이야."

"그런가요?"

"그래."

그 마음이 이대로 좋아함으로 멈출지 연심으로 발전할지는 아직 알 수 없었지만, 조금씩 자라나고 있다는 것만큼은 분명했다. 아리에스는 주먹을 꽉 쥐며 힘 있게 말했다.

"사람이 사람을 좋아하는 건 절대 나쁜 일이 아니야. 하지만 좋아하는 마음에 보답을 받지 못한다면 나쁜 일이지. 슬픈 일이기도 하고. 그러니까 생쥐야, 네가 폐하를 더 좋아하게 된 만큼 폐하께서도 널 더 좋아하게 만들어야 하는 거란다!"

"어…… 어떻게요?"

"방법이야 많지. 하지만 너무 성급하게 굴면 역효과가 날 수도 있으니까, 우선은 가볍게 시작하는 거야."

생쥐는 고개를 끄덕끄덕하며 아리에스의 말을 열심히 귀에 담았다.

곤란하다. 이카르는 속으로 그렇게 중얼거렸다. 지금 이 순간, 오늘만이 아니라 아리에스의 고백을 들은 이후 쭉 그의 가슴 안쪽에는 무거운 돌덩이가 얹혀 있었다. 난감하고 당황스럽고 갈피를 잡지 못한 채 허둥거리는 그런 마음이.

 이카르는 테이블 위의 화병을 멍하니 바라보다가 길게 한숨을 내쉬었다. 생각해보면, 자신만이 해결할 수 있는 문제에 맞닥뜨리는 것은 이번이 처음이었다. 혼자선 넘기 힘든 벽에 부딪치게 되면 언제나 길게 고민할 필요 없이 든든한 보호자가 나서서 해결해주곤 하였다. 어릴 때부터 지금까지 쭉, 감당하기 어려울 만큼 곤란한 일이 생기면 딱히 부탁하지 않아도 황제가 먼저 나서서 적당히 처리하거나 답을 제시해주었다. 이카르로서는 그냥 주는 대로 받기만 하면 그만인 편한 인생이었다.

 하지만 이번에는 아리에스와의, 단 두 사람 사이의 문제다. 사랑을 고백해온 여자와 사랑을 고백받은 남자. 그 사이에 타인이 끼어들 수는 없었다. 설사 누군가 참견해온다고 하더라도 아리에스가 뿌리칠 게 분명했다. 두 사람 사이에 방해꾼이 끼어드는 것을 가만히 두고만 볼 그녀가 아니었으니.

그 상대가 황제라 하더라도 얌전히 고개를 숙이지는 않을 터였다.
'……차라리 살타토르 양의 마음을 몰랐으면 좋았을 텐데.'
이카르는 테이블 위에 엎드리다시피 한 자세로 낮은 신음성을 흘렸다.
솔직히 아리에스와 결혼하는 것은 나쁘지 않았다. 그럴 마음이 없었던 것도 아니었고, 지금도 여전히 괜찮은 제안이라고 생각은 하고 있었다. 다만, 걸리는 것은 아리에스의 고백이었다.
진심으로 자신을 사랑하고 있다.
그런 말을 듣고서 그냥 조건이 좋은 것 같으니 결혼하자, 하고 대답할 수는 없었다. 자신에겐 호감 정도는 있어도 사랑까지는 아니었으니까. 둘 다 호감에서 그쳤더라면 좀 더 쉽게 미래에 대해 이야기할 수 있었겠지만 지금은 무리였다. 청혼을 덥석 받아들일 수도 없거니와 딱 잘라 거절하는 것도 힘들었다.
좋은 여자다. 결혼하면 편하겠지. 아리에스와 결혼한다면 아마도 지금과 별반 다를 바 없는 삶을 지속할 수 있을 것이었다. 그저 보호자가, 황제에서 백작 부인으로 바뀔 뿐이다.
'한심한 노릇이라는 건 알지만…….'
자신은 어린아이가 아니다. 보호자가 필요한 나이는 이미 오래전에 지났다. 그렇게 생각하고 또 우기고 있지만, 덜컥 홀로서기를 하라고 내몬다면 어떻게 해야 할지 모르겠다는 것 또한 사실이었다. 제 한 몸 건사하는 거야 어렵지 않겠지만, 여느 귀족들처럼 가솔을 거느려야 한다고 생각하면 골치부터 아팠다.

누군가에게 명령하는 것보다는 시키는 대로 따르는 것이 편하다. 평생을 그렇게 살아왔으니 당연하다면 당연한 일이었다.

그냥 황제에게 사실대로 털어놓을까. 그러면 어떻게든 해결해 주지 않을까. 물론 아리에스는 납득하지 않고 쨍한 목소리로 쏘아대겠지만 제아무리 기가 세다 해도 일개 백작 영애가 황제를 막아설 수는 없다.

하지만.

'……폐하의 태도를 봐선 그냥 결혼하라고 할지도.'

그게 문제였다. 황제까지 아리에스와 결혼하라 말한다면 자신에게는 선택권이 없었다. 목줄에 묶인 개처럼 질질 끌려가고 말겠지. 아니, 목줄을 당길 필요도 없이 결혼식장으로 걸어 들어가라고 명령하면 순순히 따를 것이었다.

이카르는 연신 한숨을 토해내며 두 소녀가 들어간 방의 닫힌 문을 쳐다보았다. 그때 침실 쪽이 아닌, 복도로 통하는 문을 바깥에서 벌컥 열어젖힌 사람이 있었다. 안으로 들어서는 남자를 본 이카르가 자리에서 황급히 일어났다.

"폐, 폐하?"

황제는 실내를 휙 둘러보며 이카르에게 다가갔다.

"침실에 있나 보군."

"아, 예, 그…… 여자들끼리의 일이 있다고……."

이카르는 당황하며 침실 문을 힐끗 쳐다보았다.

"불러올까요?"

"아니, 됐다."

황제는 짧게 대답하고 이카르가 앉아 있던 맞은편 의자에 앉았다. 그러고는 머뭇거리며 서 있는 청년을 눈을 들어 바라보았다.

"아직 절룩거리고 다니는 주제에 앉아라."

"딱히 움직이는 데 지장은 없습니다만."

말은 그렇게 했지만 이카르는 순순히 다시 자리에 앉았다. 그는 고개를 약간 기울이며 황제에게 시선을 두었다.

그러고 보니 이렇게 단둘이 있는 것도 꽤 오랜만이었다. 예전에는 황제와 호위기사, 둘만이 있는 경우가 대부분이었지만 생쥐가 온 이후부터 달라졌다. 조그만 소녀가 황제의 곁에 장식처럼 붙어 서게 되고 이어 아리에스도 나타났다. 지금은 부상 때문에 호위기사직도 쉬고 있다 보니 황제와 이렇게 마주하는 일도 잘 없었다. 그리고 그 빈자리는, 생쥐가 차지했다.

이카르는 가슴 안쪽이 조금 따끔거리는 것을 느끼며 눈가를 찌푸렸다. 황제의 곁이 아니고서는, 그에게 있을 곳이 없었다. 일단은 기사라곤 하나 제대로 인정받지 못했으며 돌아갈 가족이 있는 것도 아니다. 그뿐 아니라 만약 황제의 보호 아래를 벗어나게 된다면 황궁에서 오래 버텨낼 자신도 없었다. 결국 어디 변방으로 내려가거나 새로운 보호자를 찾는 수밖에 없을 터였다.

"마노스는 만나보았나."

생각지 못한 이름이 황제의 입에서 튀어나왔다. 이카르는 상념에서 벗어나며 의아한 표정을 지었다.

"예? 레브어트 경은 왜요?"

"도움을 받았으니 감사를 표하는 것이 예의겠지."

"그야…… 그렇긴 하지만요."

굳이 찾아갈 필요까지 있을까. 싫은 기색을 표하는 이카르에게 황제가 말했다.

"네 녀석에게 호의가 있는 듯하니 친하게 지내라."

"……별로, 그러고 싶지는 않습니다만."

"가까이 둬서 나쁠 것 없는 상대다. 여러모로 도움이 되겠지."

"글쎄요. 레브어트가는 솔직히 수도에 자택을 가진 것이 신기할 정도로 초라한 가문이 아닙니까. 이번처럼 특별한 상황이 아니고서는 도움이 될 정도는 아닐 겁니다만."

"그놈이 진짜 레브어트라면 그렇겠지."

"예?"

"아무튼 찾아가."

황제가 딱 잘라 말했다. 설사 별 쓸모 없는 상대라 해도 황궁에서의 인맥을 늘려서 나쁠 건 없었다. 황제의 단호한 말에 이카르가 하는 수 없다는 듯 고개를 끄덕였다. 하지만 이어지는 말에는 얼른 대답할 수가 없었다.

"그리고 빨리 결혼해버려라."

"……겨, 결혼이요?"

"그래."

이카르는 당혹해 붉어진 얼굴로 황제를 쳐다보았다.

그가 자신과 아리에스의 관계를 인정한 것이야 알고 있었지만, 이렇게 적극적으로 언급하며 밀어줄 줄은 꿈에도 몰랐기 때문이다.

"아직은…… 이르다고 생각합니다만……."

"그냥 빨리 결혼해. 그리고 애를 낳아라."

"……예?"

"네놈 애 말이다. 네놈의 핏줄이 흐르는. 계집애 말고, 사내애로. 네 녀석보다는 아리에스를 닮으면 더 좋고."

결혼에 대한 것은 그렇다 치더라도 갑자기 웬 자식 타령이란 말인가. 그것도 은근히 구체적이었다. 이카르가 할 말을 잃고 입만 뻐끔거리고 있는 사이 닫혀 있던 침실 문이 열렸다. 한 발 앞서 밖으로 나오던 생쥐가 황제를 발견하곤 눈을 동그랗게 떴다.

"폐하!"

깜짝 놀란 것도 잠시, 쪼르르 황제에게 달려간 생쥐가 그의 팔에 매달렸다.

"언제 오셨어요?"

흡사 주인을 맞이하는 강아지 같은 태도였다. 황제는 생쥐를 무릎 위로 달랑 안아 올리며 의미심장한 미소를 띤 채 다가오는 아리에스를 쳐다보았다.

"어머나, 폐하. 이곳까지 연통도 없이 어인 일이신지요."

"내 후궁의 궁이다만."

"그렇다곤 하나 시집도 안 간 처녀의 침실에 기척도 없이 침입하셔서야 지엄하신 황제 폐하 상대라 해도 감히 무도하다는 단어를 쓰지 않을 수 없겠습니다만."

말은 여전히 청산유수다. 황제는 눈살을 찌푸리며 아리에스가 아닌, 아직 얼굴이 살짝 붉은 이카르를 노려보았다. 저놈이 이 계집 반만 되었어도 걱정거리 하나를 덜었을 텐데. 그러나 그게 안 되니까 어린 계집과 쓸데없는 신경전을 벌이는 꼴이 된 것이다. 황제는 한숨을 삼키며 생쥐를 안아 든 그대로 몸을 일으켰다.

"잊었나 싶어 말해두겠는데, 이건 내 거다."

아리에스는 그 말에 반박하는 대신 황제를 똑바로 올려다보며 물었다.

"그럼 저건요?"

직접적으로 가리키진 않았지만 누구를 의미하는지는 뻔했다.

"저건……."

황제는 한숨을 섞어 어쩔 수 없다는 투로 대답했다.

"……네가 가지기로, 했었지."

"네. 제 겁니다."

두 사람의 시선이 날카롭게 마주쳤다. 어쩔 수 없이 내어주기는 하겠으나 절대 바라는 바는 아니었다는, 그런 비슷한 속내가 눈빛을 통해 오갔다. 황제는 생쥐를 그대로 안아 든 채 몸을 돌렸다. 아리에스는 황제의 등에다 대고 공손히 인사를 올리며 반사적으로 따라 나서려는 이카르의 팔을 붙잡아 멈춰 세웠다.

아리에스의 침실을 나서 복도를 걸어가는 황제의 얼굴에는 감출 수 없는 불쾌감이 떠올라 있었다. 자신이 허락하여 내어준 것이다. 그렇다곤 하나 아리에스와 마주칠 때마다 속이 뒤틀렸다. 머릿속으로는 용인 아래 이루어진 일이라 생각하면서도, 감정은 자신의 소유물을 빼앗겼다 외쳐대는 탓이었다. 그 때문에 이카르가 아리에스와 결혼하겠다 선언한 이후 가급적이면 두 사람과 마주치지 않으려 했다. 생살을 뜯어 간 원흉을 눈앞에 두면 상처가 욱신거리다 못해 자칫 이를 드러내게 될 수도 있었으니.
 '……건방진 인간 계집.'
 황제는 소리 없이 으르렁거렸다. 이카르를 떠맡길 생각이야 예전부터 있었지만, 막상 이렇게 제 것이라며 눈을 부라리는 꼴을 보자 예언이고 뭐고 없던 일로 치부하고 싶어졌다. 그나마 한 가지, 유일하게 그 여자가 마음에 차는 점이라면.
 "꼬마."
 황제가 걸음을 멈추고 입을 열었다. 그의 품 안에 얌전히 안겨 있던 생쥐가 고개를 들어 올렸다.
 "네?"

"너는 내 거다."

"네."

생쥐는 아무런 의혹 없이 대답했다. 그녀에게 있어 자신이 황제의 것이라는 말은 당연한 사실이었다. 그 대답에 황제의 표정이 약간 누그러졌다.

"그러니 앞으로는 혼자 아리에스에게 가서는 안 된다."

"……안 됩니까?"

"안 돼."

생쥐가 풀이 죽은 목소리로 물었다.

"그럼, 언니와 한 번 같이 자도 된다고 하셨던 것은요?"

"그것도 안 된다."

"아, 안 돼요?"

"그래. 이제는 상황이 변했으니."

생쥐는 얼굴 가득히 실망을 떠올렸지만 그래도 고개를 끄덕였다. 무척이나 아쉬워하는 것이 역력함에도 얌전히 받아들이는 그 모습에 황제는 불쾌했던 기분이 사르르 풀어지는 것을 느꼈다. 그는 회색 머리칼을 한 번 쓰다듬어준 뒤 다시 발걸음을 옮겼다.

손가락 사이로 투명한 물과 함께 장미 꽃잎이 흘러내렸다. 생쥐는 따뜻한 물속에 손을 참방 담갔다가 빼기를 반복했다. 온수에 목욕을 하는 것도 이제는 익숙해질 법하였지만, 깨끗한 물과 그 물을 데우는 연료가 여전히 아깝게 느껴졌다. 생쥐는 하얀 자기 욕조에 두 팔을 걸쳐 기대며 층층이 쌓인 수건을 가지고 오는 사지예를 올려다보았다.

　"목욕할 때는 왜 꼭 한 명만 들어오는 거예요?"

　거의 항상 함께 다니는 사지예와 라지예였지만 몸을 씻을 때만은 예외였다. 사지예는 수건을 탁자 위에 내려놓으며 대답했다.

　"인간은 남자가 여자 알몸을 함부로 보면 안 된다잖아."

　"아, 참. 라지예는 남자였죠."

　두 명중 한 명이 남자라는 사실은 전에 들었지만 둘 다 항상 시녀 차림을, 여장을 하고 다니는 탓에 잊고 있었다. 생쥐는 고개를 끄덕이다가 다시 갸웃, 옆으로 기울였다.

　"……사지예가 남자라고 하지 않았어요?"

　"아냐. 라지예가 남자야."

　사지예는 그렇게 말했고 생쥐는 깊게 생각지 않았다.

어차피 하루가 멀다 하고 이름이 바뀌는 둘이다. 그날은 남자 쪽이 사지예라는 이름을 쓴 것이겠지.

생쥐가 욕조 밖으로 나오자 사지예가 수건을 펼쳐 능숙하게 그녀의 몸을 휘감았다. 부드러운 수건이 이내 전신의 물기를 흡수했다. 사지예는 회색 머리카락까지 꾹꾹 눌러 물기를 닦아낸 뒤 깨끗한 잠옷을 입혀주었다. 생쥐가 옷을 다 입기 무섭게 기다렸다는 듯이 나타난 라지예가 따뜻하게 데운 우유와 치즈 쿠키가 담긴 쟁반을 내밀었다.

"더 먹고 싶으면 말해."

"그래, 배고프면 잠 안 온다~."

"하지만 아리에스 언니가 자기 전에 많이 먹으면 안 됐댔어요."

생쥐는 우유를 홀짝이며 말했다.

"먹을 게 있는데도 배고픈 걸 참는 건, 여전히 잘 이해가 가질 않지만요."

"그건 나도 그래."

"맞아, 살 좀 찌면 어때!"

"어차피 우린 안 찌지만~."

"설탕과 초콜릿과 버터를 산처럼 먹어도 뚱뚱해지지 않지만~."

"오늘도 머리통만 한 퐁당 쇼콜라를 세 개나 먹었지~."

"사과 필링에 치즈 크림을 잔뜩 올린 파이도 두 판 먹었고~."

"크랜베리 누가는 몇 개를 해치웠지?"

"스물두 개!"

두 요정은 낄낄거리면서 소매에서 버찌 술을 넣어 만든 과자를 꺼내었다. 둘은 서로 슬쩍 눈빛 교환을 하곤 술이 들어간 과자를 생쥐에게 내밀었다.

"먹을래?"

"먹을래?"

"괜찮아요. 배고프지 않습니다."

"맛있는데."

"그러게, 맛있는데."

둘은 아쉬워하며 과자를 각자의 입에 털어 넣었다.

"잘 자, 생쥐야."

"잘 자~."

"네, 안녕히 주무세요."

두 요정은 폴짝폴짝 욕실을 나갔다. 생쥐도 뒤따라 욕실 밖으로 걸어갔다. 욕실은 침실과 이어져 있어 정돈된 침대에 눕기만 하면 바로 잠에 빠져들 수 있었지만, 생쥐는 침대를 지나쳐 침실 문을 열었다. 반쯤 집무실이 된 너른 거실에서는 언제나 그렇듯 황제의 모습이 보였다.

황제는 책상에 비스듬히 기대선 채 두툼한 종이 뭉치를 들여다보고 있었다. 커피 향이 짙게 났다. 생쥐는 조금 전에 마시셨나 보다 생각하면서 슬리퍼를 살짝 끌며 황제에게 다가갔다. 코앞까지 다가갔지만 입을 열어 그를 부르지는 않았다. 일하는 중이니까, 방해하면 안 된다.

생쥐는 가만히 황제를 올려다보았고 얼마 지나지 않아 금색 눈동자가 그녀를 힐끗 내려다보았다.

"잠이 안 오는 건가."

"아니요. 곧 잘 거예요."

곧 잘 거라는 말에 황제는 시선을 거두어 다시 빽빽하게 들어찬 문자를 훑어 내렸다. 그러다가 책상 쪽으로 몸을 돌려 펜을 손에 들었다. 책상 위 종이에 무언가 써 내려가는 황제를 생쥐가 기웃기웃 쳐다보았다. 무언가 바라는 것이 있는 눈치였지만 여전히 입은 다문 채였다. 생쥐는 발밑을 기웃거리는 병아리처럼 황제의 주위를 빙글빙글 맴돌다가 우뚝 발을 멈추었다.

그녀는 황제의 뒤쪽에 선 채 자신보다 한참 더 큰 남자를 올려다보았다. 한껏 발돋움을 해봐도 절대 눈높이를 맞출 수 없는 키 차이다. 생쥐는 고개를 약간 기웃했다가 황제가 글 쓰는 것을 멈추자마자 곧장 그의 등에 달라붙었다. 옷자락을 꽉 쥐어오는 손길을 느꼈지만 황제는 신경 쓰지 않고 종잇장을 넘겼다. 생쥐가 이렇게 주위를 어슬렁거리다가 달라붙어 오는 것은 늘 있는 일이었다.

하지만 오늘은 평소와 조금 달랐다. 조그만 소녀가 단순히 매달리는 것에서 끝내지 않고 돌연 황제의 몸을 기어오르기 시작한 것이었다.

생쥐는 손을 한껏 뻗어 황제의 어깨 부근을 붙잡고 제 몸을 끌어 올렸다.

완력이 강하다고 할 순 없었지만 그 이상으로 가벼운 몸무게였기에 몇 번 바르작거리다가 무사히 황제의 어깨 위로 배를 걸치듯 올라갈 수 있었다. 생쥐는 한쪽 팔로 황제의 목을 감싸 몸을 지탱한 채 한숨을 한 번 흘렸다.

"……뭘 하는 거지."

황제는 의아한 눈빛으로 자신의 어깨에 매달리듯 걸쳐진 생쥐를 쳐다보았다.

"너무 높아서요."

"뭐?"

생쥐는 대답 대신 목을 길게 쭉 빼었다. 그러고는.

쪽.

황제의 뺨에 키스했다. 원하는 바를 달성한 생쥐가 다시 옷에 매달려 아래로 내려간다. 황제는 미간을 약간 좁힌 채 바닥에 내려선 소녀를 바라보다가 입을 열었다.

"아리에스인가."

"네. 언니가 잠들기 전과 자고 일어나서 이렇게 인사를 해야 한다고 가르쳐줬습니다."

생쥐는 구겨진 잠옷 자락을 손바닥으로 툭툭 두드려 펴며 말을 이었다.

"폐하께만요. 다른 사람에게는 하면 안 된다고 했어요."

"흐음."

황제는 긍정에 가까운 숨소리를 흘렸다.

쓸데없는 짓을 가르쳤다 싶었지만 자신에게 한정된 행동이라는 점에서는 나쁘지 않았다. 생쥐는 아리에스가 시킨 일을 끝마쳤는데도 침실로 가지 않고 그 자리에 그대로 우두커니 서서 눈만 깜박거렸다.

"……아직 볼일이 남았나."

"네."

생쥐가 고개를 크게 끄덕이며 대답했다.

"아리에스 언니가 폐하께서도 해주실 테니 기다리고 있으라고 했습니다."

"……."

황제는 눈가를 조금 찌푸렸다. 못 해줄 거야 없지만 아리에스의 의도에 끌려다닌다는 것이 거슬렸다. 하지만 그렇다고 해서 생쥐를 이대로 방치해두거나 싫다고 거절할 수는 없지 않은가.

"……교활하군."

"예?"

"아니다."

황제는 짧게 한숨을 내쉰 뒤 생쥐를 달랑 들어 올려 뺨에 입 맞추었다.

"이제 자라."

"네, 안녕히 주무세요."

생쥐는 황제의 입술이 닿았던 뺨을 손으로 만지작거리며 침실로 쪼르르 들어갔다. 그녀는 커다란 침대 위로 엎드리듯 올라가

슬리퍼를 발로 차다시피 벗은 뒤 베개가 있는 곳으로 엉금엉금 기어갔다. 몸을 돌려 천장을 향해 누운 생쥐는 다시 자신의 뺨을 매만졌다.

조금 기분이 이상했지만, 나쁘지는 않았기에 깊게 생각지 않았다.

생쥐가 침실로 들어가고 홀로 남은 황제의 곁에 유령과도 같은 반투명한 인영이 스르르 나타났다. 이내 노부인의 모습으로 뚜렷해진 목령, 노체가 황제에게 말했다.

"폐하께서는 이대로 쭉 머무르실 생각이십니까?"

황제는 서류에서 시선을 떼어 마담 노체를 바라보았다.

"가능하다면."

처음 계획과는 다르지만, 지금 이대로 평온한 일상이 지속되는 것도 나쁘지 않을 터였다. 생쥐도 이카르도 위험한 일에 뛰어들 필요 없는 그런 안정된 나날. 하지만 이 시간이 그리 길지 못하리라는 것은 쉬이 짐작할 수 있었다.

"오래는 못 가겠지만, 그래도 가능하다면."

온화한 둥우리를 이대로 지키고 싶다고 생각했다.

황제의 호위기사들이 근무시간 중 갈 곳은 별로 없었다. 본래

임무인 황제의 곁을 지키는 일을 하지 못한다. 하지만 그렇다고 해서 제 마음 내키는 대로 돌아다닐 수는 없는 노릇이니, 보통은 기사단에 소속된 연무장에서 시간을 죽이곤 하였다.

'……이쪽으론 별로 오고 싶지 않았는데.'

이카르는 찌푸린 얼굴로 호위기사단의 연무장을 향해 말을 몰았다. 마노스에게 감사를 표하라는 황제의 말 때문이었다. 명령은 아니니 반드시 따를 필요는 없지만 이카르 또한 마노스에게 고마운 마음은 있었다. 그가 도와주지 않았더라면 황제가 도착하기 전에 변을 당했을 것이 분명하니 은혜가 적지 않은 것이다.

호위기사단 건물 앞에 펼쳐진 연무장에는 사람이 몇 없었다. 황제의 호위기사는 별다른 일이 없는 한 다섯 명이 한 조가 되어 격일 3교대로 근무하기에 예비조에 교대조를 포함한다 해도 열 명 남짓인 것이다. 그나마도 대부분은 실내에 있는지 연무장에는 가벼운 대련을 하는 두 사람과 구경꾼 하나뿐이었다. 이카르는 그들의 시선을 최대한 피해 건물 뒤쪽으로 슬금슬금 말을 몰아갔다. 죽은 드보시오만큼 폭력적인 자는 없었지만 그래도 눈에 띄어서 좋을 건 없었다. 이카르의 이미지는 평소에도 좋지 않았지만, 그와 연관되어 호위기사 하나가 사망한 지금은 아예 바닥을 치고 있던 까닭이다.

이카르는 마구간 시종에게 말을 맡긴 뒤 약간 절룩거리는 걸음걸이로 기사단 건물 안에 들어섰다. 대부분이 고위귀족 출신인 만큼 호위기사는 각자 개인실을 가지고 있었다.

다른 호위기사와는 가능한 한 마주치지 않게끔 마노스의 개인실에서 그를 기다릴 생각이었다.

'여기도 꽤 오랜만인데…….'

이카르는 복도를 따라 걸어가며 중얼거렸다. 정확히는 딱 한 번으로, 자신의 방을 안내받은 이후론 와본 적이 없었다. 항시 황제 옆에 붙어 다니느라 시간이 나지 않은 것도 있었지만, 자신을 눈엣가시처럼 여기는 자들의 소굴에 일부러 발걸음을 할 이유가 없는 탓이 컸다. 뭣하러 사서 욕을 먹고 다니겠는가, 피할 수 있다면 최대한 피해야지. 그런 상황이다 보니 당연하게도 마노스의 개인실 위치를 까맣게 몰랐다.

"저기……."

모르니까 물어보자. 이카르는 마침 지나가던 종자를 불렀다. 그러나 종자는 이카르를 보자마자 흠칫 시선을 피하더니 빠른 걸음으로 멀어져 버렸다.

"……뭐야."

마치 역병 환자라도 만난 듯한 태도다. 이카르는 작게 한숨을 내쉬었다. 그와 엮이는 바람에 호위기사가 황제에게 살해당한 상황이라 저런 반응도 영 이해가 가지 않는 것은 아니었다. 호위기사들은 대부분 이카르를 박대하였으니 그 종자들도 혹여 불똥이 튈까 몸을 사리는 것이겠지. 그렇게 납득하면서도 입안이 썼다.

'혼자선 찾기 힘들 텐데, 마구간지기에게 부탁할까……..'

종자가 아닌 황궁 시종이라면 저런 식으로 도망치지는 않을 터.

다시 건물 밖으로 나가려는 이카르 앞에 흰 제복을 입은 두 명의 기사가 나타났다. 이카르의 표정도 호위기사들의 표정도 동시에 딱딱하게 굳어졌다.

"여기가 어디라고……."

호위기사 중 하나가 이를 갈듯 낮게 중얼거렸다. 피부를 따끔따끔하게 찔러오는 적의 속에서 이카르는 벽에 몸이 닿을 듯 바싹 옆으로 비켜섰다. 그냥 조용히 지나가자는 무언의 제스처였다. 하지만 두 기사는 제 발로 굴러 들어온 먹잇감을 모른 척 눈감아줄 생각이 없는 듯했다. 다른 곳도 아니고 기사단 내이다. 이곳에서라면 약간 심한 부상을 입힌다 해도 대련이라는 명목만 내걸면 문책을 피할 수 있는 것이다.

"동료를 살해해놓고 뻔뻔스럽게도 얼굴을 내미는군."

평소에는 눈도 마주치지 않으려 하던 주제에 필요할 때만 동료 운운이다. 이카르는 대꾸하지 않고 침묵을 지켰다. 자신은 피해자일 뿐이라고 변명해봤자 들은 척도 하지 않을 테니 그냥 무시하는 게 상책이었다. 물론 꼬리만 개새끼처럼 군다고 해도 조용히 지나갈 리 만무하지만, 뼈 부러질 거 멍드는 정도로 끝날 수는 있지 않겠는가.

그렇게 생각하고 체념하는 스스로가 한심했지만 쓸데없이 바락바락 맞대응할 기력은 없었다. 혼자 외출한다는 이유로 아리에스에게 달달 들볶인 지 얼마 지나지 않았기 때문이다.

'……다쳐서 돌아가면 또 화내겠군.'

그렇잖아도 위험하다고 혼자 나가지 못하게 막아섰던 그녀이건만, 상처를 입은 채 돌아간다면 화를 내는 것에서 그치지 않을 터였다. 그녀의 성격상 틀림없이 황제에게 따지고 들겠지. 최근 들어 마주칠 때마다 냉기류를 흘려대는 두 사람이 자신의 일로 입씨름할 것을 생각하자 뒷목이 저려왔다.

이카르는 크게 한숨을 내뱉으며 무어라 주절주절 지껄여대고 있는 호위기사를 시큰둥하게 쳐다보았다.

"적당히 하고 서로 갈 길 갔으면 좋겠는데."

"……뭐?"

"괜히 내게 시비 걸었다가 폐하의 귀에 들어간다면 곤란해지는 것은 그쪽들이라 하는 말이다만."

이카르의 말에 두 기사의 표정이 더없이 험악해졌다.

"네놈을 건드리면 쫓아가서 고자질이라도 하겠다는 거냐!"

"굳이 입으로 떠벌리지 않아도 금방 들킬걸? 눈치가 과히 빠른 사람이 근처에 있어서."

설사 옷 안쪽으로 보이지 않는 폭력을 가한다 해도 아리에스라면 얼마 지나지 않아 알아차릴 것이 분명했다. 아니, 나비궁으로 돌아가기가 무섭게 밖에서 아무 일 없었느냐 꼬치꼬치 캐물으며 영혼까지 탈탈 털어내겠지. 이카르는 어깨를 으쓱하며 말을 이었다.

"대련 핑계를 댄다 해도 전처럼 쉽게 넘어가지는 않을 거다. 틀림없이 너희들에게 불이익이 거하게 주어질 테니 이쯤에서 모른 척하고 넘어가지."

대련이었다 우긴다면 황제는 심각한 부상이 아닌 이상 전처럼 적당히 눈감아줄 것이다. 하지만 아리에스는 다르다. 그녀가 자신이 다친 것을 그냥 보아 넘길 리 없었다. 그녀 힘으로야 어찌할 수 없겠지만 황제를 종일 졸졸 쫓아다니며 자기 사람도 못 지키느냐 속을 박박 긁어댈 것이고, 결국 황제는 그녀가 원하는 만큼의 보복을 해줄 것이다. 그런 미래가 불 보듯 뻔하였다.

그런 아리에스의 태도는 부담되었지만…… 지금은 또 그리 썩 나쁘게 느껴지지도 않았다. 어쨌거나 자신을 걱정해주는 거니까. 이카르는 쓴웃음을 머금으며 좀 더 강하게 나갔다.

"그리고, 아예 과장되게 거짓말을 해버리는 수도 있고."

"거, 거짓을 고하겠다고?"

"못 할 건 없지. 어쨌거나 폐하께서는 내 말을 곧잘 들어주시니까. 어느 두 호위기사에게 목숨의 위협을 느꼈다, 하고 고하여도 믿어주시겠지."

실제로 황제를 속여 넘길 자신은 없지만 눈앞의 두 놈은 모르는 사실이었다. 이카르의 자신만만한 말에 두 기사가 주춤거렸다. 이카르에 대한 황제의 총애야 이미 유명한 것이었다. 다만 이제까지는 이카르가 그 총애를 적극적으로 이용하지 않아 만만히 건드릴 수가 있었는데, 지금은 달랐다. 호위기사들은 어금니를 사리물면서도 순순히 물러섰다.

"더러운 놈!"

"네놈과 같은 기사라는 사실이 수치스럽다!"

"뭘 새삼스럽게."

하루 이틀 듣는 소리도 아니고. 이카르는 욕설을 가볍게 들어 넘기며 멀어져 가는 둘의 뒷모습을 쳐다보았다.

'……별거 아니네.'

아리에스를 상대하는 것에 비하면 정말 별거 아니다. 그녀였다면 저렇게 대놓고 적대적으로 나오지 않고 생글생글 미소 띤 얼굴로 빙글빙글 말을 돌리고 꼬아가며 속을 파헤쳐놓았을 것이다. 거기에 더해 여자라는 점을 한껏 이용해먹겠지. 생각만으로도 위가 뒤틀릴 지경이었다. 돌아가면 또 잔소리를 잔뜩 늘어놓을 텐데.

이카르는 한숨을 푹푹 흘리며 마구간지기를 찾아 발걸음을 옮겼다.

마노스 레브어트는 자기 개인실 앞에 서 있는 남자를 발견하곤 조금 놀란 눈을 했다. 이곳에서는 볼 일이 없었고 앞으로도 그럴 것이라 생각했던 사람이기 때문이었다. 그는 인사에 앞서 먼저 쓴소리를 내뱉었다.

"여기는 이카르 경에게 안전한 장소가 아닙니다. 또다시 불미스러운 일이라도 당하고 싶은 겁니까?"

이카르는 멋쩍어하며 대답했다.

"이미 시비 걸리기는 했지만 적당히 잘 넘겼어……요."

대부분의 호위기사들과 이놈 저놈 하는 사이다 보니 경어도 쓰지 않았지만, 이번에는 어설프게 꼬리를 붙였다. 마노스가 존대를 해준 데다가 신세진 것도 있었기 때문이다. 마노스는 이카르를 지나쳐 잠겨 있던 문을 열었다.

"일단은 들어가죠. 그리고 제 상대로 굳이 말을 높일 필요는 없습니다."

"하지만, 레브어트 경은 경어를 쓰고 있으니까요."

"저는 그럴 이유가 있습니다."

"이유요?"

"예."

마노스는 길게 이야기하지 않고 안으로 들어갔다. 개인실 내부는 황량하리만치 단출했다. 딱 사무적인 일 외에는 사용하지 않는 장소인 듯하였다.

"대접할 게 마땅치 않군요."

"아뇨, 아닙니다. 그러니까…… 일전엔 감사했다고 인사차 들른 것뿐인걸요."

심지어 황제가 시켜서 온 것이다. 마노스는 어색해하는 이카르를 가만히 바라보았다.

"당연한 일입니다. 이카르 경도 제가 지켜야 하는 범위 내에 들어가 있으니까요."

"……네?"

생각지 못한 말에 이카르의 눈이 동그랗게 커졌다. 마노스가 천천히 설명을 이어갔다.

"호위기사가 지켜야 할 상대는 물론 황제 폐하가 최우선이지만, 그 주변 인물에게서도 시선을 떼어놓아선 안 됩니다. 특히 폐하께서 소중히 여기는 사람이라면 약점이 될 수도 있으니까요. 그러니 이카르 경도 보호 대상입니다만 대부분의 호위기사들은 그 사실을 잊고 있는 모양이더군요. 아니면 일부러 모른 척하거나요."

"그, 그렇습니까?"

"네."

이카르는 당황해 시선을 피했다. 딱히 생각해보지 못한 이야기였다. 애초에 자신이 황제에게 약점이 될 거라고 생각지 않은 탓도 있었다. 마노스는 복잡한 심경에 말을 잇지 못하는 이카르를 관찰하듯 주시하다가 입을 열었다.

"한 가지 물어봐도 되겠습니까."

"아, 예."

"이카르 경은 정말로 폐하의 아들이 아닙니까?"

"……예?"

이카르는 또다시 눈을 치떴다. 황제의 숨겨둔 자식이라는 소문이 떠돈다는 사실은 알고 있었지만, 설마하니 눈앞의 남자가 그걸 물어올 줄은 꿈에도 몰랐다. 그는 어이없어하며 고개를 저었다.

"아닙니다. 차라리 다른 쪽……이라면 모를까, 그 소문을 믿는 사람은 별로 없을 텐데요."

"그렇지만 혹 모르는 일이 아닙니까. 폐하께서 이카르 경을 거두신 것은 경이 상당히 어릴 적이었다고 들었습니다만."

"잘 기억도 나지 않을 정도로 옛날 일이니까요."

"부모님에 대한 기억은 있습니까?"

"없긴 하지만…… 정말로 아닙니다."

이카르는 딱 잘라 말했다. 그도 혹시나 하는 생각을 아예 해보지 않은 것은 아니었다. 하지만 황제가 만약 친부라면, 다른 사람도 아니고 아들에게 그 사실을 감춰야 할 이유가 없었다. 게다가 황제의 아이라면 자신처럼 평범하진 않을 것이었다.

이카르의 확언에 마노스는 더 이상 캐묻지 않고 말했다.

"그렇군요. 돌아가는 길에는 동행하겠습니다."

"아니, 그럴 필요까지는……."

"이유는 이미 말했습니다만."

거절을 받아들일 생각이 없어 보였다. 이카르는 하는 수 없이 고개를 끄덕였다.

반기지 않는 황제와 칩거한 공작을 제외한다면 제국에서 가장 강한 권력을 지닌 그녀이니 당연한 일이었다. 물론 앞의 두 사람보다야 관대한 황태후였지만 찾아오는 사람들을 모두 만나주지는 않아 길고 긴 줄은 황태후 궁 입구부터 끊어지기 일쑤였다. 하지만 오늘은 아예 문을 단단히 걸어 잠그기까지 하였다.

피곤하니 오늘은 누구도 만나지 않겠노라 알린 황태후는 미용수를 가득 채운 너른 욕조 속에 몸을 담그고 있었다. 둥근 유리 천장에서 스며드는 햇살 아래의 나신은 장성한 딸이 있다고는 믿어지지 않을 만큼 흠 하나 없이 새하얗게 윤기가 흘렀다. 그런 그녀의 옆에는 역시나 알몸인 채의 샤르주 백작 부인이 다소곳이 앉아 있었다.

"나오지도 않고 들어갈 수도 없으니, 뾰족한 방법이 없습니다."

백작 부인이 주눅 든 목소리로 말했다.

"시녀들도 안쪽으로는 발을 들일 수 없다고 하더군요."

나비궁에 대한 이야기였다. 나비궁에서 일하는 시녀들에게 이미 손은 뻗어놓았지만, 중요한 본채에는 들어갈 수가 없으니 무용지물이었다.

"후궁이 머무는 본채에는 황제의 측근들만 드나들 수 있다고 합니다."

황태후는 옥돌에 비스듬히 기대고 있던 몸을 바로 세웠다. 물에 젖은 머리카락이 탐스러운 젖가슴 위로 미끄러져 달라붙었다.

"측근이라면 예의 그 다섯 명을 말하는 거겠지요."

"예. 거기에 한 명 더, 살타토르 백작 영애도 가끔이지만 들어간다고 하였습니다."

"살타토르 양은……."

황태후의 눈매가 둥그스름히 휘었다.

"영리하고 아름다운 소녀였죠."

수면 위로 웃음소리가 작게 흘렀다.

"이대로라면 아무런 손도 써보지 못한 채 시간만 보내게 될 터인데, 어찌해야 할까요."

"웅크리고 있는 황제를 밖으로 끌어낼 방법을, 어떻게든 찾아내야겠지요."

황태후는 몸을 일으켜 욕조 밖으로 걸어나갔다. 물이 뚝뚝 떨어지는 나신으로 종을 울리자 밖에서 대기하고 있던 시녀들이 재빨리 들어왔다. 시녀들은 황태후의 몸에 흘러내리는 물기를 깨끗이 닦고 향유 섞인 미용수를 듬뿍 바른 뒤 옷을 걸쳤다. 황태후는 얄팍한 차림으로 욕실을 빠져나갔다. 푹신한 의자에 앉아 시녀의 손에 머리카락 관리를 맡기고 있는 그녀에게 시녀장이 다가왔다.

"황태후마마, 카얄룬 공작가에서 사람을 보내왔습니다."

"카얄룬 공작이?"

황태후는 매끄러운 눈썹을 슬쩍 치켜세웠다. 정적이라 할 수 있는 카얄룬 공작이 일부러 사람을 보내왔다는 것은 곧 예삿일이 아닐 터였다. 황태후는 잠깐의 고민 끝에 대답했다.

"접객실로 들이거라."

늙은 이리가 무슨 속셈으로 접근해 왔는지는 알 수 없었다. 절대 방심할 수 없는 상대의 측근을 들이는 것이 껄끄럽기는 하였으나, 황제의 일이 교착 상태에 빠져 있는 지금은 한 번쯤 말을 들어보는 것도 나쁘지 않을 터였다. 혹 모를 일이지 않은가. 무언가 좋은 방법을 가지고 왔는지도.

이내 몸단장을 끝마친 황태후는 카얄룬 공작의 사자가 기다리고 있을 접객실로 걸음을 옮겼다.

12 첫 경험

궁에 들어오기 전의 생쥐는 한밤중에야 겨우 눈을 붙였다가 새벽빛이 밝아오기도 전에 비몽사몽 잠에서 깨어나곤 하였다. 하지만 지금은 졸리면 언제든지 침대로 가 포근한 이불에 파묻혀 잠들었다가, 아침 햇살이 창 너머 길게 들어올 때까지도 마음껏 늘어질 수 있었다. 자연히 수면시간도 늘어나 많게는 하루의 절반 가까이를 꾸벅꾸벅 졸기도 하였다. 마치 그간 모자랐던 잠을 보충하기라도 하는 듯했다.

그런데 오늘은 유독 더 늦어, 눈을 떴을 때는 해가 이미 중천에 가 닿아 있었다. 생쥐는 커다란 침대에 길게 늘어진 채 잠기운이 옅게 어린 눈을 느릿하게 끔벅였다.

어쩐지 몸이 무거웠다.

편히 잠들었다 깨어난 직후임에도 피곤하고 아랫배에 둔중한 통증까지 느껴졌다.

몸살에라도 걸린 걸까. 그렇게 생각하며 억지로 일어나 앉았다. 평소대로 황제의 모습은 찾아볼 수 없었다. 그 대신이라는 듯 남아 맴도는 희미한 커피 향을 느끼며 생쥐의 발이 침대 아래의 카펫을 밟았다. 그리고 일어서는 순간.

"아……!"

둔탁하던 배의 통증이 일순 송곳처럼 날카로워졌다. 동시에 허벅지 안쪽을 타고 무언가가 흐르는 감촉이 느껴졌다. 생쥐는 당황하며 길게 늘어진 잠옷 자락을 걷어 올려보았다. 동그랗게 커진 눈동자에 진득하게 흘러내린 핏줄기가 비쳤다.

"어, 어……."

이게 뭐지. 무슨 일이지. 말이 제대로 나오지 않았다.

피다. 피가 흐르고 있다. 그리고 아프다. 처음 떠올린 것은 등의 상처였지만, 그것은 흉터만 남긴 채 아문 지 벌써 오래 전이었다. 게다가 아픈 곳도, 피가 흐르는 곳도 달랐다. 배가 아프다. 아래쪽에서, 아마도 배 안쪽부터 피가 흘러나오고 있는 것 같았다.

생쥐는 치맛자락을 부여잡은 채 어쩔 줄 몰라 하다가 다시 침대 위로 올라앉았다.

"……병이야?"

상처에서 흐르는 피는 아니다. 다친 기억도 없다. 몸속에서 흘러나오는 피라면, 몸속에서 느껴지는 고통이라면 역시 병인 것일까.

그녀는 침대 위에 조그맣게 웅크린 채로 아는 것 얼마 없는 머릿속을 필사적으로 뒤적거렸다.

일곱 살 때 빈민가에 전염병이 돌았다. 병에 걸린 사람들은 처음에는 기침을 하고 열이 나는 정도였지만 점차 쇠약해지다가 급기야는 피를 토해냈다. 상처를 입은 것이 아님에도 몸속에서 피가 흘러나오면 회복이 불가능하다고, 열에 여덟이나 아홉은 죽는다고 그때 들었다.

"……죽어?"

생쥐는 작게 중얼거렸다. 아픈 배를 부여잡고 가늘게 어깨를 떨었다. 스스로도 모르는 사이에 골병이 들어 있던 것일까. 그녀의 삶은 충분히 그럴 법한, 힘난한 것이었다.

죽는다고 해도, 별로 놀랄 일은 아니었다. 오늘 당장에라도 목숨을 잃을 수 있다고 생각해왔으니까. 따로 각오할 것도 없이 마음의 준비는 되어 있었다.

그랬었는데.

"나, 죽어요……?"

그렇게 생각했었는데. 자신도 모르게 눈물이 새어 나왔다. 뺨을 타고 한 방울 뚝, 피 얼룩이 진 이불 위로 떨어졌다.

막상 죽음이 코앞으로 닥쳐 들자 머릿속이 새하얘졌다. 생쥐는 꽉 막혀드는 목 안쪽을 침을 삼켜 뚫으며 짧게 숨을 헉헉거렸다. 진정해. 당황하고 있을 때가 아니야.

"……나는 쓸모없어."

최대한 냉정하게 중얼거렸지만 목소리는 어쩔 수 없이 떨리고 있었다. 생쥐는 아랫입술을 꾹꾹 깨물었다. 병에 걸려 곧 죽을 계집애는 쓸모가 없다. 그럼 아리에스 언니는 어떡하지. 황제가 자신을 대신하여 그녀에게로 화살을 돌리는 것은 아닐까.
  생쥐는 고통과 두려움으로 달달 떨리는 몸을 억지로 일으켰다. 숨기자. 얼른 감추자. 그녀의 두 손이 피로 얼룩진 이불을 끌어당겼다. 병에 걸린 것을 숨기고서 죽기 전에 먼저 죽여달라 그러자.
  생쥐는 너른 침대만큼 커다란 이불을 황급히 끌어내리다가 제 풀에 못 이겨 넘어졌다. 다시 지끈지끈 아파지는 아랫배에 인상을 구겼다가 작게 헐떡이며 일어섰다. 황제가 오기 전에 치워야 한다. 어디로 어떻게 치워야 할지까지는 생각나지 않았지만, 무작정 이불부터 끌어당기고 보았다. 그때였다.
"뭐 하는 거지."
"아……!"
  등 뒤에서 들려오는 귀에 익은 목소리에 생쥐는 기겁하며 고개를 돌렸다. 어느새 침실에 들어선 황제가 시큰둥한 눈빛으로 그녀를 내려다보고 있었다. 평소와 다름없는 그 얼굴을 마주 대하자 어째서인지 울컥, 눈물이 솟았다. 갑자기 눈물을 뚝뚝 떨어뜨리는 생쥐의 모습에 황제가 약간 당황하며 미간을 좁혔다.
"……무슨 일이냐."
  잘 울 줄도 모르던 계집이.
  걸핏하면 눈물 줄줄 흘려대는 평범한 여자 상대라면 놀랄 필요도 없다. 하지만 눈앞의 조그만 것은 눈물은 물론이요, 다른 감정표현도 짰다. 모질게 맞기도 했고, 생으로 상처를 꿰매었으며, 사형을 당할지도 모르는 법정에 올라선 적도 있는 데다가 낯선 궁중에서 이리저리 치였음에도 눈물은커녕 약한 소리조차 거의 하질 않았다. 단 한 번, 소중한 사람에게 선물 받은 머리핀을 빼앗겼을 때를 제외하곤.

그런데 갑자기 울고 있다. 황제의 시선이 가장 먼저 연회색 머리 위를 살폈다. 불편하지도 않은지 잠잘 때까지 달고 사는 머리핀은 제자리에 얌전히 꽂혀 있었다.

그럼 대체 왜. 의아한 눈길 속에서 생쥐가 더듬더듬 입을 열었다.

"폐, 폐하. 저…… 죽어요."

"뭐?"

생쥐는 눈물을 꿀떡꿀떡 삼키며 말을 이었다. 감추려고 했는데 흘러나오는 눈물처럼 줄줄이 진심이 새어 나온다.

"벼, 병이라서, 죽어요. 곧, 죽습니다……."

"무슨 헛소리냐!"

황제는 무심코 버럭 소리쳤다. 죽긴 뭘 죽어? 어제만 해도 멀쩡하던 것이!

"울지 말고 제대로 말해!"

"속이, 아프고…… 금방 죽어요…… 다들, 흐읍, 그랬습니다. 죄송합니다, 저 쓸모없어서, 죄송해요……."

"……입 다물어."

끝까지 얼빠진 소리나 해대고 있다. 황제는 인상을 잔뜩 찌푸린 채 훌쩍거리는 소녀를 집어 들었다. 약해빠진 인간 어린애는 이래서 짜증 난다. 생쥐를 옆구리에 낀 채 방을 박차고 나가려던 그가 흠칫 발을 멈추었다. 병 걸려 곧 죽는다고 징징대는 애를 들고 뛰는 게 괜찮은 짓인가. 아무래도 멀쩡한 궁의를 끌고 오는 편이 낫겠다는 생각에 황제는 생쥐를 침대 위에 내려놓았다.

"꼼짝 말고 얌전히 기다리고 있어라!"

황제는 순식간에 침실을 빠져나갔고, 생쥐는 코끝을 움찔거리며 눈물을 삼켰다.

나갈 때는 한 명이었지만 돌아올 때는 여섯 명이었다. 황제와 그의 손에 붙잡혀 반쯤 정신이 나간 궁의에 이어 걱정 가득한 얼굴의 아리에스와 이카르, 라지예와 사지예까지 줄줄이 생쥐가 웅크리고 있는 침실로 들어섰다.

"새…… 나비 후궁마마! 괜찮으세요?"

아리에스가 소리치며 생쥐를 찾았다. 하지만 핏자국만 군데군데 남아 있을 뿐 조그만 소녀의 모습은 어디에도 보이지 않았다. 감쪽같이 잘 숨기는 하였지만 황제는 헤매지도 않고 침대 쪽으로 시선을 던졌다. 라지예와 사지예도 곧장 침대로 가 늘어진 시트를 위로 들추었다.

"생…… 후궁마마, 어서 나오세요."

"여기 있는 거 다 아니까, 요."

라지예는 바닥에 엎드려 침대 밑을 들여다보았다. 침대 아래의 좁은 틈새 안쪽으로 동그랗게 몸을 말고 있는 생쥐의 모습이 보였다. 간간이 눈물을 훌쩍이면서 고집스럽게 눈을 감은 채였다. 침대 옆으로 다가온 아리에스도 드레스가 구겨지는 것에도 아랑곳하지 않고 몸을 낮추었다.

"괜찮으니까 어서 이리 나오세요! 네?"

아리에스의 목소리에 생쥐가 감고 있던 눈을 살짝 떴다. 아리에스의 걱정스러운 얼굴을 보자 잦아들었던 눈물이 다시금 왈칵 쏟아져 나왔다. 그녀를 볼 면목이 없었다. 생쥐는 흑흑거리며 더더욱 작게 몸을 웅크렸다.

"괜찮아, 괜찮아요! 아무 일 없을 테니까!"

갑자기 눈물을 터뜨리는 생쥐의 모습에 아리에스가 당황하며 침대 아래로 손을 뻗었다. 하지만 그녀가 들어가기에는 틈이 너무 좁았다. 특히 가슴이 걸리적거렸다. 라지예도 마른 편이었지만 생쥐에 비해 체구가 훨씬 크기에 들어가는 것은 무리였다. 팔만 뻗어 파닥거리는 둘을 못마땅하게 쳐다보던 황제가 한숨을 내쉬며 침대를 붙잡았다.

"둘 다 비켜."

"옙!"

"조심하세요!"

아리에스와 라지예가 옆으로 비켜나자 황제가 침대를 붙잡은 손에 힘을 넣었다. 양쪽에서 팔을 한껏 뻗어도 생쥐를 붙잡을 수 없을 만큼 커다란 데다, 속이 꽉 찬 원목으로 만들고 대리석 장식까지 붙인 침대다. 당연하게도 엄청난 무게였지만 황제는 마치 한 겹 널빤지를 다루듯 침대 한쪽을 가볍게 들어 올려 옆면으로 세워놓았다. 아리에스는 생쥐의 모습이 바깥으로 드러나기가 무섭게 달려가 그녀를 품에 끌어안았다.

"흑…… 흐윽……."

"울지 마세요, 괜찮으니까. 아무 일 없을 거예요."

아리에스가 생쥐를 달래는 사이, 이유도 제대로 듣지 못하고 납치되다시피 끌려온 궁의가 불안정하게 세워진 침대를 힐끔거리며 다가왔다. 노궁의가 헛기침을 하며 조금 진정된 생쥐에게 물었다.

"어디가 어떻게 아프신 겁니까."

"아침에…… 일어나니까……."

생쥐는 아리에스의 품에 폭 파묻힌 채 아랫배 쪽을 가리켰다.

"배, 여기가 아프고…… 피도 계속 나오고요……."

발개진 눈망울을 하고서 생쥐가 아침에 있었던 일을 설명했다. 궁의는 그녀의 말을 귀담아듣고는 가볍게 단정 지었다.

"월경통입니다."

그의 말에 주위를 빙 둘러싸고 있던 세 명의 얼굴 위로 황당함이 스쳐 지나갔다. 라지예와 사지예는 월경통이 뭐냐는 표정으로 고개를 갸웃 기울였다.

"새, 후궁마마."

아리에스가 생쥐의 귓가에 속삭여 물었다.

"설마 이번이 처음이야? 월경 말이야. 피가 나고 배가 아픈 거."

초록색 눈을 끔벅거리며 생쥐가 고개를 끄덕였다.

"네. ……생리가 이런 거예요?"

들어는 보았다. 주위 여자들이 그날이다, 터졌다 하며 투덜대는 소리야 자주 귀에 들어왔지만 자세한 것까지는 몰랐다. 여성으로서의 몸의 변화에 대해 가르쳐주는 사람 또한 물론 없었다.

아직 울음기가 남은 생쥐의 물음에 아리에스는 작게 한숨을 내쉬었다. 역시나 한숨을 내뱉는 황제 옆에서 이카르가 의아해하며 입을 열었다.

"열여섯 살이라고 하지 않았습니까? 그거, 초경은 더 빨리 시작한다고…… 들었는데."

조금 멋쩍어하며 묻는 말에 궁의가 설명했다.

"지병이 있거나 영양 상태가 좋지 못해 몸이 과도하게 작고 약하다면 초경이 늦어질 수도 있습니다. 예를 들어 귀족 여성은 평균 열두세 살에 초경을 시작하지만, 굶기를 밥 먹듯이 하는 빈민가 여자들은 그보다 2, 3년쯤 늦다고 하더군요."

굶주림 속의 혹사에 아이를 가질 만한 몸 상태를 갖추기 힘든 탓이다. 실상 생쥐의 몸은 열서너 살짜리와 비슷했으니 초경이 늦어진 것도 이상한 일은 아니었다. 백작가에 들어가 제대로 먹어 살이 붙고 건강해지자 겨우 월경을 하기 시작한 것이었다.

진단을 끝낸 궁의가 약을 지어 보내겠다 말하곤 침실을 나서자 이카르가 대뜸 황제를 째려보았다.

"어떻게 초경도 못 한 어린애를!"

"건드린 적 없다. 멍청한 놈."

"……예?"

황제는 눈을 동그랗게 뜨는 이카르를 쳐다보며 못마땅하게 미간을 좁혔다.

"둔한 놈."

"그러게, 진짜 몰랐어요?"

아리에스까지 한마디 거들고 나서자 이카르가 더더욱 당황하며 뒷걸음질을 쳤다.

"아, 아셨습니까? 그러니까, 아무 일 없었다고요?"

"어머, 어떻게 그걸 눈치 못 챘대요? 바로 옆에 있었으면서."

"어떻게 압니까? 화, 확인할 수 있는 것도…… 아니고!"

빨개진 얼굴을 아리에스가 귀엽다는 듯이 쳐다보며 웃었다.

"생쥐가 전에 비해 하나도 변하지 않았는걸요. 겪을 만큼 겪은 어른이라면 모를까, 첫 경험 후의 소녀가 예전과 조금도 달라지지 않았다면 역시 이상하지요? 게다가 대화만 길게 나눠봐도 금방 알아차릴 수 있고요. 우리 후궁마마는 솔직하니까~."

"……저로서는 그런 이야기 못 하거든요."

일단은 주인의 후궁과 호위기사 관계가 아니던가. 대놓고 물을 수 있을 리가 만무했다. 황제가 자신만 몰랐다는 사실에 조금 뾰로통해진 이카르의 뒷머리를 툭 쳤다.

"티 내고 돌아다니지 마라."

"안 합니다. 제가 바봅니까?"

"멍청하기는 하지."

"아 그냥! ……눈치만 좀 없는 거거든요."

황제는 툴툴대는 이카르의 뒷덜미를 붙잡아 당기며 멍한 얼굴을 하고 있는 생쥐를 힐끗 쳐다보았다.

쓸데없는 소란을 피웠다는 것이 어이없기도 하고 한심하기도 하였다. 저 조그만 소녀가 달거리를 시작했다는 것은 침실에 들어서기도 전부터 눈치채고 있었다. 특유의 피비린내가 문밖까지 새어 나오고 있었으니. 하지만 생리를 가지고 병이라 착각하였으리라곤 생각질 못하였다. 초경이야 진즉 치렀을 줄 알았건만.

황제는 혀를 쯧 차며 붙잡은 그대로 이카르를 끌고서 침실 밖으로 걸음을 옮겼다. 이후 일은 같은 여자인 아리에스에게 맡겨 두는 편이 나을 것이다.

두 남자와 두 요정이 나가고 문이 닫히자 아리에스가 어쩐지 의기소침해져 있는 생쥐를 일으켜 세웠다.

"우선 씻자. 옷도 갈아입어야 할 거고. 배 많이 아프니?"

"……참을 만해요."

"아랫배를 따뜻하게 하면 덜 아파. 탕파를 준비해줄 테니 끌어안고 있으렴."

아리에스는 또래임에도 자신보다 훨씬 가녀린 어깨를 상냥하게 감싸 안고서 욕실로 향했다.

"그런데 월경이 뭐예요?"
"뭔데 피가 나는 거래요?"

침실 밖으로 나온 두 요정이 참았던 질문을 내뱉었다. 요정족은 난태생이라 생리를 하지 않았기에 둘에게는 생소한 이야기였던 것이다. 곤란한 질문에 이카르가 뒤로 슬쩍 빠지고 대신 황제가 대답했다.

"인간 여자는 생리를 시작하면 아이를 가질 수 있다."
"생쥐가? 그렇게 작은데?"
"그럼 이제 알 낳겠네요?"
"인간은 알이 아니라 새끼다."

황제의 말에 두 요정이 동시에 고개를 갸우뚱거렸다.

"하지만 낳으면 솔레다토르 애일 텐데."
"그럼 알 아닌가?"

"아닐 수도 있는 건가?"

"생쥐는 인간이니까?"

황제는 제멋대로 떠들어대는 요정들을 보며 미간을 좁혔다. 그나마 이카르가 자리를 떠난 뒤라 다행이었다.

"……둘 다 낳을 일 없어."

"왜요? 솔레다토르도 알 필요하지 않아요?"

"슬슬 하나쯤 있어야 할 텐데?"

"필요 없다. 그만 떠들고 가서 시녀들 입단속이나 해라."

궁의는 입이 무거운 자였기에 크게 신경 쓸 필요 없었지만 별채의 시녀들은 단속할 필요가 있었다. 두 요정은 명령에 따라 별채로 향했고, 혼자 남은 황제는 닫힌 침실 문을 바라보았다. 그의 입술 사이에서 복잡한 감정이 뒤섞인 한숨이 새어 나왔다.

곧 죽는다며 눈물 뚝뚝 떨어뜨리는 꼴에 순간 가슴이 철렁 내려앉았다. 조금만 침착히 생각하고 상황을 살펴보았더라면 월경 탓임을 쉽게 알 수 있었을 터인데도 꼴사납게 허둥거리고 말았다.

"……다정도 병이라."

자신에게 다(多)정하다는 수식어가 붙을 만큼 정이 헤프다고 생각지는 않았다. 하지만 어느 사이엔가 저 꼬마가 가슴 안쪽에 자리를 잡은 모양이었다. 쓸데없이.

새 잠옷으로 갈아입은 생쥐는 푹신한 팔걸이의자에 앉아 두 다리를 올려 끌어안았다. 그녀는 여전히 울적한 표정을 한 채 탕파에 넣을 물을 끓이는 아리에스를 바라보고 있었다. 배가 아픈 것 때문만은 아니었다. 그냥 기분이 우울했다. 그런 생쥐의 모습에 아리에스가 작게 미소 지었다.

"진통제를 먹고 나면 좀 나아질 거야."

"배가 아픈 건 괜찮아요."

피 때문에 놀랐을 뿐 통증은 참을 만했다.

"그냥, 어, 별로 기분이 좋지 않아요. 저기, 아리에스 언니."

"응?"

생쥐는 무릎 위에 얹어놓고 있던 턱을 약간 들었다.

"생리를 시작하면 아기를 가질 수 있다고 했습니다."

아리에스가 약간 놀란 눈으로 그녀를 바라보았다.

"알고 있었구나?"

"임신하면 귀찮아지니까 조심하라고 그랬거든요. 생리가 피가 나오는 건 줄은 몰랐지만요."

식당 주인이 생리를 시작하면 반드시 말하라고 했었다.

생쥐는 다시 무릎 위에 턱을 얹으며 중얼거렸다.

"하지만 폐하는 저랑 섹스하지 않으시니까 아기가 생기진 않을 거예요."

"……그것도 알고 있었니?"

"봤습니다."

아리에스의 몸이 일순 굳어졌다. 그녀는 애써 미소를 유지하며 말했다.

"전에…… 살던 곳에서, 말이지?"

"네. 손님이 가끔씩 식당에 창녀를 데리고 오기도 했거든요. 여관비 아깝다고 그냥 거기서 했어요."

그뿐 아니라 여종업원이 조리실 뒤쪽으로 종종 남자를 끌어들여 일을 벌이기도 했다.

생쥐가 살아온 환경의 험악함에 아리에스가 질린 한숨을 내쉬었다. 궁정도 온화한 장소는 절대 아니었지만 빈민가보다야 백배 나았다.

"옛날 일은 싸악 잊어버려."

"잊어요?"

"그래. 기억에 담아둘 필요 따위 없어. 할 수만 있다면 깨끗이 지워주고 싶은걸."

아리에스는 탕파에 뜨거운 물을 채우며 투덜거렸다.

"이건 폐하의 잘못도 있는 거라고. 빈민 구제도 나라를 다스리는 사람 몫이잖아? 그러니까 폐하께서는 생쥐 너한테 잘해야 해!"

제아무리 대단한 위정자라 하더라도 혼자 힘으로 빈곤을 뿌리 뽑는 것은 불가능하다는 사실을 잘 알고 있었지만, 그래도 책임을 떠넘겼다. 아리에스는 부드러운 천으로 감싼 탕파를 생쥐에게 내밀었다.

"자, 배에 대고 끌어안고 있으렴."

"고마워요."

"천만에. 곧 약도 도착할 거야."

생쥐는 건네받은 탕파를 꼭 끌어안았다. 온기가 전해지자 배의 통증은 물론이요, 우울하던 기분도 한층 나아졌다.

"폐하께서는 나이가, 연세가 많으시잖아요."

"백 살 넘겼다는 건 거짓말이야."

"그래도 많으실 거예요."

"겉보기보다 많을 거 같긴 하지만."

"그런데 왜 아직 아이가 없으실까요?"

여자를 데리고 오지 못할 정도로 가난한 것이 아니라면 보통 스물 초중반에 결혼을 하고 아이를 가진다. 하지만 황제에게는 아직 자식이 없었다. 정치적인 상황을 잘 이해하지 못하는 생쥐에게는 의아한 일이었다.

"그건 말이지."

아리에스는 회색 머리칼을 쓰다듬으며 대답해주었다.

"황태후가 싫어하거든."

"황태후가요?"

"그래. 폐하께 아이가, 특히 아들이 생기면 황태후는 죽이려 들 거고 공작은 이용하려 들겠지. 아이의 모친도 당연히 위험해질 거야. 그러니까 생쥐야, 아직은 안 돼."

"네?"

"폐하와의 아기는 공작까지는 무리더라도 적어도 황태후를 처리한 다음에 가지는 거야!"

생쥐는 힘주어 말하는 아리에스를 물끄러미 올려다보았다.

"어차피 폐하께서는 저랑 섹스 안 하시는데요?"

"……해야지. 언젠가는. 그리고 전에도 말했지만 섹스라고 직설적으로 말하면 안 되는 거란다. 은근히 돌려 표현해야 해."

"모르는 사람 앞에서는 말 안 합니다."

"당연히 그래야지. 아무튼 언제까지고 아무 일 없이 밤을 보내서는 안 된단다. 아직은 이르지만 점점 더 적극적으로 나가서 진도를 빼는 거야! 그리고 황태후가 실각하면 아이도 적어도 둘은 가지고…… 아, 물론 폐하께서 원하신다면 황태후가 버티고 있다 하더라도 어쩔 수 없겠지만. 그래도 가능하다면 황태후의 위협이 완전히 사라진 후가 좋아. 알겠지? 생쥐야."

"네."

대답은 했지만 생쥐는 아리에스의 말을 그다지 깊게 담아두지 않았다. 언제나 마음 한쪽에는 지금의 이 행복한 시간이 길게 지속되지 않을 것이라 생각하고 있었기 때문이다. 그저 하루하루가 계속해서 이어지고 내일이 또다시 찾아온다는 것만으로도 충분히 기뻤다.

"참!"

돌연 아리에스가 손뼉을 짝 치며 싱글벙글 웃는 눈으로 생쥐를 내려다보았다.

"그게 있었지! 깜박 잊고 있었네."

"그거요?"

"그래. 멋진 기회란다. 기대해도 좋아!"

대체 멋진 기회라는 게 뭘까. 생쥐는 고개를 갸웃 기울이며 즐거워하는 아리에스를 바라보았다.

"원래 초경을 한 여자아이에게는 부모나 후견인이 선물을 해줘야 하는 거랍니다. 그리고 부모가 없는 생쥐에게 있어 후견인은 남편인 황제 폐하시지요."

아리에스는 그렇게 말한 뒤 진통제를 먹고 몽롱해진 생쥐 옆에 앉았다. 맞은편 소파에는 황제와 이카르가 자리하고 있었다. 아리에스가 생쥐의 초경에 대해 중요한 이야기가 있다며 불러낸 것이었다.

"……선물이라고."

"네. 물론 황제 폐하의 격에 맞으시는 선물이어야 해요. 시시한 건 절대로, 절대로 안 된답니다."

아리에스의 두 눈은 마치 자신이 선물을 받는 것이라도 되는 양 반짝반짝 빛났다. 황제는 시선을 옆으로 움직여 탕파를 끌어안은 채 꾸벅꾸벅 졸고 있는 생쥐를 쳐다보았다.

"꼬마."

"……네?"

생쥐는 졸린 눈을 느리게 끔벅였다.

"갖고 싶은 것이 있나."

"어…… 갖고 싶은 거요?"

"그래."

멍하게 생각에 잠겨 있던 생쥐가 머리를 툭, 옆으로 떨구듯 기울였다.

"없습니다."

"없다고?"

"네."

고민해봤지만 없다. 생쥐는 손등으로 눈을 비비며 천천히 말했다.

"먹을 것도 많고요, 옷도 안 해졌고요, 잠자리도 좋아요. 그러니까 더 갖고 싶은 것은 없습니다."

"보석 같은 건 어떠냐. 네 머리핀처럼. 아니, 훨씬 더 비싸고 좋은 것으로."

황제는 마치 어린 여자를 돈으로 꼬드기는 갑부 중년 남자처럼 말했다. 실상 크게 다를 바 없기는 하였다.

첫 경험 79

"보석은 예쁘긴 하지만 무겁습니다. 별로 쓸모도 없어요."

혼례식을 치르며 화려한 드레스와 장신구에 이미 질릴 만큼 질린 생쥐가 고개를 절레절레 저었다. 더 비싼 거라고 해봤자 안목 없는 그녀가 보기엔 죄다 거기서 거기였다.

생쥐의 대답에 황제의 미간에 고민스러운 골이 파였다. 여자들이 받아서 좋아할 선물이라면 가장 먼저 보석이요, 그다음으론 옷이나 신발 따위 정도였다. 그 밖에는 딱히 떠오르는 것이 없었다.

"원하는 것이 아주 없지는 않을 텐데."

황제의 말에 생쥐가 조금 망설이다가 입을 열었다.

"아리에스 언니랑 결혼……."

"기각한다."

"네?"

"안 된다고."

"네……."

혹시나 싶던 얼굴이 역시나로 바뀌었다. 생쥐는 시무룩해져서 탕파를 더욱 꼭 껴안았다.

"정말로 뭔가 바라는 게 없니?"

이번에는 아리에스가 다정하게 물었다. 생쥐는 두 눈썹을 가운데로 모았다가 네, 하고 대답했다.

"없어요. 생각나는 게 하나도 없는걸요."

"그래? 하지만 좋은 기회잖니. 놓치기엔 아까워."

무려 황제 상대로 선물을 뜯어낼 수 있는 기회가 아니던가. 그냥 흘려보내기에는 너무도 아깝다. 그런 아리에스의 부채질에 다시금 끙끙거리던 생쥐가 한숨을 포옥 내쉬었다.

"아리에스 언니는요?"

"으응?"

"언니는 무얼 받으셨어요?"

생쥐의 말에 다른 사람들의 시선도 아리에스를 향하였다. 아리에스가 어머, 하고 작게 웃었다.

"들어봐야 별 도움은 못 될 텐데."

"뭐였는데요?"

"나는, 살타토르 백작가."

"네?"

"그러니까아, 가주 계승권 말이야. 번거롭게 양자 들이지 말고 그냥 나 달랬지."

아리에스가 수줍은 척 손끝으로 입술을 가린 채 호호 웃었다. 생쥐야 별생각 없이 그녀의 말을 받아들였지만 황제와 이카르의 표정은 미묘해졌다.

"……그 나이에?"

어이없다는 투의 황제의 말에 아리에스가 그를 마주 쳐다보며 뻔뻔하게 대답했다.

"제가 좀 조숙했거든요."

조숙했다고 해도 생쥐처럼 영양실조가 아닌, 되레 잘 먹어 발육 좋은 귀족 여성은 초경이 열두세 살경에 온다.

어린애 티가 아직 역력히 남아 있을 소녀가 초경 선물로 입에 담을 만한 내용은 분명 아니었다.

"폐하 상대로는 나라를 달라 하는 격이 되니 확실히 도움 못 되는 이야기이죠. 아니면, 혹시 주실 수 있으신가요?"

"줘봤자 얼마 못 버티고 빼앗기겠지."

"하긴 원하는 상대에게는 세상 그 무엇과도 비견할 수 없는 지보겠지만 원치 않는 상대에게는 선물이라기보단 벌에 가깝겠지요."

황제는커녕 황후 자리조차도 버거울 생쥐다. 아리에스는 다시 생쥐에게로 시선을 돌리며 말했다.

"사실 원하는 걸 말해보라 한다 해도, 떠올리지 못하는 게 당연할 거예요. 생쥐 넌 우리 집에 오기 전에 내내 뒷골목에서만 살았다고 했지?"

"네."

"돈을 주고 물건을 사본 적도 없다고 했고."

"없었습니다."

식당에서 일은 했지만 급료가 주어지진 않았다. 먹을거리나 얻을 수 있으면 감지덕지였지, 노동에 대한 대가를 받아 무언가를 산다는 것은 꿈도 꾸어본 적이 없었다. 만약 돈을 받았다 해도 음식을 사는 데 전부 써버렸겠지만.

아리에스가 이것 보라는 듯 황제를 살짝 쩨려보았다.

"선물을 바라는 것도 아는 게 있어야 가능하죠. 수도 거리에 상점이 수백 수천 채 줄지어 늘어서 있어도 뭘 파는지 까맣게 모르는

데 어떻게 사달라고 하겠어요?"

분명 모르는 물건을 원할 수는 없는 노릇이었다.

"사랑스러운 비에게 기본적인 의식주 외의 것도 즐기는 방법을, 슬슬 가르쳐주셔야 한다고 생각해요."

생쥐에게는 좀 더 세상을 알려줘야 할 필요가 있었다. 경험하여 배우고 익히기 위함만은 아니다. 공부도 중요하지만, 그것보다 먼저 필요한 것은 노는 법이었다. 시간과 돈과 그 밖의 많은 것들을 자신을 위해 쓸 줄 알아야 한다. 아리에스는 그렇게 생각하고 재차 강조했다.

"폐하의 체면을 위해서도 말이에요. 사치가 미덕은 아니지만 생쥐의 소비는 검소를 지나쳐 빈곤 수준이잖아요. 유일한 후궁이라는 입장을 놓고 본다면 차라리 사치스러운 것이 낫습니다."

동반한 레이디의 치장 수준이 남자의 권력과 재력을 나타내주는 궁정이니 초라한 후궁보다는 다소나마 사치스러운 쪽이 분명 더 낫긴 하였다. 비록 당사자들이 그런 쪽에 무신경하기는 했지만.

"산천 곡곡 유람은 불가능하더라도 수도 거리 정도는 한 번쯤 돌아보는 게 좋다고 생각하지만, 황태후가 버티고 있는 이상 무리겠지요. 그러니 적어도······."

"무리까진 아니지."

묵묵히 아리에스의 말을 듣고 있던 황제가 툭 내뱉었다.

"······네?"

"나가면 돼."

황제는 자리에서 일어서며 두 젊은 남녀를 쳐다보았다.

"대신 그동안의 일 처리는 말 꺼낸 네 녀석들이 해라."

"예? 이, 일이라니요?"

난데없는 덤터기에 아무 말 없이 앉아 있던 이카르가 눈을 동그랗게 떴다. 그가 당황하거나 말거나 황제는 딱 잘라 말했다.

"내 정무. 한쪽은 보아온 것이 있고 다른 한쪽은 배워온 것이 있을 터이니 그럭저럭 해내겠지."

"폐하! 아무리 그래도 갑자기 폐하 대신 정무를 보라니요? 저도 그렇고 살타토르 양 또한 한번 해본 적 없는 일을······."

"못 할 것도 없긴 합니다만."

"사, 살타토르 양?"

아리에스의 태연한 대답에 이카르가 배신당한 듯한 표정을 지었다. 그녀가 자신 있게 나서니 황궁 물 몇 년 더 먹은 연상의 남자로서 못하겠다 앓는 소릴 내기도 부끄러워졌다. 이카르가 우물거리는 사이 아리에스는 자리에서 몸을 일으키며 미소를 머금었다.

"폐하께서는 종종 이곳 나비궁에서 시종도 없이 정무를 보시니 하루 이틀쯤 자리를 비우신다 해도 크게 티가 나지는 않을 것입니다. 조회나 기타 행사는 취소해야 하겠지만, 그것도 미리 하루 쉬겠다 말을 해놓으면 괜찮겠지요. 문제는 황태후 몰래 궁을 빠져나가는 것인데, 아마도 케이어스 씨의 도움을 받으실 생각이시겠죠?"

"길게 말할 필요 없겠군."

황제는 고개를 끄덕였다. 여러 가지로 거슬리는 여자이긴 했지만 이런 면에서는 확실히 편했다.

"월경은 언제 끝나지."

"조금씩 다르지만 보통은 길어도 일주일 이내예요."

"그럼 별다른 일이 생기지 않는다면 일주일 후에 외출하겠다."

"네. 적당한 외출복을 준비해두겠습니다. 가발도 씌우는 편이 좋을까요?"

"길지 않은 걸로."

그렇게 일사천리로 결정해버리는 두 사람 사이에서 생쥐는 고개를 갸우뚱 기울였고 이카르는 크게 한숨을 내쉬었다.

황궁 밖으로 나간다는 말을 들은 생쥐는 기쁨보다도 걱정을 더 앞세웠다. 그녀에게 있어 황궁 바깥이란 좋은 기억보다 나쁜 기억이 수십 수백 배 더 많았기 때문이다. 덕분에 나가지 않으면 안 되느냐고 침울해하는 생쥐를 아리에스가 한참이나 달래야만 하였다.

그렇게 불안해하던 생쥐를 진정시킨 것은 다름 아닌 황제의 존재였다. 지켜줄 테니 걱정할 것 없다는 황제의 말 한마디에 납득하는 생쥐를 보고 아리에스는 어이없어하였다.

하지만 이해가 가지 않는 것은 아니었다. 아리에스 또한 자신을 보호해줄 사람을 고르라면 연심을 품고 있는 이카르를 버리고서라도 황제를 선택할 테니까.

그리고 열흘 후, 아직 사위가 어두침침한 이른 시간에 황제가 잠들어 있는 생쥐를 깨웠다.

"일어나라. 해가 뜨기 전에 나가야 한다."

황제 혼자라면 모를까 생쥐를 데리고 황궁을 빠져나가는 것은 무리였다. 지상으로는 말이다. 하지만 공중이라면, 그것도 여린 달빛만이 흩어지는 밤하늘을 가로지른다면 황궁이 아니라 그보다 더 엄중한 요새라 할지라도 조용히 벗어날 수 있는 것이다.

황제의 재촉에 생쥐는 잠기운 어린 눈을 비비적거리며 침대에서 기어 내려왔다. 아리에스가 미리 준비해준 옷으로 주섬주섬 갈아입고 검은색 가발까지 쓴 작은 소녀를 황제가 팔을 뻗어 안아 들었다.

"……폐하?"

늘 그렇듯이 꼬물꼬물 황제의 품에 자리를 잡던 생쥐가 고개를 갸웃 기울였다. 그녀의 시선이 황제의 얼굴을, 정확히는 두 눈을 향했다.

"눈이 까매요."

인간 같지 않은 예기를 흘리던 황금빛은 어디론가 사라지고, 검게 어두워진 눈동자가 생쥐를 내려다보았다. 황제는 침실 밖으로 걸음을 떼어놓으며 대꾸했다.

"원래 눈을 하고 돌아다녀서야 몰래 나간 보람이 없겠지."

"눈 색을 바꿀 수도 있군요."

생쥐는 고개를 끄덕거렸다. 황금색 눈은 인간 중에서는 황족에게나 드물게 나타나는 것이라고 들었다. 그러니 몰래 나가려면 바꾸어야겠지만 서운한 감정이 살짝 스며들었다. 검은색도 나쁘진 않지만.

"금빛이 더 좋아요."

생쥐는 정원의 서늘한 공기를 훅 들이마시며 말했다.

"예쁩니다."

"……별로."

"저는 예쁘다고 생각해요. 달 같아요. 하얗게 창백하고 차가운 달 말고요, 커다랗게 동그란 황금색 달이요."

황제는 무심코 하늘을 힐끗 올려다보며 정원을 가로질러 갔다.

"금색이면 보통 달보다는 해겠지."

"해는 너무 눈부셔서 제대로 볼 수도 없는걸요. 그런 아픈 금빛이 아니라 부드럽고 상냥한 금빛이요. 달의 금색은 뜨겁지도 않고 차갑지도 않습니다. 어, 만져본 적은 없지만 그럴 것 같아요."

문득 예전에 들었던 노래가 떠올라, 생쥐는 참지 않고 흥얼거리기 시작했다.

"바다가 너무 넓어 건널 수가 없네요. 내게는 날 수 있는 날개도 없는걸요."

날개를 찾아 날아올랐지만, 해는 너무나 뜨거워 깃털을 녹여버리고 달은 너무나 차가워 깃털을 얼려버린다.

생쥐는 나직이 울리는 목소리로 노래했다. 날개는 없지만, 있다 해도 바다를 건널 수 없다 노래하지만, 금빛 상냥한 달이 걸린 하늘이라면 괜찮지 않을까.

"바다에 가보고 싶나."

가만히 노래를 듣고 있던 황제가 입을 열었다.

"모르겠어요. 바다가 뭔지 잘 모릅니다."

아주 넓고 물이 많은 곳이라는 말은 들었지만 잘 상상이 가질 않았다.

"물이 많다고 했으니까 가뭄이 들어도 목마를 일은 없겠지요?"

"바닷물은 못 마신다."

"물인데도요?"

"마시면 목이 더 마르게 되지."

생쥐의 미간이 살짝 좁아졌다.

"쓸모없는 물만 많다니, 바다는 안 좋은 곳이네요."

"대신 바닷물로는 소금을 만들 수 있어."

"소금이요? 물로 소금을 만들어요?"

생쥐가 눈을 동그랗게 뜨며 말했다. 물보다 소금이 훨씬 더 비싼데 그런 비싼 소금을 만들 수 있는 물이라니. 안 좋다고 생각했던 바다가 갑자기 대단하게 느껴졌다.

"그리고 먹을 것도 풍부하지. 어선 그물질이나 줄낚시에는 세금이 붙지만 대낚과 물질, 갯벌채집은 면세라 바다에 익숙하다면 맨몸뚱이만 있어도 굶어 죽지는 않을 거다."

"정말이요? 안 굶습니까?"

"그래. 논밭에는 가뭄이 들어도 바닷속은 마를 일이 없으니."

"대단해요!"

아무것도 없는 빈손이라 해도 굶지 않을 수 있는 곳이라니. 생쥐는 연신 감탄을 흘려냈다.

"그런데 왜 다들 바다에 살지 않는 걸까요?"

"……말하자면 복잡하다."

황제는 이야기를 대충 얼버무렸다. 평민의 거주지 이전 제한이나 농노와 영주, 소금 전매권을 둘러싼 이권 다툼 등을 길게 늘어놓아 봤자 생쥐가 제대로 알아들을 수 있을 리 없었다. 또한 그녀가 굳이 알 필요 없는 세계이기도 하였다. 생쥐를 얽매었던 어두운 거리가 소수 특권층의 욕심으로 인해 생겨났음은 입 밖으로 꺼내고 싶지도 않았다.

정원을 돌아 후원 쪽으로 들어가자 길게 드리워진 건물 그림자 속에 그림자보다 더욱 짙은 어둠을 띤 물체가 웅크리고 있는 것이 보였다.

생쥐가 커다래진 눈을 한 채 작게 속삭였다.

"케이어스 아저씨예요?"

"그래."

"언니랑 사지랑 라지랑, 또 노체 할머니도 말해줬지만, 저렇게나 클 줄은 몰랐습니다."

"무섭나?"

황제의 물음에 생쥐는 목을 길게 빼며 검은 드레이크를 바라보았다. 케이어스 역시 숙이고 있던 머리를 위로 들어 올렸다. 칠흑빛 몸이 움직이며 피막의 날개가 약간 들썩거렸다. 생쥐는 반쯤 접혀 있음에도 길고 널따란 날개를 홀린 듯이 쳐다보다가 얼른 고개를 저었다.

"아뇨, 멋져요. 게다가 케이어스 아저씨잖아요. 무섭지 않습니다."

어떤 모습을 하고 있든, 맛있는 걸 만들어주는 사람이 무서울리 없었다. 드레이크가 아니라 그보다 훨씬 더 무시무시하고 거대한 마수라 하더라도 식탁 가득한 요리에 달콤한 후식까지 내어준다면 겁내기는커녕 좋아할 자신이 있었다.

"아, 그럼 케이어스 아저씨가 밖으로 데려다주는 거예요?"

생쥐는 눈을 반짝반짝 빛내며 물었다. 드레이크를 타고 하늘을 나는 것은 아리에스에게 이야기를 들었을 때부터 내심 바라던 일이었다. 자신의 날개는 아니지만 항상 올려다보기만 했던 하늘에 오를 수가 있다. 아무런 희망이 없던 때에도 이따금 꿈꿔봤던 일이기에 기대가 되지 않을 수 없었다.

"하늘에는 성벽도 경비병도 없으니까."

황제는 생쥐를 품에 안은 그대로 얌전히 몸을 낮춘 드레이크의 곁으로 다가갔다. 생쥐는 달빛을 받지 않고도 반지르르 윤이 도는 검은 비늘을 빤히 바라보다가 아차 하고 말했다.

"케이어스 아저씨, 고맙습니다."

[천만에.]

황제가 드레이크의 등 위로 가볍게 올라탔다. 접혀 있던 날개가 길게 펼쳐지고, 단 한 번 크게 날갯짓하자 거대한 몸뚱이가 단숨에 위로 솟구쳤다. 두 번째 날갯짓에 지붕이 발아래로 내려가고 세 번째 날갯짓에 지상이 까마득히 멀어졌다.

 뺨을 스치는 바람 속에서 생쥐는 하늘을 바라보았다. 가늘게 뜬 달은 여전히 멀었지만 밤하늘은 이제 그녀의 눈앞으로 펼쳐져 있었다. 가로막는 것 하나 없이 드넓게 탁 트인 공간. 바람은 차가웠지만 생쥐는 배시시 웃었다.

 하늘을 난다는 것은 이런 거구나. 아무것도 없다. 어디로든 어느 방향으로든 마음껏 날갯짓해도 누구도 그 무엇도 막아서지 않는 것이다.

 "역시 날개가 있으면 좋겠어요."

 황제는 코끝이 약간 발개진 채 중얼거리는 생쥐를 품 안 깊숙이 끌어당겼다. 조용히 내려서기 적당한 수도 내 숲에 다다르는 것은 금방이겠지만, 고공의 찬바람이 조그만 여자애의 몸을 얼리는 것 또한 금방이다. 얼굴까지 푹 파묻힌, 평소와는 달리 검은빛을 띤 작은 뒤통수를 내려다보며 그가 입을 열었다.

 "갖고 싶은 게 아주 없는 것은 아니군. 하지만 날개는 무리다. 남의 걸 뜯어다 줄 수는 있다만."

 "알고 있습니다."

 생쥐는 갑갑함에 무심코 머리를 꼬물거리며 말했다.

 "그냥, 꿈인걸요. 이루어지길 바라는 게 아닌, 머릿속에 그려만

보는 거요. 하지만 폐하. 날개는 절대로 안 되겠지만요, 다른 건 이루어졌습니다."

푹 감싸인 전신으로 전해지는 온기에 몰아냈다고 생각했던 잠기운이 다시금 손끝을 뻗어왔다. 생쥐는 작게 하품을 하면서 말을 이었다.

"가족이 생겼고요, 매일 맛있는 것을 먹습니다. 다가올 추위를 걱정할 필요 없이 좋은 옷에 좋은 집도 생겼어요. 전부 다 절대로 이루어지지 않을 거라고 생각했던 꿈이거든요. 어떻게 가능할 거라고 생각했겠어요."

하루하루 배 채우기도 벅찬 고아 계집애에게 있어 돌연 날개가 돋아나는 것 이상으로 기적 같은 일인 것이다. 생쥐의 속삭이는 듯한 목소리에 황제가 나직이 대꾸했다.

"너는 대신 목숨을 걸었다."

"고작 그뿐이잖아요. 언제든지, 당장에라도 잃을 수 있는 건데."

굶어 죽을 수도 있고 맞아 죽을 수도 있고 얼어 죽을 수도 있고, 병에 걸리거나 들개에게 물려 죽을 수도 있다. 그중 한 가지가 돌연 닥쳐오더라도 놀라지 않고 결국 이렇게 되었구나, 체념하고 말 삶이었다. 그러니까 목숨 같은 건 무겁지 않았다. 적어도 생쥐 스스로에게는 그러하였다.

황제가 무덤덤하게 흘러나온 말에 반박할 단어를 고르는 사이, 길게 펼쳐져 있던 검은 날개가 화라락 접혔다. 그사이 목적지에 도착한 것이었다.

목적지로 삼은 어느 고위귀족의 사냥용 숲에는 드레이크가 착륙할 만큼 넓은 공터가 없었다. 따라서 케이어스는 지상 10미터쯤 위에 날개를 펄럭이며 멈추었다. 황제는 생쥐를 단단히 붙잡아 안아 들고 드레이크의 등에서 뛰어내렸다. 평범한 인간의 육체로는 감당키 힘든 높이였지만 그는 고양잇과 짐승처럼 가볍게 착지하였다. 케이어스 또한 공중에서 인간화하여 땅에 내려섰다.

"그럼 이틀 뒤 밤에 이곳으로 찾아오겠습니다."

케이어스는 그렇게 말하곤 먼저 자리를 떠나갔다. 빛 한 점 없이 어두컴컴한 숲 속으로 사라지는 그의 뒷모습을 바라보던 생쥐가 황제의 옷깃을 살짝 잡아당겼다.

"폐하, 내려주세요. 계속 안겨 있으면 잠들 거 같습니다."
"자도 돼. 그리고 지금부터는 폐하라고 부르지 마라."
"그럼 뭐라고 불러요?"
"솔."
"솔님이요?"
"쓸데없는 존칭은 빼라."
"그래도 돼요?"
"돼."

생쥐는 순순히 고개를 끄덕였다. 평소에도 요정들과 케이어스, 노체 할멈이 편하게 황제를 호칭했기에 거부감이 들지는 않았다. 그래도 막상 입 밖으로 내려니 어째선지 조금 수줍어지고 말아, 이름을 내뱉는 대신에 입술 끝만 삐죽해버렸다.

"……이제 마을로 가는 거예요?"

"그래."

"가지고 싶은 게 없으면 어떡하죠."

"없어도 골라. 빈손으로 돌아가면 건방진 여자가 종일 투덜거릴 테니."

"네."

대답은 했지만 생쥐는 가지고 싶은 것을 찾을 순 없을 거라고 생각했다.

이미 다 가졌으니까. 그러니까, 더 가지기보다는 지금 가진 것을 하루라도 더 오래 손에 쥘 수 있기를 바랐다.

황제의 품 안에서 꾸벅꾸벅 졸던 생쥐는 샛노랗게 짙어진 햇살이 뺨을 간질이는 느낌에 잠에서 깨어났다. 어느새 컴컴하던 숲은 사라지고 잘 정돈된 거리가 눈앞에 펼쳐져 있었다. 생쥐는 가벼운 활기가 떠도는 아침 공기를 한 모금 깊게 들이켜며 주위를 두리번거렸다.

"해가 떴어요. 아침인데……."

생쥐는 우유통을 가득 실은 수레를 바라보며 걱정스럽게 물었다.

"아침을 어디서 먹지요? 그러니까, 식당에는 맛있는 음식이 없어요. 황궁과는 다릅니다."

생쥐가 아는 식당은 두 종류였다. 하나는 여행자들을 위한 식당으로 그나마 먹을 만한 요리를 파는 곳이었으며, 나머지 하나는 조리할 수 있는 집이 없는 빈민을 위한 식당이었다. 어느 정도 먹고사는 자들은 제집에서 밥을 지어 먹었지만 찢어지게 가난한 이들은 달랐다. 잠자리 이외의 장소를 마련하여 만든 아궁이에 땔감을 사다 태우느니, 빈민 식당에 줄을 길게 서서 죽 한 그릇에 마른 빵조각을 사다 먹는 편이 싸게 쳤기 때문이다. 후자는 물론이요, 전자 또한 자신이라면 모를까 황제에게는 어울리지 않았다.

"배가 고픈가."

"음, 조금요."

생쥐의 대답에 황제는 그녀를 내려놓고 아리에스가 준 지도를 펼쳐 들었다. 수도 번화가를 상세히 담은 지도 곳곳에는 동그라미 표시와 함께 깔끔하고도 우아한 글씨체로 설명이 적혀 있었다. 유명한 인형가게와 액세서리점에는 크게 중요 별표도 쳐놓았다. 선물을 구입할 상점뿐만 아니라 식당과 숙소의 서비스 상태며 추천하는 음식, 주위 풍경 등에 대해서도 상세히 적어두었다.

다만 예산에 대한 고려는 조금도 없었다. 가격을 따지지 않고 무조건 고급만 골라놓은 탓에 추천대로 따라갔다간 어지간한 재력가가 아니고서는 쇼핑 두어 번으로 주머니가 텅 비어버릴 수 준이었다.

첫 경험

"……공용마차가 있다고 했었지."

황제는 아리에스로부터 들은 설명을 떠올리며 낮게 중얼거렸다. 실상 그도 이렇게 수도 거리에 놀러 나온 적은 없었다. 이카르가 어릴 적에는 마경에 머물렀으며, 제국 구석구석을 여행할 적에는 수도 가까이 가는 것을 일부러 피해 다녔던 데다 그 밖의 시간에는 황궁에 발목 잡힌 채였던 탓이다.

"저기 마차가 오고 있어요."

생쥐가 대로를 가로질러 가는 쌍두마차를 손가락으로 가리켰다. 황제는 마차를 슬쩍 보곤 말했다.

"저건 개인마차다. 이용객이 없는 공용마차는 마부석에 작은 깃발을 세워놓는다더군."

"깃발이요?"

"그래. 하루 단위로 전세 낼 수도 있다지만 그럴 필요까지는 없겠지."

마차를 이틀간 전세 내는 쪽이 편하기는 하겠지만 특정 인물과 오래 얼굴을 마주치는 건 삼가야 했다. 혹여 후에 황제나 생쥐의 정체를 눈치채기라도 한다면 귀찮아지기 때문이었다.

두 사람은 마차를 잡아타고 아리에스가 추천해놓은 식당으로 향하였다. 귀족 대상의 3층짜리 레스토랑은 천장이 높아 층수에 비해 반 배는 더 큰 호화로운 건물이었다. 그렇다고 해도 황궁에 비하면 아담하다 해도 좋을 수준이었건만, 어째서인지 생쥐는 기가 죽어 식당 안으로 들어가길 꺼렸다.

"저어 폐, 아니 솔……만 드시고 나오시면 안 될까요?"

황제는 자신의 등 뒤로 반쯤 몸을 숨긴 생쥐를 돌아보았다.

"여기가 마음에 안 들면 다른 곳으로 가마."

"아뇨, 아니에요. 그런 게 아니라요……."

생쥐는 우물쭈물하며 말을 이었다.

"식당에 손님으로 가본 적은 없어서…… 어, 제가 아는 식당이랑도 많이 다르고요. 그러니까…… 제가 손님으로서 들어가면, 안 될 거 같습니다……."

문제는 식당이라는 공간이었다. 다른 가게였다면 이렇게까지 움츠러들지는 않았을 것이다. 식당에서의 그녀는 구박을 넘어 학대받는 노예와 비슷한 종이었다. 지금은 처지가 달라졌다는 사실을 머리로는 알고 있었지만, 막상 식당이라는 공간으로 들어서려니 두려움과 거부감이 동시에 고개를 치켜들었다.

"그런 거 신경 쓸 필요 없다."

황제는 생쥐를 자기 앞쪽으로 끌어내며 말했다.

"지금의 너는 평범한 손님일 뿐이니."

"그렇기는…… 하지만요……."

"괜찮으니까 당당하게 굴어. 어차피 이 식당 주인은 물론이고 손님 중에서도 너보다 신분이 높은 자는 거의 없을 거다."

생쥐는 황제의 유일한 후궁이다. 아직 황손을 잉태하지 못해 입지는 약하지만 그럼에도 어지간한 고위귀족이 아니고서는 하대할 수 있는 입장이었다. 그리고 이런 식당에 제 저택에서 만찬을 별일 수 있는 고위귀족이 드나드는 일은 별로 없었다.

 황제의 다독임에도 생쥐는 불안을 쉽게 떨쳐내지 못하였다. 길디긴 세월 동안 쌓여온 감정을 말 몇 마디에 깨끗이 흘려내기란 쉬운 일이 아니었다.

 "정 꺼려진다면 노점상 같은 곳도 있다만."
 "아, 아니에요. 괜찮습니다. 들어갈 수 있어요."

 생쥐는 각오를 다잡으며 식당 건물을 올려다보았다. 고작 밥을 먹으러 들어가는 것뿐이었지만 마치 전쟁터에라도 출진하는 듯한 표정이었다.

 "……들어가겠습니다."

 생쥐는 크게 심호흡을 한 뒤 한쪽 손으로 황제의 옷자락을 꼭 붙잡은 채 식당 문을 향해 걸어갔다. 융단이 깔린 입구 옆에 서 있던 종업원이 두 사람을 보고 공손히 인사하며 문을 열어주었다.

 아직 이른 시간이었기에 식당 안에는 손님이 거의 없었다. 이내 자리를 안내받았고, 생쥐는 긴장 어린 얼굴을 한 채 소파에 파묻히듯 움츠려 앉았다. 황제는 그런 소녀의 태도에 음식을 고르게끔 하는 것은 포기하고 혼자 알아서 적당히 주문했다. 웨이터가 자리를 떠나고 나자 그제야 생쥐가 웅크리고 있던 몸을 바로 폈다.

 "여기는…… 제가 알고 있던 식당과는 많이 달라요."

 분위기도 풍경도 전혀 다르다. 덕분에 마음이 조금 놓였다.

 "저 손님으로 보입니까?"
 "그래."

"이상하게 안 느껴져요?"

"전혀."

황제의 연이은 대답에 생쥐가 짧게 안도의 한숨을 내쉬었다. 이제는 자세도 좀 더 편해졌다.

식사가 준비되는 사이 황제는 다음 목적지를 정하기 위해 다시 지도를 펼쳐 들었다.

"내일까지는 네가 하고 싶은 것, 이라고 해도 아는 게 없겠군."

물어봤자 모른다는 뻔한 대답이 돌아올 게 분명했다. 대국의 수도이니만큼 거리에 널린 유흥거리는 많았다. 하지만 그중에서 생쥐가 알고 있는 것은 과연 몇이나 될까. 아마도 한 손을 다 채우지도 못할 정도일 것이다.

그는 생쥐와 일정에 대해 논하는 것을 포기하고 지도에 표시된 장소들을 살펴보았다. 특별한 목적지가 없으니 일단은 아리에스가 추천해놓은 곳을 돌아볼 생각이었다.

그러는 사이 음식이 도착했다. 종업원이 나타나기가 무섭게 다시 거북이처럼 움츠러든 생쥐가 고개만 살짝 빼어 테이블을 채우는 접시들을 살펴보았다. 귀족 상대의 고급 식당이다 보니 황궁에서 먹던 것들과 크게 차이가 없어 보였다.

생쥐는 종업원이 떠난 뒤에야 주위의 눈치를 살피면서 테이블 위의 음식을 조금씩 집어 먹기 시작했다. 그나마 손님이 거의 없었기에 망정이지, 북적북적하게 차 있었더라면 식사는커녕 고개도 못 내밀 것 같은 태도였다.

"정 불안하면 이쪽으로 와라."

보다 못한 황제의 말에 생쥐가 머뭇거리다가 테이블을 빙 돌아 다가왔다. 생쥐는 황제의 곁에 찰싹 달라붙어 앉았다. 그녀의 얼굴 가득 안도의 빛이 드리워졌다.

"황궁에 막 들어왔을 때도 당당히 잘 돌아다니더니."

보통 사람이라면 오히려 황궁에서 지금의 생쥐 이상으로 주눅 들 것이었다. 생쥐는 황제의 옆구리에 만족스럽게 머리를 들이민 채 대답했다.

"죽으려고 들어간 거니까요. 그러니까, 제가 필요해서 불러들인 거잖아요. 하지만 황궁 밖에서의 저는 쓸모가 없습니다. 어디에나 있는 평범한 여자예요."

이대로 황궁 밖에 혼자 버려진다면 생쥐로선 할 수 있는 일이 없었다. 그녀가 몸에 익힌 것이라곤 식당의 잡일뿐, 노동으로든 성적으로든 몸을 파는 방법 외에는 먹고살 길이 전무했다.

"평범한 여자가 아니라 황제의 후궁이다."

"그건 폐하께서 계실 때의 일이고요. 저는 그냥 생쥐예요."

생쥐는 고집스럽게 주장했다. 후궁이라는 직책은 어디까지나 황제에게 달린 것뿐이지, 스스로는 아무것도 아닌 그냥 계집애일 뿐이다. 그렇게 확고하게 믿고 있었다.

적당히 식사를 마치고 밖으로 나오자 거리에는 사람들이 이른 오전 때보다 늘어나 있었다.

포석이 깔린 길을 따라 오가는 행인들은 대부분 잘 차려입은 부유층이었다. 물론 황궁에 비하면 소박한 편이었지만 생쥐가 아는 길거리에 비한다면 눈이 부실 지경이었다. 엉겁결에 살타토르 백작가를 찾아갔던 그날의 거리도 이곳에 비해선 초라했다. 상점 건물도 훨씬 더 크고 길 또한 넓었다.

 생쥐는 한 손으로 황제의 옷자락을 붙잡고서 약간 숙인 눈으로 주위를 두리번거렸다. 처음 빈민가를 벗어났을 때완 달리 그녀에게 시선을 두는 사람이 거의 없었다. 어쩌다 눈이 마주친다 해도 그냥 스쳐 지나가거나 가벼운 미소가 돌아왔다.

 생쥐가 거리 풍경에 정신이 팔린 사이 황제는 아리에스가 반드시 들러야 한다고 강조에 강조를 거듭했던 인형가게로 향했다. 추천해놓은 숍 중 하나가 마침 식당에서 얼마 떨어지지 않은 곳에 위치해 있었다. 금박을 입힌 대형 간판 아래, 색이 들어간 유리문 앞에 멈추어 서자 생쥐가 화들짝 놀라며 인형숍을 바라보았다.

 "……여기 들어가요?"

 "그래. 인형가게라더군."

 쇼윈도 너머로 크고 작은 인형들이 진열되어 있는 것이 보였다. 황제는 눈을 동그랗게 뜬 생쥐를 데리고 유리문 안으로 들어섰다. 새 모양의 차임벨이 울리고 단정한 유니폼을 입은 여직원이 두 사람을 맞이했다.

 "어서 오세요, 세마리아의 공방입니다."

 여직원은 황제에게는 잠깐의 시선만 두고 생쥐를 향해 활짝 미소

지어 보였다. 이런 인형가게의 주 고객은 당연하게도 남자가 아닌 여성이다. 그녀는 어색한 표정의 소녀에게 상냥하게 말을 걸었다.

"아가씨께서는 어떤 인형을 좋아하시나요?"

"……네?"

"껴안기 좋은 폭신한 솜 인형도, 실물과 다름없는 정교한 인형도, 태엽으로 움직이는 자동인형도 모두 구비되어 있답니다."

"아, 그…….”

생쥐는 당황하며 황제를 올려다보았다.

"좋을 대로 골라봐라."

"고, 골라요?"

황궁에 들어간 이후로는 부족함 없이 풍요롭게 지내왔다지만, 무언가를 원해서 먼저 요구한 적은 드물었다. 기껏해야 음식이나 과자를 달라고 하는 정도가 전부였다.

낯선 상황에 어쩔 줄 몰라 하는 생쥐를 여직원이 친절하게 가게 안쪽으로 안내해 갔다.

"요즘 날씨가 추워지면서 솜 인형이 인기가 많아졌답니다. 여기 이 흰 망아지 인형은 여우 털로 만든 거랍니다. 한번 만져보세요, 정말 부드러워요."

생쥐는 시키는 대로 제 몸통만 한 망아지 인형에 손을 뻗었다. 손가락 사이로 부드럽게 스치는 털력이 기분 좋게 느껴져 딱딱하게 굳어 있던 표정이 슬며시 풀어졌다.

"정말이네요."

"그렇죠? 눈은 최고급 사파이어를 박아 넣었답니다. 꼬리와 발굽은 금사로 장식했고요. 혹시 좋아하시는 동물이 있으세요?"

"어…… 새요."

"새라면 정말 멋진 상품이 있답니다! 이쪽으로 와보시겠어요?"

여직원이 안내해간 곳에는 자동인형들이 진열되어 있었다. 태엽을 감아 움직이는 온갖 정교한 인형들 속에서 여직원이 자랑스럽게 내민 것은 황금을 바탕으로 하여 온갖 보석으로 꾸민 어른 주먹만 한 크기의 새 인형이었다. 금빛 새는 역시나 보석으로 장식한 횃대에 앉아 있었다.

"이건 단순한 태엽 인형이 아니랍니다. 저도 자세한 원리는 모르지만 여기 이렇게, 횃대 아래에 열쇠를 넣어 돌려주면……."

끼릭 하는 작은 구동음과 함께 새가 접고 있던 날개를 활짝 펼쳤다. 자연스럽게 홰를 치며 부리를 벌리는 모습에 생쥐가 감탄사를 내뱉었다.

"우와…… 꼭 진짜 새 같아요!"

"그렇죠? 여기 보면 열쇠 구멍이 다섯 개 있는데 구멍마다 움직임이 다르답니다. 노래도 하고 춤도 춰요. 다만 가격대가 높다는 것이 단점인데, 함께 오신 분께서는 오라버님이신가요?"

돈을 지불하는 것은 당연히 남자 쪽일 것이라 생각한 직원의 물음에 생쥐가 대답했다.

"아뇨, 음, 남편이에요."

결혼했으니까.

남편이라는 말에 여직원의 시선이 무료하게 서 있는 황제를 향해 힐끔 움직였다. 부부라기에는 나이 차이가 꽤 많이 나 보였기 때문이다. 열여섯 살이면 혼담이 충분히 오가는 나이지만 생쥐의 외모가 그보다 훨씬 더 어려 보인다는 게 문제였다. 하지만 귀족들 사이에선 조혼이 드문 일도 아니라 여직원은 이내 표정을 고치고 미소 지었다.

"사이가 좋으신 모양이네요."

"제게 잘 대해주세요."

생쥐는 살짝 상기된 얼굴로 말했다.

"정말로요. 오늘도 바쁘신데 데리고 나와주신 거거든요. 게다가 뭐든지 제가 원하는 대로 해도 된다셨어요."

"뭐든지요?"

"네. 그래서 언니가 가지고 싶은 게 있으면 다 사달라고 그러라고 했는데…… 저는 물건 같은 걸 사본 적이 없어서 잘 못 고르겠어요."

돈이 없었던 탓이지만 여직원은 집 안에 꽁꽁 감춰지듯 곱게 자란 소녀구나, 하고 멋대로 짐작했다. 어쨌거나 남편이 뭐든 다 사주겠노라 했다 하니 놓치기 아까운 기회였다. 여직원은 간이라도 빼줄 듯 더욱더 사근사근하게 생쥐를 대하였다.

"아가씨께선 어떤 인형을 가지고 계신가요?"

유부녀라는 걸 밝혔지만 호칭은 여전히 아가씨였다.

"가지고 있는 인형은 없어요."

"어머, 그러시다면 일단 기본적인 구성품을 갖추셔야겠네요. 대형 인형을 적어도 서넛 정도는 두는 게 보통이랍니다. 아예 방 하나를 인형으로 꾸미는 경우도 흔하죠."

"방 하나를요?"

"네에. 이참에 돌 룸을 하나 장만해보시는 게 어떠세요?"

"빈 방이 많기는 한데……."

"비워둬서 어디에 쓰시겠어요? 우선은 절반 정도만 채우신 다음, 차근차근 새로운 인형을 들이는 건 젊은 귀부인들 사이에서 무척이나 고상한 취미로 통한답니다. 사랑스러운 아가씨께 잘 어울리기도 할 거예요."

여직원의 유혹에 생쥐는 멍하니 고개를 끄덕였다. 인형을 사모으는 취미란 건 솔직히 잘 이해가 가질 않았지만, 망아지 인형도 새 인형도 마음에 들었다. 쓸모없다고 생각하면서도 가지고 싶다는 생각 또한 들어 한데 뒤섞였다.

하지만 정말로 사도 괜찮은 것일까. 뭐든 원하는 대로 가져도 좋다는 말을 황궁에서부터 몇 번이나 들었지만, 그럼에도 손은 쉽게 내밀어지지가 않았다. 생쥐는 망설이다가 쪼르르 황제의 곁으로 다가갔다. 실물 사이즈 인형을 진열해놓은 앞에 서 있던 황제가 자신을 빤히 올려다보는 연녹색 눈을 마주 내려다보았다. 그는 생쥐가 입을 열기도 전에 그 속내를 짐작하고 대답했다.

"사도 돼."

"저기, 예쁜 새가 있습니다."

"그럼 사."

짧게 말하며 황제는 인형에 씌워져 있던 보닛을 벗겨 생쥐의 머리 위로 내려놓았다. 인형용이었지만 실물 사이즈의 고급품이라 사람이 쓰기에도 아무 문제가 없었다. 생쥐는 자신의 머리를 뒤덮은 보닛을 양손으로 꼭 붙잡으며 물었다.

"이거 쓰고 있어요?"

"그러는 편이 다니기에 좀 더 낫겠지."

보닛의 창이 시야를 조금쯤 가려줄 테니 낯선 사람과 눈이 마주칠 때마다 흠칫흠칫 움츠러드는 것도 줄어들 터였다. 생쥐는 보닛의 레이스를 만지작거리다가 설핏 미소 짓곤 직원이 기다리고 있는 곳으로 종종걸음 쳐 갔다.

망아지와 새를 포함해 생쥐가 산 인형의 개수는 열이 넘어갔다. 수는 그리 많지 않았지만 부피가 컸기에 황제는 짐을 아리에스가 추천해준 호텔로 보내도록 하였다. 덧붙여 호텔 예약 또한 부탁해두었다. 생쥐는 약간 붉어진 뺨으로 인형가게를 나왔다.

"저 언니 엄청 친절해요."

"손님 상대니까."

들떠 있는 생쥐와 달리 황제는 미미하게 지친 기색이었다. 여자들의 쇼핑을 따라다니는 일은 보통 남자들에겐 피곤한 일이기는 하였다.

"그럼 다른 상점도 다 친절하나요?"

"보통은."

"하지만 예전의 저는……."

생쥐는 말꼬리를 흐리며 먼 허공을 바라보았다. 잠시간 상념에 잠겨 있던 그녀가 다시 말을 이었다.

"예전의 저는, 가게에 들어갈 엄두도 못 냈었어요. 돈도 없었긴 하지만요. 문 근처에서 기웃거리면 저리 꺼지라고 호통이 돌아오는 게 보통이었습니다."

그런데 지금은 달랐다. 옛날과는 정반대였다. 환히 웃으며 맞이해주고 친절하고 상냥하게 대해준다. 생쥐는 걸음을 멈추고 거리를 바라보았다. 그녀의 주위를 지나치는 사람들. 그들 중 한 명과 보닛의 창 너머로 눈이 마주쳤다. 푸근한 인상의 중년 부인이었다. 생쥐는 어설프게 웃어 보였다. 중년 부인 또한 웃으며 눈인사를 해주었다.

지금은 손님이 아니라 그냥 지나칠 뿐인 사람인데도.

생쥐는 짧게 숨을 들이켠 뒤 다시 주위를 두리번거렸다. 이번에는 모친과 함께 걸어가던 열두어 살쯤 되어 보이는 소녀와 시선이 마주쳤다.

생쥐의 미소에 소녀가 방긋 웃으며 손을 흔들어 보였다. 또 다른 남자도 여자도 노인도 어린아이도. 무시하고 지나치는 사람도 있었지만 마주 웃어주는 사람이 더 많았다. 그리고, 꺼리는 기색이 전혀 없었다.

"왜 그러고 서 있는 거냐."

몇 발 앞서 갔던 황제가 길 가운데 우두커니 서 있는 생쥐에게 다가갔다. 그의 손이 생쥐의 어깨에 툭 닿는 순간, 그 손길이 기폭제가 되어 생쥐의 가슴 속에 들이박혔다. 커다랗게 치뜬 연녹색 두 눈에서 굵은 눈물이 뚝뚝 떨어지기 시작했다.

"……꼬마?"

황제는 갑자기 울기 시작한 생쥐의 모습에 당황했다. 조금 전만 하더라도 인형을 잔뜩 사서 즐거워하고 있었건만 돌연 넋이 나간 표정으로 울기 시작한 것이다. 소리도 내지 않고 눈물만 굵게 떨구는 생쥐의 모습은 황제만 아니라 근처 사람들의 이목까지 끌었다.

개중에는 걱정스럽게 말을 걸어오는 이도 있었다.

"무슨 일이에요, 아가씨?"

"혹시 어디 아파요?"

상냥한 목소리들에 생쥐의 눈가가 더더욱 짙게 젖어들었다. 시선이 점점 더 모여들자 황제는 일단 생쥐를 품에 안아 올렸다.

"아가씨 일행이에요?"

"아무래도 무슨 일이 있는 모양인데……."

황제는 참견해오는 자들을 피해 얼른 발걸음을 옮겼다. 몇 명은 그가 수상쩍다는 듯 뒤쫓아 가려다가 황제의 목에 매달리는 생쥐를 보고 멈추어 섰다. 한참을 가도 생쥐의 울음이 멈추지 않자 황제는 건물 사이로 들어섰다.

"왜 우는 거냐."

황제는 대답이 돌아오지 않는 물음을 던지며 생쥐를 품에서 내려놓았다. 생쥐의 두 눈에서는 여전히 눈물이 뚝뚝 떨어지고 있었다. 황제는 그런 그녀를 말없이 내려다보았다.

 그렇게 다시 한참의 시간이 흐른 뒤에 생쥐가 천천히 입을 열었다.

 "……나를 봐줘요."

 꽉 막힌 목소리가 더듬더듬 말을 이었다.

 "저를, 어, 그러니까…… 사람으로 봐줘요. 상대할, 가치가 있는."

 "……황궁에서도 마찬가지였다만."

 "다릅니다."

 그녀는 짧고도 단호하게 고개를 저었다.

 "궁에서는요, 제가 아니에요. 저는 라린 살타토르로 궁에 들어갔고, 폐하의 후궁이 되었습니다. 그게 아니었으면 제대로 상대해주는 사람은 없었을 거예요. 생쥐는, 말 한마디 못 붙여보고 쫓겨났겠지요."

 황궁에서의 생쥐는 본래의 생쥐가 아니다. 살타토르 백작의 서녀이며 황제의 후궁이라는 신분과 지위가 주어진, 새롭게 만들어진 존재였다. 만약 그 두 가지를 지니지 못한, 뒷골목 고아 소녀인 생쥐였다면 과연 황궁의 그 누가 그녀를 제대로 봐주었을까. 경멸과 동정의 시선 속에서 진짜 쥐새끼처럼 쫓겨나고 말았을 것이 불 보듯 뻔했다.

 "황궁에서 사람들은 제가 아니라 폐하를 보고 있어요. 후궁이니까 잘 대해주는 겁니다. 후궁이 아닌 저는 그럴 가치가 없어요. 뒷골목에 있을 때처럼요."

그러니까, 주위의 시선과 태도가 바뀌었어도 여전히 스스로에 대한 가치는 낮았다. 여전히 보잘것없다고 생각했다. 생쥐는 숨을 크게 들이마시고, 말했다.

"그런데 여기는 황궁 밖이에요. 사람들은 저에 대해서도 모르고 폐하에 대해서도 모릅니다. 그냥, 그냥 있는 그대로 저를 보고 있는 건데, 그런데……."

상냥하다. 친절한 시선이었다.

"낮추어 보지 않습니다. 하찮게 보지 않아요. 같은 사람으로 보고 있습니다."

동등한 시선. 후궁도 아니고 백작 영애도 아닌 생쥐로서는 받아본 적 없는 눈길이었다. 여기 있는 것은 그냥 생쥐인데, 타인의 후광은 일말도 없었건만 천대받지 않았다. 평범하게, 같은 사람으로 대접받았다.

생쥐는 자신의 두 손을 내려다보았다. 오랜 상처의 흔적은 거의 사라진, 부드럽게 변한 두 손을.

"……저는, 제가 어떻게 보여요?"

연녹색 눈망울이 황제를 향하였다. 답을 구하며 올려다봐오는 눈길에 황제가 입을 열었다.

"여자애겠지."

"여자애요?"

"그래."

"하지만, 전에도 여자애였습니다."

"지금은……."

황제는 쉽게 말을 잇지 못하고 망설였다. 그러니까.

"……예뻐졌다."

"예뻐졌어요?"

"그래. 이 정도면 예쁘장하다 할 수 있겠지."

아리에스나 로제시아 공주처럼 화려한 미녀는 아니다. 하지만 예쁜 소녀 정도는 충분히 되었다. 생쥐가 손으로 자신의 뺨을 문질렀다.

"하지만, 예쁜 여자라고 해서 무조건 좋은 취급을 받는 건 아닌걸요. 창부 중에서도 예쁜 여자는 있었어요."

빈민가이니만큼 대단한 미인은 없었지만 생쥐 정도의 미모는 어렵지 않게 찾아볼 수 있었다.

"그런 여자들과 너는 다르다."

"저도 빈민가에서 계속 살았으면 창부가 되었을 겁니다."

"이제는 아니지."

"그래도, 저는 그냥 저잖아요? 그러니까, 그렇게 많이 변하지도 않았고…… 공부는 했지만 아직 배운 건 얼마 없습니다. 글도 어려운 건 못 읽어요."

생쥐는 다시 자신의 손을 내려다보았다. 무엇이 변하였는지 그녀로서는 잘 체감할 수가 없었다. 그녀를 감싼 세상은 분명 변하였다. 황궁만이 아닌 바깥까지도. 세상은 이전보다 훨씬 더 따스해졌다. 추운 겨울이 지나가고 봄볕에 얼음이 녹아내리며 새싹이 돋아나듯, 훈훈한 공기로 가득 찼다.

하지만 어째서 그렇게 되었는지는 잘 알 수가 없었다. 그래서 불안했다. 기쁘면서도, 이유 모를 행복은 언제든 신기루처럼 흩어져버릴 것만 같아 불안하였다.

"……뭐가 달라요? 여기서는 후궁도 아닌데, 그냥 여자앤데, 전이랑 같은데."

"예뻐졌다고 말했다만. 그리고 차림새 때문이겠지."

"차림새요? 옷이요? 확실히 예전보다 깨끗하고 좋은 옷입니다."

"그래. 사람들은 곧잘 그런 옷차림을 보고 상대를 판단하니까."

제아무리 부자에 대귀족이라 하더라도 더럽고 허름한 몰골로 거리를 돌아다닌다면 거지 취급밖에 못 받는다. 알맹이야 어떻든 간에 결국 눈에 보이는 것은 겉모습뿐인 것이다.

황제의 설명에 생쥐가 짧은 신음성을 흘렸다.

"그러면, 그러면 폐하. 제가 폐하를 만나지 못했더라도, 아리에스 언니 집에 가지 않았더라도, 깨끗이 씻고 좋은 옷을 구해 입었다면, 그러면 오늘과 같은 대우를 받게 되나요? 속은 빈민가 계집애인데 겉만 잘 꾸미면 사람 취급을 받을 수 있는 건가요?"

"너를 아는 사람이 없는 곳에서라면 그렇겠지."

"속은 그대로인데도요? 쓸모없는데도요? 그냥, 겉만 바뀌었고 아무것도 할 줄 모르는 식당 잡일꾼 그대로인데도요?"

생쥐의 목소리는 점차 빨라지다가 끝내는 외치듯이 높아졌다. 그녀는 이해할 수 없다고, 혼란으로 범벅된 얼굴로 아랫입술을 잘근잘근 깨물었다. 그 정도가 심해지는 것에 황제가 자신의 손가락으로 붉어진 입술을 눌러 벌리게끔 하였다.

"상처 난다. 그만 깨물어."

"……저는 진짜 아무것도 아니라고 생각했어요. 다들 그렇게 대했으니까요."

스스로가 무가치하다고 생각했다. 실제로 그러했으니까. 배운 것도 할 줄 아는 것도 없는, 사내애 같은 지저분한 계집애. 그러니까 냉대도 깔보는 눈빛도 모두 당연한 것이라고 체념했다. 그랬는데, 고작 씻고 옷을 갈아입는 것만으로 세상이 바뀐다니.

"이상해요."

생쥐의 얼굴이 일그러졌다. 웃는지 우는지 모를 표정을 한 채 하하 소리를 내었다.

"진짜 이상해요."

하하하 바람이 빠지듯 웃었다.

"그럼 저는 뭐죠? 옷 말고, 저요. 그냥 저요."

"너는 내 후궁이다."

황제는 대답해주었다.

"그리고 아리에스의 동생이지. 네가 어떤 꼴을 하고 있든 이 두 가지는 변하지 않아."

"……변하지 않아요?"

"그래. 네가 어떻게 바뀌든 변하지 않는다. 나는 물론이고 아리에스도 네 언니라는 자리를 쉽게 내놓진 않을 테니."

생쥐는 젖은 눈을 깜박깜박하다가 손등으로 거칠게 비볐다.

"안 변하는군요."

이제는 눈물을 완전히 그친 얼굴로 황제를 똑바로 올려다보았다.

"안 변해요."

황제의 후궁이며 아리에스의 동생이다. 그것이 자신이다. 겉모습이 변하든 혹은 속까지 변해버리든 사라지지 않는 자신의 자리. 생쥐는 헤실, 해맑게 웃었다. 황제의 팔에 답삭 매달렸다.

"전 폐하의 후궁이에요."

"그래."

"아리에스 언니의 동생이고요."

"그렇긴 하지."

"네, 그래요!"

생쥐는 완전히 밝아진 얼굴로 자신 있게 외쳤다.

이카르에게 있어 업무용 데스크 위로 차곡차곡 쌓여 있는 종이 더미들은 늘 보아오던 익숙한 광경이었다.

하지만 오늘만큼은 잉크 냄새 진득한 그것들이 낯설다 못해 꺼림칙하게 느껴졌다. 그는 주인이 떠나고 없는 빈 의자를 바라보며 길게 한숨을 내뱉었다.

"……이틀 정도야 그냥 미뤄둬도 괜찮지 않겠습니까?"

"사람이 둘이나 있는데 뭣하러 미뤄요? 게다가 저 중에 시급한 일이 있을지도 모르잖아요."

아리에스는 의기소침한 이카르와 달리 의욕이 가득 찬 얼굴로 책상 앞으로 다가갔다. 그녀의 손끝이 서류 더미 맨 위에 있던 황갈색 표지를 씌운 문서를 가볍게 집어 들었다.

"서부 지오플의 수확량 보고서네요. 시기가 시기이니만큼 대부분 이런 종류겠지요. 남부와 동부는 거의 완료되었을 거고, 요즘은 한창 서부에서 올라오고 있을 거예요."

"……그렇습니까."

"북부와 남부의 작물 수확 시기가 짧게는 보름에서 길게는 2개월 가까이 차이 난다는 거 아세요? 작물의 종류에 따라서도 차이가 나긴 하지만요. 그래서 작물 수확량에 따른 표준 매매가도 다섯 지역으로 나누어 따로 결정지어진답니다."

"대충 알고는 있습니다만."

이카르 또한 하는 수 없다는 표정으로 서류 더미 근처로 다가갔다.

"주식작물에만 차등을 두고 있지 않습니까? 지역 간 시세차익을 이용한 거래도 금지하고 있고요."

"누구든 먹어야 살 수 있으니까 말이에요. 가장 기본 아니겠어요?"

아리에스는 낭랑하게 말하면서 분류된 서류 한 뭉치를 품에 안아 들었다.

"주식작물 수확량은 폐하께서 직접 확인하셔야 하니까 따로 빼놓죠."

"아, 예."

"그쪽 건 뭐예요?"

아리에스의 물음에 이카르가 자신의 바로 앞에 쌓인 서류를 살펴보았다.

"서 페란도 해안도시에서 올라온 장계인 듯합니다."

"해안이요? 어디 봐요."

아리에스는 호기심을 짙게 드러내며 이카르 곁으로 바싹 붙었다.

"서해안에는 염전이 많잖아요."

"예. 가본 적 있습니다."

"어머, 가보셨어요?"

아리에스가 눈을 동그랗게 뜨며 이카르를 바라보았다. 그 초롱초롱한 시선에 이카르가 약간 멋쩍어하며 대답했다.

"황궁에 들어오기 전에는, 여기저기 꽤 많이 돌아다녔거든요. 열두 살 때부터 쭉 여행을 했습니다."

"그렇게나 오래요? 부러워요. 저는 수도와 영지 밖을 벗어나본 적이 없거든요."

"귀족 여성이시니까요."

"하아, 모처럼 여행의 자유를 가진 귀족으로 태어났는데도 성별 때문에 누리질 못하다니…… 정말이지 불공평한 일이에요. 어떤 때는 적당히 부유한 평민 남성의 처지가 더 나은 것도 같다니까요."

평민은 허가 없이 이주나 여행을 할 수 없었지만, 그것도 돈이 있다면 쉽게 해결할 수 있는 문제였다. 그러니 운신의 자유만 놓고 본다면 고위귀족 여성보다야 차라리 부자 평민 남성이 더 나았다.

"열두 살 때부터라면, 그전에는 어디서 사셨나요? 고향이 어디세요?"

"아니, 그게……."

이카르는 잠시 망설이다가 입을 열었다.

"음, 솔레다드 산맥이었습니다."

"……예?"

입으로는 이야기를 나누며, 손과 눈으로는 부지런히 서류를 분류하고 있던 아리에스가 깜짝 놀라 다시 이카르를 돌아보았다.

"솔레다드 산맥이면, 마경이잖아요? 그 근처에는 마을도 없을 텐데요?"

"요정족의 마을에서 지냈습니다."

"사지예와 라지예의 마을이요?"

"예. 그래서 어릴 적에는 왜 내 귀는 뾰족하지 않고 둥근 걸까 의아해하기도 했었지요."

그뿐만 아니라 여러 가지 기본 상식들을, 예를 들어 남자와 여자의 차이가 크다는 사실 따위도 솔레다드 산맥을 벗어나서야 알게 되었다. 이카르는 옛일을 떠올리며 미소를 머금었다.

"솔레다드 산맥이 마수로 가득 찬 마경이라 하지만 요정족의 마을은 세상 그 어느 곳보다 안전합니다. 설사 드래곤이라 할지라도 오래된 요정의 숲은 쉽게 짓밟을 수 없을 정도거든요."

"드래곤은 마경의 주인인데도요?"

"요정의 마을은 단순한 숲이 아니거든요. 오래 묵으면 오래 묵을수록 숲을 감싼 결계가 강력해집니다. 때문에 마수뿐만 아니라 다른 위험한 생물들도 접근 자체를 못할뿐더러 사시사철 무르익은 봄처럼 따뜻한 곳이죠. 음식이 달콤한 것밖에 없다는 점만 아니라면 정말 좋은 곳입니다."

"언제나 봄이라니, 동화책에 나올 것 같네요. 별로 살고 싶지는 않지만요."

"확실히 오래 머물러 살기는 힘들 겁니다. 요정들이 대부분이니 소통에 곤란한 점도 많을 거고요."

"아뇨, 그것보다는 살쪄요."

달콤한 음식뿐이라니. 아리에스가 입술을 삐죽거렸다.

"이곳에도 과하게 많다고요, 단것은."

케이어스의 주방에서 쏟아져 나오는 달콤한 향내가 하루가 멀다 하고 사방에서 넘실거리다 보니 입 꼭 다물고 참기가 힘들었다. 덕분에 아리에스뿐만 아니라 별채의 시녀들도 늘어가는 군살로 걱정이었다.

"그럼 폐하께서도 요정족 마을에서 사셨나요?"

"아니요. 여행할 때는 함께 다녔지만 그전에는 주에 두세 번쯤 찾아오셨습니다. 저는 마담 노체에게 주로 맡겨졌었죠."

"어머, 그럼 마담 노체가 이카르 경의 유모라 할 수 있겠네요?"

"그런 셈입니다. 요정은 놀이 상대로는 좋아도 보모로는 위험 하니까요."

사지예와 라지예는 인간 사회화가 이루어져 과하게 발랄한 정도에서 그쳤지만, 다른 요정들은 그렇지 않았다. 한시도 가만히 있지 못하는 활달함에 목숨을 중히 여기지 않는 성향까지 덧붙어, 자칫하면 이 세상 하직하는 장난도 곧잘 치곤 하였기 때문이다. 이카르는 어릴 적 일을 떠올리며 질린 표정으로 고개를 절레절레 저었다.

"아마 마담 노체 없이 저 혼자 맡겨졌더라면 살아서 한 해를 넘기지 못했을 겁니다."

"……그 정도예요?"

"사지예와 라지예가 요정족 중에서는 한 손에 꼽힐 정도로 점 잖을 정도니까요."

"어…… 점잖다고요? 그 둘이?"

"예. 장로급이죠."

"세상에……."

아리에스는 믿을 수 없다는 듯 입을 딱 벌렸다.

사지예와 라지예가 점잖은 노인과 같다면, 그럼 젊거나 어린 요정은 대체 얼마나 날뛰어댄다는 말인가. 상상조차 잘 가질 않았다.

"고생이 많으셨겠어요."

"지루하지는 않았지요."

그렇게 도란도란 이야기를 나누던 목소리는 길게 이어지지 못하였다. 수다에 정신을 팔기에는 쌓인 일거리가 너무 많았기 때문이다. 소파에 앉아 서너 시간쯤 말없이 서류를 정리하던 아리에스가 기가 막힌다는 듯 한숨을 내쉬었다.

"폐하께서는 이 많은 일을 혼자 처리해오셨단 말이에요? 보통은 보좌관을 댓 명은 뒀을 텐데, 쓸데없는 고집이세요. 분명 힘에 부치셨을 건데 말이에요."

"예?"

이카르는 해가 서쪽에서 뜬다는 말을 들은 사람처럼 마주 앉은 소녀를 바라보았다.

"폐하께서 딱히 힘들어하셨을 것 같진 않습니다만."

"일이 밀려 잔뜩 쌓이면 누구나 다 힘들잖아요?"

"보통은 그렇겠지만 폐하는 아니시죠. 고작 서류만이 아니라 무슨 일이든 힘들다는 내색을 하시는 것 자체가 상상이 되질 않는걸요."

당연하지 않느냐는 투의 말에 아리에스의 눈매가 살짝 일그러졌다. 이카르가 황제를 염려하지 않는 것은 아니었다. 이건 너무 믿고 있기에 걱정할 필요 자체를 느끼지 못한다는 태도였다.

"……이카르 경께서는 폐하를 무척이나 신뢰하고 계시는 모양이네요."

"그야 당연한 일이지요. 어릴 때부터 봐왔는걸요. 폐하보다 뛰어난 사람은 없다고 봐도 무방하죠. 특히 신체적인 부분에서야 인외의 경지가 아니십니까. 황궁에서야 단순 무력만 가지고 해결할 수 없는 제약들이 많지만 바깥에서는 무서운 게 없었다니까요. 긴장감이 없다고 야단맞은 적도 있었습니다만, 솔직히 그럴 수밖에 없지 않겠습니까."

"아…… 예……."

이카르의 자신감 넘치는 말에 아리에스의 표정이 떨떠름해졌다.

'단순한 보호자가 아니잖아?'

그녀는 속으로 중얼거렸다. 대부분의 부모들은 자식을 보호한다. 그 감싸고돎이 과한 경우 또한 쉽게 찾아볼 수 있다. 하지만 세상은, 어린아이들은 물론이요 어른인 부모에게도 가차가 없다. 그래서 자식들은 언젠가 부모의 약한 모습을 맞닥뜨리고 마는 것이다.

한없이 든든하고 강인해 보이던 부모의 환상이 무너지는 그 순간, 아이는 어떤 방향으로든 자라게 된다. 부모가 모든 것을 해줄 수는 없다. 부모 또한 못하는 것이 있으며 따라서 자신은 완벽하게 보호받을 수 없다. 그것을 깨닫고 성장하여 부모와 어깨를 나란히 함으로써 아이는 어른이 되는 것이다.

아리에스의 경우 모친의 병사로 부모의 무력함을 뼈저리게 느꼈다. 어머니의 창백한 얼굴과 아버지의 작아진 등을 바라보면서.

하지만 눈앞에 앉아 있는 남자는 어떠한가. 아리에스는 이카르의 곱상하니 흰 얼굴을 쳐다보았다. 그는 완벽한 부친을 가지고 있었다. 용혈이 짙은 황제. 병에 걸리거나 다치지도 않고, 자식보다 빨리 늙어 쇠약해질 일도 없다. 숨겨진 황족에 현재는 황제이기까지 하니 재력도 권력도 과하게 넘쳐난다. 그의 말대로 신체적인 능력은 비할 바 없이 뛰어남은 물론이요, 수많은 정무 또한 문제없이 수월하게 처리해내고 있었다. 그런 아버지에게 보호받는 아들에게, 어른으로 자립할 만한 동기가 주어질 것인가.

아리에스는 머릿속으로 짧게 혀를 찼다.

'굳이 성장할 필요가 없겠지.'

이카르에게는 무슨 일이 생기더라도 안심하고 도망칠 곳이 존재하는 것이다. 자신의 힘이 부족해도 필사적으로 발버둥 칠 필요가 없다. 세상 그 어떤 문제라도 부친에게 매달리면 해결해줄 것이었다. 물론 황제라 해도 죽은 사람을 살리거나 하는 일은 불가능하다. 하지만 그 밖에는, 세속의 문제라면 처리해주지 못할 일이 무어 있을까.

아리에스의 입술 사이에서 길고 가는 한숨이 흘러나왔다.

"못 당하겠네요, 정말."

"예? 뭐가 말입니까?"

"뭐긴 뭐겠어요, 폐하시지."

아리에스는 고개를 갸웃 기울이는 이카르를 바라보며 고운 눈썹을 찌푸렸다.

이 어린애를 대체 어떻게 해야 쓸 만할 정도로 키울 수 있을까. 그놈의 아빠 의존증을 무슨 수로 고쳐낸단 말인가.

"폐하께 약점 같은 건 없을까요?"

"어, 글쎄요……. 추운 건 싫어하십니다만."

"곧 겨울이 온다는 게 진심으로 기쁘네요."

빈정거리는 투가 역력한 목소리에 이카르가 당황한 표정을 지었다.

"음…… 뭔가 제가 실수라도 했습니까?"

"실수라면 실수지요."

"앗, 죄송합니다. 그런데 무슨……."

딱히 문제가 될 만한 발언을 한 기억은 없었다. 이카르의 물음에 아리에스가 기분 상한 기색을 대놓고 드러내며 대답했다.

"그놈의 폐하 타령이요!"

"……예?"

"시아버님뻘인 상대에게 이런 식으로 질투하는 거, 솔직히 어이없는 일이긴 하지만요! 그렇게나 폐하가 좋으면 평생 아빠랑 같이 살…… 이미 같이 살고 있군요, 젠장!"

"사, 살타토르 양……?"

"이카르 경은 저보다 폐하를 더 좋아하죠?!"

"……."

대답도 못 하고 망설이는 꼴 좀 보라지. 아리에스의 입술 끝이 분노로 파르르 떨렸다. 뻔한 대답, 그나마 고민하는 척이라도 해줘서 다행이라 해야 할까. 어쩌다가 저런 남자에게 반했는지 자괴감이 밀려올 정도였다.

"……이럴 때는 빈말이라도 아니라고 대답해줘야 하는 겁니다."

"죄, 죄송합니다……."

"아뇨. 주제도 모르고 감히 폐하와 비교 선상에 놓이려 들었던 제가 어리석은 거죠. 저 따위가 어찌 감히 폐하를 이길 수 있겠어요?"

"그건 아닙니다!"

"아니면, 뭔가요?"

푸른 눈이 귀화가 돌 정도로 날카로워졌다. 이건 내 것인데, 내 것이 되어야만 하는데 마음먹은 대로 움직여주질 않는다. 아리에스는 분노와 짜증을 동시에 느끼며 아랫입술을 잘근 깨물었다.

"……나를 얼마만큼 좋아하세요?"

"……예?"

"나를 좋아하고는 있어요?"

"좋아합니다."

"그럼 이쪽으로 와서 키스해주세요."

"……예?"

이카르가 귀를 의심하며 물었다. 멍청하게 굳어버린 그에게 아리에스가 재차 명령하듯 말했다.

"이쪽으로, 와서, 키스, 해달라고요. 나를 좋아한다면."

"그……."

"왜요, 싫어요? 너무 싫어서 입 맞추기도 싫어요?"

"그런 게 아닙니다!"

"그럼 이쪽으로 오세요, 지금 당장."

바로 맞은편의 소파, 고작 두어 걸음 거리. 그 짧은 거리를 놓고 이카르는 망설였다. 그의 고민이 길어짐에 따라 아리에스의 고운 얼굴이 칙칙하게 얼룩져갔다.

그녀에게 있어 남자의 이런 냉대는 익숙한 것이 아니었다. 아직 사교계에 공식 데뷔하지는 않았지만, 사사로이 마주친 사내들은 전부 호감을 기본적으로 깔고 그녀의 환심을 사려 노력했다. 비록 그들의 반수 이상은 외동딸뿐인 살타토르 백작가에 대한 검은 속내를 품고 있었지만, 그 사실을 제외하더라도 아리에스는 스스로의 매력을 충분히 자신하고 있었다.

미모도 가문도 젊다 못해 어린 나이도 전부 결혼 상대로서 최상등급이다. 사교계에 발을 들여놓는다면 당연하게도 뭇 사내들의 관심을 독차지할 것이다. 그리고 그 모여든 남자들 중에서 적당한 데릴사윗감을 입맛에 맞게 골라내면 된다고, 아리에스는 그렇게 생각하고 있었다.

눈앞의 저 예쁘장한 청년을 만나기 전까지는.

설마하니 자신이 남자에게 결혼해달라고 매달리게 될 것이라고는 꿈에도 생각지 못했다. 그 반대라면 모를까. 누구나가 탐낼 만한 조건의 여자가 데릴사윗감, 즉 여느 귀족 청년들보다 급수가 한두 등급쯤 떨어지는 남자를 선택한다면 보통은 반색하며 감지덕지 받아들이는 법이었다. 그렇기에 아리에스는 오만할 정도로 자신감에 차 있었었다.

"저기, 살타토르 양······."

"닥쳐요."

아리에스는 결국 소파에서 움직이지 못한 이카르를 차갑게 노려보았다. 지금이라도 이카르를 포기한다면 도도하게 치뜬 눈길로 남자를 골라잡을 수 있을 터였다. 살타토르가에 혼약의 마음을 비친 가문만 해도 열 손가락을 넘어간 지가 옛날이었다. 그런데도, 알량한 연심을 포기 못 해 이렇게 자존심을 굽히고 있는 자기 자신이 한심하면서도 짜증 났다. 이다지도 속이 상하는데 눈앞의 남자가 기분 나쁠 정도로 사랑스럽다는 것에 더 화가 났다.

"고작 키스도 못 해주나요!"

"고, 고작이라뇨."

"고작이죠, 그럼! 그게 얼마나 대단한 거라고! 춤 한 판 뛰고 나서 분위기 좀 좋으면 발코니나 후원으로 슬그머니 나가서 맞비벼대는 게 입술이거든요?"

사실 그렇긴 했다. 거기서 더 진도를 나가는 일도 드물지는 않았고. 하지만 이카르는 성희롱당한 숫처녀처럼 뺨을 붉혔다.

"저는 그런 적 없습니다!"

"······혹시 아기가 어떻게 생기는지는 아세요?"

"사, 살타토르 양!"

"왜요, 몰라요? 폐하께서 그런 것도 안 가르쳐주시던가요? 무슨 새하얀 리넨 드레스 입은 열 살짜리 소녀도 아니고!"

아리에스는 버럭 소리치며 자리를 박차고 일어났다. 애 한 번 참 잘 키워놓았다. 궁정에서는 볼 수 없는 그런 순수한 점에 이끌리기는 하였지만 답답한 건 또 다르다. 분기탱천해 나가버리는 아리에스의 모습에 이카르가 당황하며 그녀를 뒤쫓았다.
"살타……."
"왜 따라와요!"
팩 돌아보는 푸른 눈에 물기가 촉촉했다. 이카르는 뒤통수를 두들겨 맞은 표정으로 굳어버렸다.
"제, 제가……."
"아니거든요! 열 받아서 그런 겁니다. 눈물 날 정도로 스스로가 한심하고 짜증 나서!"
아리에스는 눈물 한 방울을 발치로 떨어뜨렸다. 솔직히 어떻게 해야 할지 모르겠다. 그녀에게 있어 타인의 마음을 얻기란 어려운 일이 아니었다. 아름다운 외모의 영리한 소녀는 누구에게나 쉽게 사랑받는다. 부모도 가솔들도 다른 귀족들도, 예쁘게 미소하며 상냥히 대해주는 것만으로도 금세 넘어왔다. 생쥐는 그보다 더 쉬웠다. 그렇기에 아리에스는 이카르에 대해서도 쉽게 생각했다. 한동안 곁에 머무르며 다정히 대해주면 금방 태도가 달라지겠거니 싶었다. 심지어 젊은 남녀 사이가 아니던가. 자신 있었다.
아리에스는 크게 한숨을 토해내곤 젖은 눈으로 이카르를 올려다보았다.
"제가 그렇게 별로예요?"

"아닙니다!"

"솔직하게 말해주세요. 가망이 아예 없어 보인다면, 헛물 그만 들이켜고 포기할 테니까요."

아리에스는 냉정을 되찾고 말했다. 아무리 사랑한다고 해도 내내 이런 식이라면 포기하는 편이 낫다. 자신의 성미가 절대 유순하지 않다는 것은 잘 알고 있었다. 이대로라면 어느 날 욱하여 치정살인이라도 일으켜버릴지 모른다. 그러니 관계 개선이 불가능하다면 미리 끊어내는 편이 여러모로 나았다.

그녀의 말에 이카르 또한 길게 한숨을 내쉬었다.

"저는 살타토르 양을 좋아합니다."

이카르는 천천히 속내를 꺼내놓았다.

"살타토르 양에게는 여러모로 배울 점이 있다고도 생각하고 있습니다. 유능하고 믿을 수……."

"여자로서는요?"

아리에스가 이카르의 말을 끊으며 물었다.

"저 잘난 거 저도 알고 있습니다. 제가 궁금한 것은 여자로서의 매력이에요."

"그, 그건……."

이카르는 우물거리며 눈앞에 선 여자를 바라보았다. 시원하게 커다란 푸른 눈도, 금모래를 부려놓은 듯한 붉은 머리카락도, 새하얀 피부에 오밀조밀한 이목구비, 들어갈 데 들어가고 나올 데 나온 낭창하게 물오른 젊은 육신도 한 단어로 축약해 미인이다.

모르는 사이로 스쳐 지나간다면 무심코 눈길을 두고 설레어 할 그런 아름다운 미소녀.

"……예쁘다고 생각하고 있습니다."

"그건 저도 알고 있어요."

　잠깐 눈물을 머금고 풀이 죽었나 싶었더니만 이내 다시 이렇게, 한껏 당겨진 활시위처럼 팽팽하게 맞선다. 평소와 같은 그녀의 모습에 이카르는 무심코 웃음을 흘렸다. 정말로 자신과는 많이 다른 여자다. 휘둘릴 수밖에 없는, 하지만 그렇게 끌려다니는 것이 의외로 기분 나쁘지 않은 그런 상대.

"살타토르 양께서는 저 같은 사람은 없다고 말씀하셨지만, 그건 저도 마찬가지입니다."

"……네?"

"첫 만남에 그렇게 대놓고 적의를 드러내는 여자는 처음이었거든요."

　이카르의 말에 아리에스가 당황하며 눈을 깜박였다.

"그, 그땐 오해가 좀 있었거든요."

"그때만이 아니라 지금 이 순간에도, 당신 같은 사람은 없다고 생각합니다."

　좋은 뜻인지 나쁜 뜻인지 헷갈리는 말이었다. 아리에스는 멍하니 서 있다가 쏘아붙이듯 물었다.

"그래서 싫다는 거예요, 좋다는 거예요?"

"좋아한다고 말씀드렸습니다만."

"이, 이상한 소리네요! 좋아한다는 이유가 참으로 이상합니다만!"

"……살타토르 양도 제게 고백할 때……."

"저는 제대로 설명했어요! 당신이 제일 예쁘다고."

"아, 그건 저도 마찬가지입니다만. 황녀도 예쁘기는 하지만 제게 고르라 한다면 살타토르 양입니다."

"……뻔뻔한 칭찬도 할 줄 아시네요."

"예?"

아리에스는 약간 붉어진 얼굴로 한쪽 손을 앞으로 내밀었다.

"아무튼 제가 제일 예쁘다 하시니 기쁘네요. 그러니 오늘은 이 정도로 봐 드리겠습니다."

이카르는 눈을 동그랗게 떴다가 미소 지으며 아리에스의 손등에 키스했다.

자신감을 되찾은 생쥐는 상점가에 빠르게 적응해갔다. 번화가의 가게들은 좋은 드레스를 입은 소녀에게 혓바닥에 바른 꿀처럼 달콤하였고 그것은 생쥐의 의욕에 불을 지펴놓았다. 인형가게 다음으로 들른 향수가게에서는 주눅 드는 일 없이 점원을 상대했고, 그다음으로 방문한 액세서리점에서는 적극적으로 물건을 골랐다. 점심때는 메뉴판을 더듬더듬 읽어 주문도 하고, 가방가게에서 드레스에 차는 지갑을 산 후엔 황제에게 얼마간 돈을 받아 직접 물건값을 지불하기도 하였다. 사람 대하는 것이 놀랄 만큼 능숙해져 시야 차단용으로 쓴 보닛이 무색해질 지경이었다.

그렇게 시간은 빠르게 지나가, 어느덧 하늘은 어두워져 가고 있었다. 생쥐는 길을 따라 늘어선 가로등에 불을 붙이는 사람들을 신기하게 바라보았다. 궁에서는 달빛을 반사시키는 월석을 야외조명으로 사용했지만 보통은 기름등이나 촛불을 밝혔다. 그렇다고 해도 수도가 아니고서는 가로등 또한 쉽게 볼 수 없는 사치였다.

종일 돌아다닌 피로가 쌓였을 법도 하건만 생쥐는 지친 기색 없이 가로등 밑을 빙글빙글 돌았다. 처음 거리에서 움츠러들었던 모습은 깨끗이 사라지고, 이제는 완전히 보통의 도시 소녀와 다를 바 없는 활기였다.

"이제 슬슬 호텔로 가는 편이 좋겠군."

황제는 앞서서 통통 뛰어가는 생쥐의 뒤를 따라 걸으며 말했다. 짐을 보내면서 예약해놓은 호텔에서 저녁까지 해결할 생각이었다. 호텔로 간다는 말에 생쥐가 황제를 돌아보았다.

"저기, 솔."

"뭐냐."

"혹시요…… 다른 곳에 가보면 안 될까요?"

약간 머뭇거리며 물어오는 말에 황제는 흔쾌히 대답했다.

"마음대로 해라. 어차피 내일까지는 네가 원하는 대로 해줄 테니."

"그럼 저…… 식당에 가보고 싶습니다!"

"식당?"

이미 아침에도 점심때도 들렀던 곳이다. 새삼스러운 소리에 의아해하는 황제에게 생쥐가 눈을 빛내며 말했다.

"그러니까, 제가 일하던 식당이요. 물론 거긴 이곳에서 멀지만 비슷한 곳에라도요. 제가 일하던 곳 같은 식당에 손님으로 가보고 싶습니다."

생쥐는 오늘 하루 동안 손님으로서의 기쁨을 한껏 누렸다. 하지만 그럼에도 옛일은 손가락 아래에 박힌 가시처럼 드문드문 저린 통증을 전해왔다.

"뭐라고 설명해야 할지 잘 모르겠지만, 예전 식당에서 저는 정말로 아무것도 아니었으니까요. 그런 곳에 가서 대접받아보고 싶어요. 그냥, 그러고 싶습니다."

"원래 살던 곳은 불가능하겠지만 비슷한 곳이라면 찾을 수 있겠지."

황제는 가볍게 고개를 끄덕였다. 생쥐가 살았던 식당은 이젠 찾아가려야 찾아갈 수가 없었다. 식당 주인과 그 일당은 황제의 명에 따라 아직 감옥에 갇혀 있고, 식당 건물은 아리에스가 부친에게 부탁해 부숴버렸기 때문이다.

"수도에도 빈민가가 있긴 있었지……."

황제는 지도를 꺼내어 살펴보았다. 수도라고 해도 중산층만 사는 것은 아니었다. 빛이 있으면 그림자가 따라붙듯이, 일정 규모 이상의 도시에는 항시 가난한 이들의 거리가 존재했다. 억지로 청소를 하면 잠시간은 사라지겠지만, 그늘 속의 잡초처럼 다시 슬금슬금 퍼져 나가는 것이 빈민가다. 지도에도 총 세 군데의 빈민가가 표시되어 있었다. 황제는 생쥐에게 지도를 펼쳐 보여주었다.

"이 세 곳이 네가 살던 곳과 비슷한 거리다."

"세 군데나 돼요?"

생쥐는 눈을 크게 뜨고 지도를 들여다보았다.

"두 곳은 성벽 근처네요."

"아무래도 외곽부가 집세가 저렴하니."

"여긴 동쪽 번화가와 가까워요."

"사람이 많이 모이는 곳에는 자연히 오물…… 아니다."

황제는 하던 말을 도중에 멈추었다. 빈민가 출신 소녀 앞에서 내뱉을 만한 소리가 아니었다.

"일단 동쪽 구역으로 가보도록 하지. 호텔과도 가깝고."

"네."

두 사람은 마차를 잡아타고 빈민가로 향했다.

동쪽 번화가 뒤쪽에 자리한 골목길은 대로와 달리 좁고 가로등 또한 존재하지 않았다. 그렇다고 해도 생쥐가 살아온 곳보다는 건물도 행인들의 차림새도 깔끔한 편이었다. 외곽부가 아닌 변화가 부근이라는 점도 영향을 끼쳤을 터였다.

나름 깨끗한 편이라 할지라도 늘어선 건물은 무질서하게 들쑥날쑥했으며, 사창가를 뜻하는 푸른 등이 여기저기 매달려 있었다. 쌀쌀한 날씨에도 헐벗은 여자들이 어둠 속을 배회하고, 험상궂은 사내들이 창관인지 도박장인지 모를 간판 없는 문 앞을 지키고 서 있었다. 여느 귀족 소녀라면 겁을 집어먹고 움츠러들 풍경이었지만 생쥐는 아무렇지 않게 주위를 살펴보았다.

"제가 살던 곳보다는 좋은 거 같아요. 건물도 크고 무너진 곳도 없고요. 시체나 들개도 안 보입니다."

"빈민가라 해도 병자나 시체 관리는 철저히 하니까. 전염병이 돌면 수도 전역으로 퍼져 나가기 십상이다."

"쓰레기나 하수구 냄새도 나지 않습니다."

"하수도는 지하수로와 연결되어 외곽부로 빠져나간다."

"지하수로요?"

"그래. 사람이 지나다닐 수 있을 만큼 넓은 수로지. 끝인 외곽부는 더 넓어서 지하수로에서 사는 사람도 있다더군."

"지하면 추위도 더위도 덜하겠네요. 살기 좋을 거 같아요."

"시궁쥐나 벌레가 들끓는다만."

"먹을 것도 풍부하군요!"

생쥐의 순수한 감탄에 황제가 미간을 살짝 좁혔다.

"……그런 거 먹지 마."

"지금은 안 먹습니다. 하지만 굶는 것보다는 훨씬 낫잖아요. 제가 살던 곳에선 없어서 못 먹었는걸요. 특히 쥐는 들개들이 죄다 잡아먹어서 구경조차 힘들었습니다. 운 좋게 잡았다고 해도 먹는 것보단 다른 음식으로 바꾸는 편이 더 낫고요."

쥐라고 해도 고기다. 한 줌도 채 못 되는 잡곡 넣어 끓인 멀건 죽보다는 비싸게 팔렸다.

"그리고 벌레는……."

"그쯤 해라."

황제는 한숨을 내쉬며 생쥐의 말을 끊었다.

"이제는 제대로 된 음식을 얼마든지 먹을 수 있으니 옛일은 지워."

"하지만 혹시 모르잖아요."

"혹시 모를 일 따윈 없다. 만약 같은 거 생각하지 마. 너 하나쯤은 평생 아무 문제 없이 편히 살 수 있게 해줄 수 있으니."

그러니 구질구질한 걱정 따위 할 필요 없다. 황제는 생쥐가 이런 생각을 한다는 것 자체가 마음에 들지 않았다. 지켜줄 수 있다고 이미 몇 번이나 말해두었건만 얌전히 믿고 따라오지 않는다는 것이 거슬렸다.

"꼬마 너는 먹고 싶은 거, 입고 싶은 거, 갖고 싶은 거, 하고 싶은 거 뭐든 고민할 필요 없이 원하는 대로 하며 살아도 된다는 뜻이다."

"그럼 아리……."

"그놈의 아리에스만 제외하고."

"네."

 이야기를 나누는 사이 주위의 행인들이 점점 더 늘어갔다. 대부분은 창녀와 그 손님들, 그리고 취객이었다. 그런 무리들 속에서 부유하게 차려입은 소녀와 청년의 조합은 눈길을 끌 수밖에 없었다. 황제 혼자라면야 난잡한 유흥거리를 찾아온 도련님 정도로 여겨지겠지만 문제는 생쥐였다. 겉보기만큼은 예쁘고 어린 귀족 소녀와 밤의 뒷골목은 잿더미 속의 새빨간 장미꽃처럼 도드라져 어울리지 않았다.

"여기요!"

 주위의 시선을 까맣게 모른 채 걸어가던 생쥐가 한 허름한 식당 겸 여관 건물 앞에 멈추어 섰다. 예전에 일하던 식당보다는 훨씬 컸지만, 너덜너덜한 문짝이나 음식 냄새보다는 술 냄새가 더 짙은 분위기는 비슷했다.

"여기 들어가도 될까요?"

"마음대로 해라."

 생쥐는 허락이 떨어지기가 무섭게 가게 안으로 성큼 들어섰다. 드레스를 곱게 차려입은 소녀가 나타나자 호기심 어린 시선이 우수수 쏟아졌다. 생쥐는 쳐다보거나 말거나 아랑곳하지 않고 기세 좋게 카운터로 향했다. 고급 식당과는 달리 빈민가 식당은 보통 선불이었다.

"여기서 제일 비싼 걸로 주세요!"

당당하게 소리치는 소녀를 여관 주인이 떨떠름하게 내려다보았다.
 "제일 비싼 건 술인데."
 "술이요?"
 생쥐는 고개를 갸웃하곤 느긋이 따라 들어온 황제를 돌아보았다.
 "술 드실 거예요?"
 "아니. 입맛만 버린다."
 이런 허름한, 심지어 여관과 겸하고 있는 식당에서 가장 고가의 술이라고 해봤자 궁정 기준으로는 싸구려다. 황제의 대답에 생쥐가 다시 여관 주인에게로 시선을 돌렸다.
 "술은 됐고요, 저녁 먹어야 하니까 제일 좋은 음식으로 주세요."
 "……식사는 숙박에 딸려 있다만."
 "숙박이요?"
 "그래. 종류도 몇 없고."
 여관 주인은 생쥐의 뒤쪽에 서 있는 황제를 힐끔힐끔 쳐다보며 말했다. 어린 계집애 혼자 왔다면 대충 돌려보내겠는데 지키듯 서 있는 남자의 존재가 껄끄러웠다.
 "……아니면 근처 식당에서 배달해줄 수 있는데, 대신 비싸."
 "비싸도 상관없어요."
 생쥐는 자신 있게 말했다. 아직 세세한 물가는 잘 몰랐지만 식당에서 일했던 만큼 빈민가 음식값 정도는 알고 있었다. 비싸다고 해도 금화는커녕 은화로도 계산할 일 없는 그런 음식들뿐이었다.

그리고 지금 생쥐의 지갑 속에는 금화가 가득 들어차 있었다. 식사만 아니라 이 여관을 통째로 살 수 있는 돈이다.

"그럼 동전, 아니 은화 세 개."

여관 주인이 한껏 바가지를 씌워 값을 불렀다. 금화까진 가지 않은 게 그나마 양심적이라 할 수 있었다.

"은화 세 개요?"

생쥐는 고개를 끄덕이곤 허리춤에 차고 있던 지갑을 열었다. 안에 든 것은 금화뿐으로 은화는 보이지 않았다. 생쥐는 금화를 꺼내어 카운터 위에 탁 내려놓았다.

"거스름돈은 필요 없어요."

연녹색 눈이 기대감을 품고 반짝반짝 빛났다. 그녀가 바라는 대로 여관 주인은 화색을 띠며 금화를 얼른 챙겨 넣었다. 표정은 물론이고 생쥐를 대하는 태도도 싹 바뀌었다.

"이거 어린 아가씨가 참으로 호탕합니다! 얼른 준비해드리지요."

"네!"

생쥐는 활짝 웃으며 황제와 함께 빈 테이블을 찾아갔다. 그녀는 자리에 앉아 가볍게 발을 동동 굴렀다.

"예전의 저였으면 말도 못 붙이고 쫓겨났을 텐데, 신기해요. 정말 이래도 되는 건가 싶기도 하고요. 좋긴 하지만, 이래도 괜찮겠죠?"

"괜찮아. 더한 횡포도 부려도 돼."

"횡포요?"

돈으로 부릴 수 있는 횡포야 얼마든지 있다.

황제는 고개를 갸웃 기울이는 생쥐를 바라보다가 주위로 시선을 돌렸다. 조금 전부터 식당 안에 불온한 기운이 감돌고 있었다. 어린 소녀가 금화를 아무렇지도 않게 턱 내놓았으니 욕심을 품는 자가 없다면 더 이상한 일일 터였다. 심지어 이곳은 치안 나쁜 빈민가다. 황제는 슬금슬금 밖으로 빠져나가는 기척들을 확인하며 한쪽 눈썹을 가볍게 올렸다.
"조금 귀찮아지겠군."
"예?"
"신경 쓸 거 없다."
 군대라도 몰고 오지 않는 한 그에게 위협이 될 일은 없었다. 뒷골목 잡배들쯤이야 생쥐라는 혹이 붙어 있어도 간단히 처리 가능했으니.
 얼마 지나지 않아 여관 주인이 근처 식당에서 사 온 음식을 직접 가져왔다. 구운 닭에 고기 스튜와 스튜에 적셔 먹는 빵으로 빈민가 음식치고는 훌륭한 편이었다.
"세상에!"
 스튜를 한 스푼 떠먹은 생쥐가 깜짝 놀란 표정을 지었다.
"음식이 맛이 없습니다."
 맛이 없는 음식이라니. 생쥐는 어떻게 이럴 수가 있느냐 하고 목소리를 낮추었다.
"혹시 상했거나, 뭔가 이상한 게 들어간 건 아닐까요?"
"그냥 맛이 없는 거겠지."

"하지만…… 멀쩡한 음식이 맛이 없을 리가 없잖아요? 고기가 들어가지 않은 죽도 맛있었습니다."

심지어 이 스튜에는 고기가 큼직하게 들어가 있었다. 생쥐는 이해할 수 없다는 듯 미간을 찌푸렸다.

"약간 쓰고 밋밋해요. 비리고 역한 냄새도 납니다."

황제 또한 스튜를 한입 먹어보고 대답했다.

"향신료를 넣지 않았군."

"향신료요?"

"정향이나 후추, 사프란, 육두구 따위지. 심지어 소금도 거의 들어가지 않은 듯하니 맛이 없을 수밖에."

차라리 채소류라면 모를까, 육류 요리라면 향신료와 조미료의 유무 차이가 확연했다. 하지만 같은 무게의 육류보다 수십, 수백 배 더 비싼 향신료를 빈민가에서 사용할 리 없었다.

"……제대로 조리된 음식이 맛이 없을 거라곤 꿈에도 생각지 못했어요."

"빵은 그나마 먹을 만할 거다."

"으음, 이것도 딱딱하고 질겨요. 맛이 없지는 않지만 맛있지도 않네요."

생쥐는 신기해하며 빵조각을 우물거렸다. 고작 두 달 전쯤만 하더라도 배를 채울 수만 있으면 뭐든지 감사히 먹었었는데, 이제는 음식 투정을 하고 있다. 맛없으면 먹지 않아도 된다는 것이 놀랍기도 하고 이상하게도 느껴졌다.

"그래도 남기는 건 아깝습니다."

"억지로 먹진 마라."

황제는 아예 식기에서 손을 뗀 채 말했다. 생쥐도 빵만 조금 뜯어 먹다가 결국 손을 놓았다. 배가 고프지도 않은데 맛없는 걸 먹는 건 의외로 힘든 일이었다.

"음식을 먹는다는 게 고역이라는 말이 이해가 잘 가질 않았었는데……. 진짜 기분 이상해요. 이젠 쥐나 벌레 같은 것도 못 먹을 거 같습니다."

"먹지 마."

"그것도 맛없겠죠?"

"당연한 소릴."

"그래도 며칠 굶게 되면 다시 잘 먹을 수 있을 거예요."

"굶을 일 없어."

왜 자꾸 이상한 걸 주워 먹으려고 안달인 건지. 황제가 못마땅한 핀잔을 던지던 그때, 덩치 큰 사내들이 식당 안으로 들어섰다. 그 사내들 사이에서 상대적으로 체구가 작은 남자가 황제와 생쥐가 앉아 있는 테이블로 다가왔다.

"실례합니다만 두 분께 물 좋은 도박장을 안내해드리고자 합니다."

그래도 무작정 폭력부터 휘두를 생각은 없는 모양이었다. 황제는 시큰둥하게, 생쥐는 호기심 어린 눈으로 남자를 쳐다보았다.

"도박장이요?"

"그냥 돈을 노리는 거다. 무시해."

"아아, 금화를 보고 이러는 거군요. 강도예요?"

생쥐는 눈앞의 남자와 입구 근처에 문을 막듯이 서 있는 덩치들을 차분히 바라보았다. 그녀가 목표가 된 것은 처음이었지만 빈민가에서 흔히 봐온 광경이었다.

"돈이 탐나겠지만 솔은 강하니까 덤비지 않는 게 좋을 거예요."

조곤조곤한 타이름에 남자의 표정이 일그러졌다.

"이게 좋게좋게 가려니, 컥!"

어느새 몸을 일으킨 황제가 손을 뻗어 남자의 뒷덜미를 잡고 가볍게 내던졌다. 천장에 닿을 듯 크게 맴을 돈 몸뚱이가 쿠당탕 요란한 소리를 내며 테이블과 부딪쳐 바닥을 굴렀다. 황제는 귀찮다는 기색을 풀풀 풍기며 문 앞의 덩치들을 바라보았다.

"꼬리를 말고 달아난다면 살려주마."

"이 자식이!"

깔보는 말투에 가장 덩치 큰 사내가 울컥하여 달려들었다. 황제는 자리에 우뚝 선 채 덤벼드는 남자의 무릎께를 발끝으로 찌르듯 찼다. 겉보기에는 가벼운 발놀림이었으나 뼈 부러지는 소리가 요란하게 울렸다.

"으아아악!"

다리가 앞쪽으로 기이하게 꺾인 남자가 비명을 내지르며 바닥에 엎어졌다. 황제는 무덤덤하게 들어 올렸던 발을 남자의 목을 향해 내리찍었다.

우드득 또다시 섬뜩한 소리가 울리고 바닥에서 비참하게 바르작거리던 몸뚱이가 이내 잠잠해졌다.

 느긋한 발짓 두 번만으로 사람이 죽었다. 아무리 뒷골목 건달패라 하더라도 본능적으로 움츠러들 수밖에 없는 광경이었다. 그들이 서로 눈치를 살피는 사이 황제가 짧게 한숨을 내뱉었다.

 "이 이상 귀찮게 굴면 거리 자체를 엎어버리겠다."

 오만한 선언이었지만 농담으로 느껴지지 않았다. 사내들은 슬금슬금 뒷걸음질을 쳤다. 만약 저 말이 사실이라면, 말을 내뱉은 당사자는 단순히 돈 많은 귀족 청년 정도가 아니라는 뜻이었다. 사람 잘못 건드렸다는 새빨간 경고의 불빛이 그들의 머릿속을 훤히 밝혔다.

 "저희는 그냥, 물 좋은 곳을 알려드릴까 하고……."

 "야, 저거 빨리 주워 와."

 덩치들 중 한 명이 맨 처음 던져져 기절한 남자를 끌고 나갔다. 이어 남은 사내들도 떠나가고 남은 것이라곤 부서진 테이블과 시체 한 구뿐이었다. 상황이 정리되자 생쥐는 시체를 폴짝 뛰어넘어 황제의 곁으로 다가갔다.

 "못 이길 거라고 그랬는데 왜 믿질 않는 걸까요."

 생쥐는 안됐다는 눈빛으로 시체를 내려다보았다.

 "의외로 이렇게 덩치 좋고 힘센 사람이 빨리 죽어요. 굽혀야 할 때 잘 굽히질 못하거든요."

 "흔한 일이지."

덩치 큰 사내를 벌레 다루듯 가볍게 밟아 죽인 남자에 이어 시체를 아무렇지 않게 대하는 소녀를 향해서도 사람들의 당황 어린 시선들이 힐끔힐끔 가 닿았다. 뒷골목 태생이라면 놀랄 것 없는 반응이었지만, 지금의 생쥐는 곱게 자란 귀족 영양으로밖에 보이지 않았기에 희한하게 비친 것이었다.
"저녁도 제대로 못 먹었고, 호텔로 갈까."
"네!"
생쥐는 흔쾌히 대답하며 황제의 팔에 자연스럽게 달라붙었다.

두 사람이 호텔에 도착하자 지배인이 직접 나와 맞이해주었다. 미리 보낸 쇼핑 결과물들의 금액이 어지간한 저택 한 채 정도는 되었으니 당연한 환대였다. 돈을 물 쓰듯 아무렇지 않게 퍼붓는 손님이라면 재력이나 권력 중 하나가 든든할 것임이 분명하였다. 혹은 둘 다 가졌거나.

고급 호텔은 주로 지방에서 올라오는 귀족들의 숙박처였다. 특히 영지를 가진 영주는 해에 두 번 이상 반드시 황궁을 방문하여야 했기에 그들을 위한 숙박시설이 수도 곳곳에 마련되어 있었다. 귀족들을 상대로 영업하는 만큼 호텔 내부는 호화롭게 꾸며져 있었지만, 생쥐의 눈에는 평범하게 비쳤다. 궁정에서는 이 정도가 보통이었기 때문이다.

"부부 사이시라 전해 들었습니다만."

지배인이 조심스럽게 물어왔다. 인형숍에서 온 직원이 미리 알려주었지만 이런 부분은 확실히 해두어야만 했다. 부부가 아닌 남녀에게 같은 침실을 안내해주는 불상사가 일어나서는 안 되는 것이다. 지배인의 말에 황제가 나설 겨를도 없이 생쥐가 먼저 덥석 대답했다.

"네, 부부예요."

결혼식도 거하게 치른 부부가 확실히 맞기는 했다. 초롱초롱 눈을 빛내는 소녀와 별다른 반박을 하지 않는 남자의 모습에 지배인은 고개를 끄덕였다. 여자 쪽이 좀 많이 어리긴 했지만 그가 신경 쓸 범위는 아니었다.

두 사람은 비어 있는 객실로 안내되었다.

호텔에 딸린 식당이 있었지만 저녁 식사는 방으로 배달시켰다. 간단한 저녁 식사 후 생쥐는 혼자 욕실로 들어갔다. 호텔 메이드가 있기는 해도 목욕 시중을 받았다간 가발을 쓰고 있다는 사실을 들키게 된다. 생쥐의 연회색 머리카락은 꽤 드문 편이라 남의 눈에 뜨여서 좋을 건 없었다.

객실에 딸린 것이라기엔 제법 넓은 욕실에는 욕조가 둘 있었다. 하나는 너덧 명쯤이 동시에 들어갈 수 있는 크기의 둥근 욕조였고, 다른 하나는 발코니에 자리 잡은 길쭉한 노천탕이었다.

생쥐는 옷을 벗다 말고 호기심을 이기지 못하고 발코니로 나갔다.

"와아."

발코니 난간 너머로 어둠이 내려앉은 거리가 펼쳐져 있었다. 줄을 잇는 가로등 불빛과 온갖 상점들이 켠 색색의 등이 금가루 은가루를 흩뿌려놓은 듯 반짝반짝 빛났다. 마치 은하수 한 조각을 떼어다 길게 늘어뜨려놓은 듯했다.

"예쁘다……."

별이 가득한 밤하늘은 곧잘 보아왔지만 고개를 꺾어 올려다보는 것과 이렇게 내려다보는 것은 느낌이 전혀 달랐다. 위도 아래도 똑같은 밤하늘인 듯해, 마치 공중에 떠 있는 것만 같았다.

"뭘 하나 했더니."

발코니 난간에 걸치듯 매달려 하염없이 야경을 바라보는 생쥐 뒤로 황제가 다가왔다. 씻으러 들어가더니 한참을 기척도 없어 확인하러 온 것이었다. 그는 반쯤 헐벗은 생쥐의 모습에 못마땅한 표정을 지었다.

"감기 걸린다."

가을도 끝자락에 접어든 무렵이라 밤공기가 차가웠다. 욕조에 가득 찬 따뜻한 물이 온기를 흘려보내고 있었지만, 바람이 불면 피부에 닿기도 전에 산산이 부서져버릴 정도로 미약했다.

"이 정도는 괜찮습니다. 추운 건 싫긴 하지만, 한겨울에 비하면 아무것도 아니에요."

고드름이 길게 늘어지고 희게 눈이 쌓이는 날씨에도 누더기로

버텼던 생쥐다. 그런 과거 탓에 추위가 질색이기는 했지만, 동시에 이 정도 찬바람쯤은 가볍게 견딜 수 있었다. 황제는 여전히 난간에서 떨어질 줄 모르는 생쥐에게 손을 뻗었다. 그러곤 가볍게 품에 안아 들었다.

"얼른 씻고 자라. 내일도 돌아봐야 하니."

"하지만, 조금만 더 보면 안 될까요? 정말로 예쁘잖아요. 좀 더 어두워지면 더 예쁠 텐데."

아직은 서쪽 끝이 약간 어스름하지만 곧 완전히 깜깜해질 터였다. 그러면 지상의 빛도 하늘의 빛도 더더욱 농후하게 그 색을 뽐내기 시작할 것이었다. 생쥐의 부탁에 황제가 어쩔 수 없다는 투로 말했다.

"잠시만이다."

"네!"

황제는 생쥐를 그대로 안아 든 채 난간 가까이 다가갔다. 살랑대는 밤바람 속엔 약간의 먼지와 함께 온갖 삶의 흔적이 뒤섞여 있었다.

"수도에서는요, 이런저런 행사가 많다고 합니다."

생쥐는 조그맣게 중얼거렸다.

"매년 봄이면 중앙 광장에서 축제도 한대요. 여름엔 등을 띄우고 폭죽놀이도 한다고 했어요."

자신의 삶은 그다지 길지 않을 것이라고, 내일 하루가 이어지는 것만으로도 만족했던 생쥐였다. 하지만 지금은 더욱 먼 미래를 입에 담고 있었다. 비록 내년 정도일 뿐이었지만, 그녀에게는 충분히 긴 시간을.

"……어떨지 궁금합니다."

그렇지만 여전히 직접 보고 싶다는 말은 하지 못했다. 그런 그녀를 대신하듯 황제가 입을 열었다.

"가끔 이렇게 나오는 건 어렵지 않다."

일을 떠맡길 상대도 있겠다 자주는 무리여도 계절마다 한 번씩 외출하는 것 정도는 가능했다.

"겨울은 추우니 안 되고, 내년 봄에 다시 데리고 나와주마."

생쥐는 눈을 깜박거렸다. 내년 봄. 잠시간 말없이 야경을 내려다보다가 살포시 웃었다.

"네. 겨울은 저도 추워서 싫어요. 폐하께서도 싫어하신다고 들었습니다."

"……추운 것도 추운 거지만, 안 좋은 기억이 있어서."

"안 좋은 기억이요?"

"무책임한 여자에게 골치 아픈 짐을 떠넘겨 받았다."

황제는 옛 기억을 떠올리곤 미간을 찌푸렸다.

"저도 겨울엔 안 좋은 기억이 많습니다. 매해 살아남은 게 신기하다 싶을 정도였거든요. 그러니까 이번 겨울에는……."

생쥐는 마른침을 작게 삼키고 말을 이었다.

"이번 겨울에, 겨울을 날 수 있으면 정말 따뜻하게 보낼 거예요. 사지예가 그래도 된다고 했습니다. 난로에 불을 지피고 화로도 피우고 그, 탕파라는 것도 좋았어요."

"탕파는 확실히 괜찮지. 겨울이 오기 전에 침대를 커다란 탕파처럼 만들어볼까 생각중이다."

"아, 그거 진짜 따뜻할 거 같아요! 이불 속에서 나오기 싫어지겠는데요?"

따끈따끈한 바닥 위에 부드러운 요를 깔고 거위 깃털 폭신한 이불을 덮으면 천국이 따로 없을 것이다. 생쥐는 볼을 발그레 물들인 채 몽롱한 눈빛을 하였다.

"따뜻한 겨울이라니, 상상만으로도 너무 좋습니다. 저 겨울이 조금쯤 좋아질 거 같아요."

"……이불 속에 종일 웅크리고 있어도 된다면 좋아질 수도 있겠지."

하지만 할 일 없는 생쥐완 달리 황제는 정무를 위해 침대에서 기어 나와야만 하였다. 심지어 정무를 보려면 나비궁을 나서 살을 에는 추위를 뚫고 본궁으로 말을 달려야 하는 것이다. 얼마 남지 않은 우울한 미래에 황제의 표정이 시무룩해졌다.

"겨울 따위 왜 있는 건지."

"맞아요. 아무리 따뜻하게 지낼 수 있다 해도 처음부터 없는 편이 낫습니다. 시체와 음식이 잘 썩지 않는다는 것만 빼면 좋을 거 하나 없어요."

두 사람은 의기투합하여 아직 고개도 내밀지 못한 겨울을 얼른 떠나버리라 하며 흉보았다.

씻으면서 가발을 벗어 생쥐의 머리칼은 원래의 색으로 돌아와 있었다. 생쥐는 젖은 머리 위에 커다란 수건을 얹은 채 슬리퍼를 질질 끌며 침실을 가로질러 갔다. 호텔에서 준비해준 얇은 네글리제는 머리카락에서 떨어진 물방울로 군데군데 젖어 있었다. 만약 생쥐가 아리에스처럼 볼륨 있는 여성이었더라면 눈 둘 곳을 찾기 어려웠을 터였다. 심지어 속옷도 제대로 입질 않아 얄팍한 천 아래로 젖가슴이 작게나마 도드라져 있었다.

 생쥐는 침대에 걸터앉아 젖은 머리칼을 수건으로 대충 눌러 닦으며 커피 프레스를 불만스럽게 만지작거리는 황제를 바라보았다. 원두는 바다 건너 수입해 오는 것이라 시중에서는 쉽게 찾아볼 수 없었다. 호텔에는 소량 구비가 되어 있지만 품질은 한참 떨어졌다. 뭣보다 생두를 구운 지 오래되어 향이 얼마 남아 있질 않았다.

 "……챙겨 오는 건데."

 황제는 결국 커피 마시는 것을 포기하고 침대로 다가갔다. 그의 시선이 단정하다곤 절대 말할 수 없는 차림의 소녀를 훑어 내렸다.

"꼴이 그게 뭐냐."

"네? 왜요?"

"잠옷도 챙겨 왔어야 했나."

아니면 요정 하나를 곁붙여 다니거나. 그러고 보면 내일 아침 일도 걱정이었다. 가발을 씌우고 제대로 고정시키는 것은 은근히 까다로운 일이다. 생쥐 혼자서는 당연히 무리요, 호텔 메이드를 부르지도 못하니 황제가 도와주는 수밖에 없었다. 졸지에 후궁 시중을 들게 된 것이다.

황제는 다음번에는 반드시 사지예나 라지예 중 한 명을 데리고 와야겠다고 생각하며 침대에 털썩 드러누웠다. 수건으로 닦았지만 여전히 반 이상 젖은 머리칼을 한 생쥐가 그의 곁으로 슬금슬금 기어 다가붙었다.

"있잖아요, 폐하."

생쥐는 황제의 옆에 앉아서 그를 내려다보았다.

"사지와 라지가 그랬는데, 폐하께 아이가 필요하다고 했습니다."

"……뭐?"

난데없는 소리에 황제가 눈썹을 슬쩍 치켜세웠다.

"아이가 하나 있어야 한대요. 그러니까 후계자가요."

"그 녀석들이 쓸데없는 소릴……."

생쥐가 초경을 시작하자, 즉 임신할 수 있는 몸임을 알게 되자 괜한 이야기를 떠벌린 모양이었다. 하지만 두 요정의 말대로 아이가 하나 필요하기는 했다. 황제로서가 아닌, 또 다른 신분으로서.

"아리에스 언니는 황태후를 물리친 다음에 아이를 가져야 한다고 했지만, 폐하께서 원하시면 괜찮아요. 저 노력하겠습니다."

대체 뭘 노력하겠다는 건지. 황제는 당돌한 소리를 해대는 소녀를 난감하고도 어이없게 쳐다보았다.

"필요 없다."

"필요 없으세요?"

"그래."

"하지만 저 폐하의 아이는 괜찮다고 생각하고 있습니다."

생쥐는 어깨를 약간 움츠리며 말을 이었다.

"아이는 가지고 싶지 않았어요. 물론 제 마음대로 할 수 있는 일이 아니지만, 제 아이도 저처럼 살게 될 거라고 생각하면 싫었어요. 특히 여자아이는요. 남자아이는 그나마 괜찮지만, 여자아이는 안 돼요."

자신은 그나마 사내아이로 살아서 최악의 사태는 면할 수 있었지만, 처음부터 여자인 아이라면 무슨 꼴을 당하게 될지 상상하기조차 끔찍했다. 그렇기에 생쥐는 아이 같은 건 가지고 싶지 않았다. 가능하다면 혼자 살다가 혼자 죽어가고 싶었다.

"하지만 폐하의 아이라면, 다를 테니까요. 지금의 저처럼 굶주리거나 헐벗을 일 없이 살 수 있잖아요. 그렇죠?"

"……그렇겠지."

"게다가 폐하를 닮으면 강할 거예요. 아리에스 언니는 여자아이가 좋다고 했지만 전 남자아이였으면 좋겠습니다. 약한 것보다

강한 게 더 좋아요."

 황제처럼 강한 아들이라면 걱정할 거 하나 없을 터였다. 생쥐의 말에 황제가 떨떠름하게 입을 열었다.

"……만약에 아이가 생긴다면 여자애일 거다."

"여자아이요?"

"그래. 그리고 꼬마 널 닮았겠지."

 생쥐는 눈을 커다랗게 떴다가 거세게 도리질을 하였다.

"전 폐하를 닮은 남자아이가 좋아요!"

"그건 불가능해."

"혹시 모르잖아요. 태어나기 전에는 알 수 없는 일인걸요. 폐하를 닮은 남자아이가 태어날지도 모릅니다!"

"아니, 확실히 여자애다."

"……저 아직 임신도 안 했는데 어떻게 아세요?"

"그렇게 될 수밖에 없으니까."

 확신을 담은 말에 생쥐가 시무룩하게 입술을 내밀었다. 그 삐죽거리는 입술 모양새가 아리에스가 토라졌을 때와 비슷했다.

"어쩔 수 없다면, 여자아이도 괜찮습니다. 하지만 폐하를 닮았으면 좋겠어요."

"널 닮은 여자애라고 말했다만."

"……왜 저만 닮아요? 폐하가 아빤데."

"원래 그래."

"원래 엄마만 닮아요?"

"내 애는."

보통은 비율만 다를 뿐 부모 양측을 닮겠지만 황제는 단호하게 모친만을 닮을 것이라 말했다. 그 말에 생쥐의 표정이 더더욱 울적해졌다.

"저보다는, 폐하가 더 좋은데. 아이에게 미안해질 거 같습니다."

"미안할 건 없겠지. 특히 딸이라면."

딸이라면 남자인 부친보다는 여자인 모친을 닮는 편이 보통은 더 나을 것이었다.

"너를 닮았으면 꽤 예쁘겠지. 가슴은 작겠지만."

"아리에스 언니가 어릴 때부터 알맞은 운동과 적절한 식사를 해주면 가슴은 얼마든지 커진다고 말했습니다. 그러니까 제 딸은 괜찮아요."

생쥐의 말에 황제의 시선이 무심코 조그만 가슴을 향하였다.

"……아니, 운동과 음식만으론 아리에스 정도까지는……."

불가능하지 않을까. 황제의 중얼거림에 생쥐가 눈꼬리를 제법 사납게 치켜세웠다.

"언니가 가능하다고 했습니다. 저도 노력하면 커질 거라고 했어요."

"……별로 차이는 못 느끼겠다만."

"지금도 전보다는 조금 더 커졌는걸요?"

아리에스가 직접 줄자로 재어보고 그렇게 말했었다. 생쥐는 자신 있게 가슴을 앞으로 내밀었다.

"확인해보세요."

생쥐의 말에 황제의 눈썹 끝에 곤혹감이 대롱 매달렸다. 솔직히 눈으로 봐서는 전과 다를 바 없이 납작하다. 전체적인 가슴둘레라면 살이 오른 만큼 전보다 늘어났겠지만 젖무덤만 떼놓고 본다면…… 변화가 거의 없었다. 그러나 솔직히 말했다간 눈앞의 소녀는 필시 납득하지 못하고 짱알짱알 불만을 토해낼 게 분명했다.

"……약간 커진 것도 같고."

적당히 얼버무리는 황제의 말에 생쥐가 활짝 미소 지어 보였다.

"그렇죠? 커졌지요? 키도 조금 커졌습니다."

"키는 확실히 자랐더군."

말하지 않아도, 아리에스처럼 줄자를 동원하지 않아도 이미 알고 있었다. 미미한 차이였지만 황제의 날카로운 감각은 생쥐의 변화를 세심하게 체크하고 있었다. 즉, 가슴은 진짜로 커지지 않았다.

생쥐는 손을 자신의 머리 위로 올려 한 뼘 정도 더 높여 들어 보였다.

"이 정도 더 크면 아리에스 언니와 비슷해져요."

키도 가슴도 비교 대상은 전부 아리에스였다.

"가슴은 솔직히 안 될 거 같지만, 키는 가능할까요?"

"……잘 먹고 잘 자면, 어쩌면."

가슴은 물론이고 키도 현실적으론 어려울 듯싶었지만 일단은 긍정적으로 대답해주었다. 황제의 대답에 생쥐는 또다시 생글생글 웃다가, 문득 물었다.

"폐하께서도 이런 게 있으세요? 그러니까, 원하는 거요."

없을 것 같다고 생각하면서도 물어보았다. 생쥐의 눈에 비친 황제는 완벽했다. 황태후 때문에 골치를 썩인다는 사실은 알고 있었지만, 그렇게 큰 문젯거리로 느껴지진 않았다. 그밖에는 바라는 것이라면 무엇이든 손에 넣을 수 있으리라 생각했다.

"있기는 있다만."

황제는 엷게 한숨을 섞어 말했다. 생쥐가 고개를 갸웃하며 재차 물었다.

"황태후예요? 아니면 이카예요?"

"양쪽 다 귀찮기는 하지만 아니다."

"그러면요?"

대답은 곧장 돌아오지 않았다. 대신 커다란 손이 뻗어와 생쥐의 몸을 끌어당겼다. 황제는 얌전한 고양이를 다루듯이 소녀를 자신의 가슴 위로 올려 안고선 연회색 머리털을 쓰다듬었다. 원래 색으로 돌아온 금안에 지친 빛을 띠운 채 한참을 그러고 있다가 속내를 털어놓았다.

"황궁을 벗어나고 싶다."

"황궁을요?"

생쥐는 황제의 가슴에 엎드린 채 그를 바라보았다.

"그럼 떠나면 되지 않아요?"

"……못 떠나니 붙잡혀 있는 거지."

"지금도 나왔잖아요. 그냥 케이어스 아저씨 타고 도망치면 안 되나요?"

"안 돼."

"황제시라서요? 아니면 이카 때문에요?"

두 번째 말은 일종의 직감이었다. 황제가 가장 신경 쓰는 상대가 바로 그였으니까. 생쥐의 말에 황제가 긍정인지 부정인지 모를 애매한 표정을 지었다.

"이카 놈이 관련되어 있기는 하지."

"이카는 대체 왜 그런데요? 아리에스 언니도 그렇고 폐하도 그렇고."

"그건 그 여자가 먼저 멋대로 좋아한 거다만."

"……이해할 수 없어요, 정말로."

생쥐는 토라진 표정으로 입술을 삐죽거렸다. 언제나 그랬지만 지금은 더더욱 이카르가 얄밉게 느껴졌다. 하는 일도 없이 빈둥거리고만 있는데도 아리에스도, 황제도 그를 좋아해 준다. 밑바닥에서 발버둥 치다가 목숨을 걸고 나서야 겨우 얻어낸 것을 손쉽게 누리고 있는 모습엔 어쩔 수 없이 질투심이 일었다. 생쥐는 잠시간 궁에 있을 누군가를 향해 투덜투덜하다가 다시 황제를 곧게 바라보았다.

"저는 할 줄 아는 것이 별로 없지만, 그래도 폐하를 돕고 싶습니다. 뭐든지 다 원하시는 대로 해드릴게요."

황제와, 그리고 아리에스를 위해서라면 아까울 게 없었다. 애초에 가지고 있는 것이 적었지만 그 없는 것이나마 바닥까지 박박 긁어 내어놓고 싶었다.

"아이도 낳아드릴 수 있어요."

"……필요 없어."

"하지만 요정들은 있어야 한다고 했는걸요."

"아직은 없어도 돼."

"그럼 필요하실 때 언제든지 말씀하세요."

"그런 소리 하려거든 아리에스 정도로 커지고 나서 말해라. 키든 가슴이든."

황제의 말에 생쥐는 울상을 지었다가,

"있는 힘껏 열심히 노력하겠습니다."

진지하게 다짐하였다.

13. 황후 간택

 평소 아리에스는 몸치장에 그다지 열중하지 않았다. 기본적인 피부 및 몸매 관리에는 당연히 공을 들였지만, 화려한 드레스나 장신구에는 별로 관심을 두지 않는 편이었다. 치렁치렁하게 걸치지 않아도 자신은 예쁘니까, 하는 자신감의 발로였다. 물론 사교계의 유행을 따르는 정도의 신경은 썼지만 모임이나 파티가 없는 나비궁 내에서는 비교적 간편히 차려입었다.
 하지만 오늘은 어째서인지 거울 앞에서 머무는 시간이 평소의 배 이상 길었다.
 '뭐, 이런 장신구 없어도 예쁘긴 한데.'
 아리에스는 전신거울에 비치는 미소녀를 향해 생긋 웃었다. 거울 속의 소녀 또한 동시에 마주 미소 짓는다.

그리 한참 거울을 들여다보다가 화장대 위의 보석함을 뒤적거리기 시작했다.

"이카르 경도 보는 눈이 없는 건 아니란 말이야."

좀 둔한 데다가 결벽적일 정도로 순해 빠진 게 문제긴 하였지만. 아리에스는 콧노래를 흥얼거리며 드레스에 어울리는 보석을 골랐다. 다른 날보다 유독 신경은 썼지만 그렇다고 무도회복처럼 과하게 차려입은 것은 아니었다. 어디까지나 평상복이지만 그 한계 내에서 최대한 노력했다.

그렇게 공들여 차려입고 이카르가 기다리고 있을 본채로 향하였다. 그리고.

"좀 늦으셨네요."

아무 생각 없이 이카르가 말했다. 정말로 아무런 생각 없이. 아리에스는 그 해맑은 얼굴을 보며 억지 미소를 머금었다.

"호호, 그러네요. 제가 조오금 늦었어요."

물론 이카르가 눈치채지 못하리라는 것쯤은 예상을 했다. 예상은 하고 있었지만 그래도 기분이 상하는 것은 어쩔 수 없었다. 아리에스는 한숨을 포옥 내쉬며 쌓여 있는 서류 더미 앞에 자리를 잡았다.

"역시 안 하던 짓은 하면 안 되는 건가 봐요."

"예?"

"사람이 하루아침에 변할 리 없다는 말이랍니다."

"그야 그렇지요."

"……그래도 언젠가 변하긴 변할 거예요, 분명."

적어도 눈치는 좀 더 늘 필요가 있었다. 둘은 소소한 잡담을 나누며 황제가 떠맡긴 일을 시작했다. 그렇게 시간이 흘러 정오를 약간 지나친 즈음.

"황태후 왔어!"

사지예가 소리치며 문을 박차고 뛰어들어왔다. 아리에스와 이카르는 깜짝 놀라며 동시에 자리에서 일어났다.

"황태후가요? 폐하를 찾아온 건가요?"

아리에스의 물음에 사지예가 고개를 저으며 대답했다.

"아니. 아리에스 너한테 볼일 있다던데?"

"예? 저요?"

"응. 황후 후보라든가 뭐라든가~."

꿈에도 생각지 못한 날벼락 같은 소식이었다. 아리에스는 창백한 얼굴로 자신과 비슷한 표정을 짓고 있는 이카르를 돌아보았다.

황태후는 자신에게 인사를 올리는 아리에스를 넌지시 살펴보았다. 마치 진열된 상품을 감정하는 듯 냉정한 시선이었다.

"폐하께서 잠시 자리를 비우신 탓에 소녀가 주제넘게 황후마마를 맞이하는 무례, 너그러이 용서해주시옵소서."

"무례라니요, 기별 없이 발걸음 한 탓이 크지요."

황태후는 관대하게 고개를 끄덕여 보였다. 아리에스는 숙였던 머리를 들어 올리며 마른침을 작게 삼켰다.

"하오면 감히 용건을 여쭈어도 괜찮겠습니까?"

"이미 듣지 않았나요?"

"……황후 후보와, 관련된 일이라는 것밖에 듣지 못하였습니다."

황태후는 후후 작게 소리 내어 웃곤 말해주었다.

"맞아요. 폐하께서 로제시아 공주에게 눈길 한 번 두지 않고 냉대하시니 어찌 계속해서 황후로 받아달라 밀어붙이겠어요. 이제는 포기할 때도 되었지요."

"하오면……."

"이대로 오래 황후 자리를 비워둘 수는 없는 노릇이니, 관례에 따라 황후 간택전을 열기로 하였답니다."

공식적인 황후 간택전의 개최는 황태후의 소관 아래 있었다. 다만 간택전을 열고 황후 후보를 모집하는 것은 황태후였지만 최종적인 선택권은 황제에게 주어져 있었다. 황제가 로제시아 공주나 황태후 파에서 들이민 여식을 황후로 선택할 리는 만무하였고, 때문에 이제껏 공식적인 황후 간택은 시행되지 않았다.

그런데 갑자기 황태후가 마음을 바꾼 것이었다. 그 속셈이 과연 무엇일지. 아리에스는 열심히 머리를 굴리면서도 겉으로는 순진하게 미소 지었다.

"어머, 그것참 멋진 소식입니다. 젊은 귀족 영양들이 무척이나

들떠 할 거예요."

"살타토르 양도 말이지요."

마주 방긋 미소하는 황태후의 말에 아리에스는 속으로 한숨을 삼켰다. 황제도 없는 마당에 결국 끌려가겠다 싶었지만 그래도 반항은 시도해보았다.

"하오나 마마, 후궁의 자매가 황후 자리를 넘본다는 것은 과히 보기 좋은 일이 아니지 싶습니다."

"나쁠 것이 뭐가 있나요. 자매가 나란히 후궁전에 드는 것이 전례 없는 일도 아니고요. 나는 살타토르 양이 황후 후보 중 한 사람이 되어주길 바란답니다."

끝났다. 아리에스는 무너지려는 표정을 애써 유지하며 말했다.

"영광이옵니다."

"이미 황후 후보들을 위한 궁을 준비해놓았답니다. 함께 돌아가도록 하지요."

"예, 마마. 곧 준비하겠습니다."

아리에스는 황태후에게 인사한 뒤 응접실을 빠져나왔다. 그런 그녀의 곁으로 이카르가 불안한 기색을 감추지 못한 채 따라붙었다.

"오늘 밤이면 폐하께서 돌아오실 겁니다. 그러니……."

"돌아오시는 게 오히려 더 곤란해요."

아리에스는 딱 잘라 말하며 자신의 방으로 들어섰다.

"폐하께서는 제 의사와 관계없이 가지 못하도록 막으실 테니까요."

그녀의 말에 뒤따라 방으로 들어선 이카르가 이해할 수 없다는 표정을 지었다.

"의사와 관계없이라니요? 당연히 가서는 안 되지 않습니까?"

"아뇨."

아리에스는 짧게 대답하며 짐 가방을 꺼내었다. 집에서 보내온 드레스만 하여도 마차 한 대 분량이었지만 일단은 귀중품만 챙겼다. 나머지 짐이야 사람을 시켜 가지고 오게 하면 된다. 그녀는 보석함을 가방 속에 던져 넣으며 어쩔 줄 몰라 하는 이카르에게 설명해주었다.

"여기서 도망치면 제 사교적 정치적 생명은 끝이에요."

"……예?"

"황후 후보로 선택되었음에도 받아들이지 않는다는 것은, 그럴 수밖에 없는 이유가 있다는 뜻이 되니까요. 그리고 그 이유란 보통 별로 좋은 종류가 못 되지요."

순결한 처녀가 아니거나 생식능력에 문제가 있거나 그 밖의 신체적 정신적 질환이 있거나. 약혼자는커녕 연인도 없는 사교계 데뷔 전의 귀족 영양이 별다른 이유 없이 황후 후보 자리를 고사하는 것은, 치명적인 결함을 지니고 있다고 동네방네 소리치는 꼴이나 다름없었다. 심지어 황태후가 직접 맞이하러 오기까지 하였으니 거절하면 어떤 불이익을 떠안게 될지 몰랐다.

그렇기에 아리에스는 순순히 황태후를 따라가야만 하였다. 자신의 미래를 포기하지 않는 이상, 여기서 도망칠 수는 없었다.

"황후 후보라고 해도 설마 폐하께서 저를 선택하시진 않을 테니까요. 간택전이 끝나면 무사히 풀려날 수 있을 거예요."

"하지만, 폐하께서 황태후가 내밀어오는 황후를 받아들이실 리 없잖습니까! 게다가 만약에라도 살타토르 양의 신변이 인질로서 다루어진다면……."

탕!

요란한 소리와 함께 가방이 닫혔다. 아리에스는 차갑게 식은 눈으로 이카르를 올려다보았다.

"그건 폐하께서 책임지셔야 할 부분이죠. 어디까지나 저는 폐하의 안일함에 휘말려버렸을 뿐입니다."

늑대와 여우가 주변을 배회하는데도 사자는 동굴 속에 웅크려 졸고만 있었다. 물론 그 혼자 몸이라면 아무래도 좋을 것이었다. 하지만 곁에 토끼를 거두어 두었다면, 뭇 맹수들이 접근치 못하도록 노호성이라도 간간이 질러야 함이 아니던가.

"지금으로서는 다른 방법이 없어요. 아니, 한 가지 있기는 하죠."

방법이 있다는 말에 이카르가 반색했다.

"그게 뭡니까?"

"결혼이요."

"예? 결혼이라니요?"

또각또각 구두 굽 소리를 울리며 아리에스가 이카르의 코앞까지 바싹 다가가 섰다. 그녀는 한쪽 눈썹을 힐끗 찌푸리며 상대를 감정하는 듯한 눈빛으로 이카르를 바라보았다.

"유부녀는 당연하게도 황후 후보가 될 수 없으니까요. 이카르 경과 제가 곧 결혼할 사이라 말한다면 황태후도 어쩌지 못하겠지요."

"그건……."

이카르는 쉽게 말을 잇지 못한 채 머뭇거렸다. 황태후에게까지 혼약한 사이라 알리게 된다면 파혼은 절대 불가능해진다. 그러니 망설이지 않을 수 없었지만…… 이런 식으로 결정이 나버리는 것도 괜찮지 않을까. 이카르는 똑바로 쏘아오는 눈빛을 피하듯 고개를 외로 틀었다.

솔직히 이제 와서 아리에스가 아닌 다른 여자와 결혼한다는 선택지는 떠오르지 않았다. 이러면 안 되는데, 하고 입으로만 말하면서 실제로는 질질 끌려다니고 있지 않은가. 그러니까, 어차피 결과가 같다면.

"……혼담이 오간 것으로 황태후에게 말……."

"싫어요."

아리에스가 싹둑 잘라 말했다.

"살타토르 양?"

"이딴 식으로는 싫다고요."

아리에스는 휙 몸을 돌려 가방을 집어 들었다. 큰 걸음으로 방을 나서는 그녀를 이카르가 허겁지겁 뒤쫓았다.

"살타토르 양!"

이카르의 손이 아리에스의 팔을 붙잡았다. 아리에스는 시큰둥한 표정으로 그를 돌아보았다.

"왜요?"

"일단은 황태후로부터 벗어나야 할 게 아닙니까."

"됐어요. 별일 없겠죠, 뭐."

"그렇게 간단히 말할 일이 아닙니다! 황태후가 단순히 황후 후보로 맞이하기 위해 직접 여기까지 찾아올 리가 없지 않습니까!"

"그건 그러네요. 하지만 싫어요."

평소의 어른스러운 모습은 어디다 내버렸는지 토라진 아이처럼 구는 그녀의 모습에 이카르가 답답함으로 가득 찬 한숨을 내쉬었다.

"……대체 제가 어떻게 해야 마음을 푸실 겁니까?"

"어떻게 해야 하느냐고요?"

아리에스는 눈썹 끝을 사납게 치켜세우며 토해내듯 말을 이었다.

"내가 아니면 안 된다고 울며 매달려."

"……예?"

"물론 진심으로. 황제를 버리든 황제에게 버림받든, 갈 곳 없어진 멍멍이 꼴로 울면서 기어 들어오면 받아주죠."

"무, 무슨……."

하얗고 고운 손이 앞으로 뻗어 나왔다.

아리에스는 이카르의 멱살을 붙잡아 자신에게로 끌어당겼다. 당혹감으로 얼룩진 얼굴을 키스할 듯 가까이한 채 차갑게 이글거리는 눈으로 선언했다.

"나는 내 것을 타인과 공유 못 해요. 심지어 빌어먹을 황제보다

뒤처진다는 거, 역겨울 정도로 기분 나쁘니까. 그러니 내게 청혼하는 건, 내가 가장 우선일 때 하세요. 아니면 안 받아."

자신이 먼저 청혼하는 건 괜찮다. 하지만 그 반대는 용납할 수 없었다. 자신에게는 이카르가 가장 사랑스럽지만, 눈앞의 이 남자에겐 아니니까. 그런데 감히 어설픈 마음으로 어설픈 이유로 적당히 결혼하자는 소리를 입에 담고 있다.

얼마나 우습게 보였으면 당연히 받아들일 것이라 생각하고 지껄여대는 것인지.

아리에스는 밀치듯 이카르의 멱살을 놓았다. 그리 강한 힘이 아니었음에도 이카르는 두어 걸음 비틀대며 물러섰다. 완전히 풀 죽은 그 얼굴이 무척이나 가엽게 느껴져 아리에스는 아랫입술을 살짝 깨물었다. 결국 반한 쪽이 지는 거라고, 아무리 화가 났어도 끝까지 매정하게 대할 수는 없었다. 결국 그녀는 한숨을 삼키며 이카르를 달래주었다.

"······그게 아니더라도, 어차피 통할 가능성은 낮아요."

"······."

"방금 말씀하셨듯이 황태후가 직접 찾아왔잖아요. 정식으로 약혼식을 올린 것도 아니고, 가볍게 무시할걸요. 그러니까 너무 신경 쓰지 마세요."

"······하지만."

거의 반쯤 울먹이는 목소리로 이카르가 말했다.

"살타토르 양을, 이대로 보낼 수는 없습니다."

"걱정 마세요. 폐하께서 처신만 잘하신다면 아무 문제 없을 테니까요."

"……솔직히 폐하께, 믿음이 안 갑니다……."

"어머?"

이카르의 말에 아리에스가 놀란 눈을 하였다. 그의 입에서 단순한 투정이 아닌 진심으로 이런 말이 나올 줄은 몰랐기 때문이다. 언젠가 깨어져야 할 믿음이기는 하였지만, 그래도 그녀의 예상보다 많이 일렀다.

"이카르 경이 그렇게 생각하고 계셨을 줄은 몰랐네요."

"그, 그렇지만…… 만약에 황태후에게 끌려가는 것이 저였더라면 별로 걱정하지 않았을 겁니다. 하다못해 생쥐라도요. 하지만 폐하께서는, 살타토르 양에게 상대적으로 신경을 덜 쓰시니까 말입니다. 만약에 황태후가 인질로 이용한다면, 그냥 버리실 것도 같아서…… 불안합니다."

"하긴 그러네요."

아리에스는 부정하지 않고 고개를 끄덕였다. 만약 이카르와 생쥐가 없었더라면 황제는 자신을 가볍게 손 놓아버릴 것이다. 하지만 지금 그녀에게는 두 사람이 있었다. 아리에스는 불안해하는 이카르를 향해 생긋 미소 지어 보였다.

"그러니까 이카르 경이 힘내주세요. 생쥐와 같이 폐하를 귀찮게 굴면 모른 척하시진 않으실 거예요."

"……그럴까요?"

"예에. 물론이죠."

황제는 자신의 테두리 안에 있는 사람에게는 약한 편이었으니까. 아리에스는 이카르에게 자신의 가방을 내밀었다.

"그럼 배웅해주시겠어요?"

"……예."

이카르는 여전히 침울한 얼굴로 아리에스의 가방을 받아 들었다.

나비궁 앞에 여섯 필의 혈통 좋은 백마가 이끄는 호화로운 마차가 세워져 있었다. 그 주위로 시종 시녀들과 호위기사들이 도열해 있는 가운데, 황태후가 아리에스와 함께 궁 밖으로 걸어 나왔다. 아리에스는 짧게 심호흡을 한 뒤 황태후의 마차에 올라탔다. 이어 마차가 출발하고 아리에스와 마주 앉은 황태후가 부드러운 어조로 입을 열었다.

"어째서 내가 직접 맞이하러 왔는지 궁금할 거예요."

"그저 과분할 따름이옵니다."

아리에스는 저자세로 나서며 눈을 숙였다. 황태후에게 최대한 무해하게 보이는 편이 신상에 이로웠기 때문이다. 생쥐와의 일로 이미 한 번 신경에 거슬린 적이 있으니 더더욱 조심해야 할 필요가 있었다.

"사실 폐하와 부딪칠 각오를 하였는데, 쉽게 풀려서 다행이에요. 살타토르 양을 꼭 황후 후보로 들이고 싶었거든요."

"소녀를 그리 좋게 보아주시니 몸 둘 바를 모르겠사옵니다."

두 여자는 서로 꿍꿍이속이 있다는 것을 훤히 알면서도 천연덕스럽게 호호 웃었다. 그렇게 속없는 대화를 주거니 받거니 하다가,

"신전의 방문은."

황태후가 돌연 화제를 바꾸어 말했다.

"살타토르 양이 동행했다 들었어요."

변함없이 온화한 목소리가 아리에스의 귓가에서 빙글빙글 맴돌다 사라졌다. 아리에스는 무심코 마른침을 꼴깍 삼켰다.

"예. 혼례식 준비 내내 이복자매로서 시중을 들어주었습니다."

"마중한 하급 무녀의 말에 따르면 두 사람의 키가 비슷했다 하더군요."

그 말이 의미하는 사실에 가슴이 크게 두근거렸다. 아리에스는 잠깐의 망설임 끝에 순순히 고개를 끄덕였다. 황태후가 이미 확인을 끝낸 일을 섣불리 속이려 들었다간 되레 꼬리가 잡히고 말 것이었다.

"사정은 짐작하고 있답니다."

황태후의 입술 위로 자애로운 미소가 그려졌다.

"이복자매라 내세운 아이의 신분이 신녀의 입 밖으로 나올까 두려웠던 것이겠지요."

"……말씀, 그대로입니다."

재판에는 승소하였지만 황태후가 생쥐의 진짜 출신에 대한 의심을 거두었을 리 없었다. 그녀만이 아니라 다른 눈치 빠른 귀족들 또한 증거가 없기에 입 다물고 있을 뿐 짐작은 하고 있을 일이었다.

"결국 그 신탁의 주인은 살타토르 양이 되겠군요. 그렇지 않은가요?"

"하지만 저는 황후가 되고 싶은 마음이 일말도 없습니다."

"영애도 잘 알고 있겠지만 마음먹은 대로 되는 일이 아니지요, 이건?"

"……."

아리에스는 대답 대신 아랫입술을 약하게 깨물었다. 물론 황후 자리는 개인의 의지로 거부하거나 차지할 수 없는 것이다. 하지만 결국 최종 선택을 하는 자는 황제다. 황제가 자신을 황후로 맞아들일 것이라고는 조금도 생각지 않았다.

"……폐하께서 원치 않으실 것입니다."

"어머나, 어째서죠? 살타토르 양은 황후에 어울릴 만큼 충분히 아름답고 영특한걸요. 내가 황제라면 두 팔 벌려 맞아들일 거예요."

"그건……."

아리에스는 하던 말을 멈추고 입을 다물었다. 사실 황제가 모여든 황후 후보들 중 반드시 한 명을 선택해야 한다면, 그 상대는 아리에스가 될 확률이 높았다. 그녀는 황제의 사정을 대략적으로나마 알고 있는 사람이니까. 하지만 그것은 어디까지나 이카르의 결혼 선포가 있기 전의 가정이다.

그녀가 아는 황제는, 아들이나 다름없는 남자의 여자를 빼앗을 인물이 아니었다. 그렇기에 황제가 아리에스를 황후로 맞이할 리는 절대 없었지만, 아리에스는 자세한 이야기를 늘어놓는 대신 침묵을 선택했다.

지금 상황에서 이카르를 끌어들일 수는 없었다. 황태후가 선택하고 몸소 맞이한 황후 후봇감이 다른 남자도 아닌 황제의 호위 기사와 염문을 뿌린다면 조용히 지나칠 수 없는 사태로 커지고 말 터였다. 아무리 독불장군인 황제라 해도 불같이 들고 일어날 귀족들을 모두 막아서는 건 불가능하다. 어찌 좋게 무마시킨다 해도 최소한 두 사람이 사교계에서 매장당함은 물론이요 이카르의 호위기사직 또한 빼앗기게 될 것이었다.

'나 또한 살타토르가를 이어받지 못하게 되겠지.'

게다가 이쪽 사정은 최대한 감추는 편이 유리했다. 아리에스는 마주 앉은 황태후를 향해 일부러 어설픈 미소를 지어 보였다.

"폐하께서는, 소녀가 탐탁잖은 모양이셨거든요."

"폐하께서요?"

"예. 사실 저는, 동생이 조금…… 귀찮답니다."

아리에스는 짧게 한숨을 내쉬었다. 그녀의 말에 황태후가 고개를 갸웃 우아하게 기울였다.

"자매 사이가 무척이나 좋다고 알고 있었는데요. 특히 어린 후궁이 언니를 심히 잘 따른다고요."

생쥐와 아리에스의 관계는 이미 어느 정도 파악이 된 모양이었다. 달갑진 않은 일인지라 아리에스는 속으로 혀를 쯧 찼다.

"너무 따라서 문제지요. 물론 저도 동생이 싫은 것은 아닙니다. 자매로서 애정은 있습니다만, 재판도 끝났는데 계속해서 발목 잡혀 있는 현실이…… 솔직히 곤란하답니다. 아직 정식 사교계 데뷔도 하지 못하였는데 후궁전에 눌러앉아 있다니, 어떤 소문이 돌고 있을는지 잠 못 이룰 정도로 걱정이 되어요."

"어머나, 그런 줄은 몰랐네요."

"네에. 그런데도 동생은 여전히 절 붙잡아놓으려 하고 폐하께서는 그걸 또 눈에 거슬려 하시고, 여러모로 난국이랍니다. 이렇게라도 빠져나오게 된 것이 차라리 다행이다 싶은 심경이에요. 어차피 폐하께서 저를 선택하실 리는 없으니까요."

아리에스는 생쥐와 자신의 사이가 의외로 좋지 못하다는 것을 어필했다. 그녀의 말에 황태후는 긍정적인지 부정적인지 모를 오묘한 눈웃음을 머금었다. 그 뒤로는 다시 영양가 없는 한담이 이어졌다.

황제와 생쥐가 귀가한 것은 해가 지고도 한참 뒤인 늦은 밤중이었다. 생쥐는 귀갓길 도중 이미 잠들어 황제의 품 안에 폭 안긴 채였다. 황제는 케이어스의 등에서 내려서기가 무섭게 미간을 찌푸렸다. 습관적인 영역 체크에 누군가의 부재가 걸려든 탓이었다.

'설마 말없이 집으로 돌아간 건 아닐 테고.'

이카르까지 없어졌으면 혹 모를 일이었지만 그건 아니었다. 황제는 생쥐를 안아 든 채 건물을 돌아 걸어갔다. 그가 본채 문에 다다르기 직전에 두 요정이 안에서 불쑥 튀어나와 소리치려다가, 잠든 생쥐를 발견하고 목소리를 낮추었다.

"솔레다토르, 황태후가 다녀갔어요."

"그 여자가 아리에스를 데리고 갔어."

"황후 후보라던데?"

"그래서 이카가 내내 울상이라니까요."

"……황후 후보?"

황제는 반사적으로 품 안의 소녀를 내려다보았다. 자세한 내막은 알 수 없지만 황태후가 아리에스를 데리고 간 모양이었다. 그 사실을 생쥐가 알게 되면 보나 마나 제 목숨도 도외시하고 덤벼들 것이 분명했다. 그리고 또 한 명 더, 이카르도. 아리에스야 아무래도 좋았지만 이 둘이 문제다. 벌써부터 골이 지끈거려 황제의 입술 사이에서 긴 한숨이 새어 나왔다.

"이카는."

"방에 처박혀서 끙끙대는 중이에요."

"저녁도 굶고 죽을상 하고 있던데요?"

황제는 안고 있던 생쥐를 사지예에게 건네주었다.

"옷 갈아입히고 재워. 아리에스 이야기는 비밀로 하고."
"예에~."
"어차피 금방 알게 될 텐데~."
사지예와 라지예는 생쥐를 데리고 먼저 안으로 들어갔다. 황제는 재차 한숨을 흘리며 이카르가 처박힌 방으로 향했다. 닫힌 방문을 열기가 무섭게 간절한 눈빛이 쏘아져 왔다.
"폐하!"
이카르는 자리에서 튕기듯 일어나 황제에게로 뛰다시피 다가갔다.
"살타토르 양이!"
"들었다. 황태후가 방문했다고."
"예. 황후 후보라고 하면서, 살타토르 양을 데려갔습니다……."
요정들로부터 들은 이야기와 같은 내용이었다.
"황후 후보라면 간택전을 연 건가."
황제가 의아하게 중얼거렸다. 황태후가 황후 간택전을 열 것이라고는 미처 생각지 못했다. 정확히는 예상에 둘 필요가 없는 일이었다. 황태후는 당연히 로제시아 공주만을 황후로 만들려 한다고 생각하였기에.
"게다가 아리에스가 후보 중 한 명이라니. 인질로 데려간 것이라 치는 편이 맞겠군."
인질이라는 말에 그렇잖아도 칙칙하던 이카르의 안색이 더더욱 어두워졌다. 역시 억지로라도 붙잡아두었어야 했다는, 뒤늦은 후회가 물씬 밀려들었다.

"부탁드립니다! 살타토르 양을……."

"진정해라."

황제는 손을 들어 이카르의 머리를 꾹 내리누르듯 쓰다듬었다.

"날이 밝으면 상황을 알아볼 터이니. 설마 데리고 가자마자 손을 쓰지는 않겠지. 적어도 며칠간은 안전할 거다."

"……무사히 돌아올 수 있겠지요?"

"정 안 되면 몰래 빼돌리면 되니까 걱정하지 마라."

이카르는 미미하게 젖은 눈으로 고개를 끄덕였다. 황제가 장담한 이상 어떻게든 될 것이라는 믿음이 있었다. 그에게 있어 눈앞의 남자의 말은 그만큼 절대적이었다. 적어도 아직까지는.

황궁에는 이미 황후 간택전에 대한 이야기가 파다하게 퍼져 있었다. 황후 후보의 선정도 끝난 뒤로, 황태후가 직접 보낸 궁정 시종들이 각 영애들을 맞이하기 위해 아침 일찍 출발한 상황이었다. 그렇게 온 궁정이 떠들썩한 가운데, 로제시아 공주의 처소에는 무거운 공기가 깔려 있었다.

"말도 안 돼! 내가 황후 후보에서 빠졌다니!"

로제시아는 발작적으로 소리쳤다. 예상보다 지체되고 있을 뿐, 당연히 자신의 자리라 생각하였던 황후 자리다. 그런데 황후 간택전으로도 모자라 그 후보에 자신의 이름은 존재치 않았다. 아름답던 눈매와 붉은 입술이 분노를 이기지 못하고 괴물처럼 일그러졌다.

"이건, 이건 있을 수 없는 일이야! 어떻게 어마마마께서…… 그럴 리가 없다! 무언가 잘못된 걸 거야!"

언제나 황후 자리는 네 것이라고, 그리 말해주던 모친이었다. 로제시아는 부들부들 떨리는 몸을 두 팔로 감싸 안았다. 그런 모친이 이렇게 하루아침에 태도를 바꿀 리 없었다. 분명 무언가 다른 이유가, 복안이 있을 터였다.

"그래…… 황후 간택 같은 거 눈속임이겠지. 틀림없어. 직접 여쭈어보아야겠으니 황태후 궁으로 갈 채비를 해라!"

황녀는 허겁지겁 황태후 궁으로 향하였다. 불안에 휘감긴 그녀와 달리 황태후는 여유로이 티타임을 즐기고 있었다. 황태후는 창백한 얼굴을 한 외동딸에게 못마땅한 눈빛을 던졌다.

"그런 단정치 못한 얼굴을 하고서 돌아다니다니."

"어마마마!"

로제시아 공주는 간절하게 모친을 불렀다.

"황후 간택전을 여신다는 소식을 들었습니다."

"그렇게 되었단다."

"무언가 다른 생각이 있으신 것이지요? 저를 명단에서 **빼놓은**

것은, 간택전이 미끼라거나 그런 것이지요?"

"무슨 엉뚱한 소리를 하고 있는 것이니."

황태후는 약간의 짜증을 비치며 대답했다.

"모여든 황후 후보들 중 황제 폐하께서 선택하는 소녀가 황후에 오르게 되는 것이 당연한 일이 아니더냐."

"하, 하오나! 그 명단에는 제가 없지 않습니까!"

로제시아 공주가 자신의 가슴을 손으로 치며 소리쳤다. 억울함 가득한 목소리에 황태후가 짧게 질린 한숨을 내쉬었다.

"그러게 진즉 폐하의 마음을 사로잡았어야지."

"어, 어마마마……?"

"네가 비록 정실 태생 황녀이자 공주라곤 하나, 결국은 계집이다. 너도 알고 있지 않느냐. 이 궁정에서 여자의 가치란 얼마나 잘난 사내를 사로잡느냐에 따른다는 것을. 길디긴 시간을 주었건만 로제시아, 너는 결국 실패했단다. 황제 폐하께서 거들떠보지도 않는 쓸모없는 계집은 치워낼 수밖에 없지 않겠니."

냉혹한 말 한마디 한마디가 황녀의 심장에 들이박혔다. 그녀는 믿을 수 없다는 듯 전신을 부들부들 떨다가 결국 자리에 털썩 주저앉고 말았다.

"지, 지금, 어마마마께서는…… 소녀를…….''

버리겠다는 뜻인가. 쓸모없는 말이니까 냉정히 손에서 놓아버리겠다는 것인가. 모친이 냉혹한 사람이라는 사실은 익히 알고 있었지만 그 차디참이 자신에게까지 겨누어질 줄은 상상치 못하였다.

시체 같은 낯빛을 한 로제시아를 황태후는 태연하게 내려다보았다.

"너무 걱정하지 말렴. 비록 폐하 상대로는 가치가 없어졌지만 아름다운 공주를 원하는 사내들은 얼마든지 있단다. 어울리는 혼처를 찾아줄 터이니 얌전히 기다리고 있거라."

황태후의 말에 로제시아는 아랫입술을 까득 깨물었다. 말은 어울리는 혼처라 하고 있지만 실상은 황태후에게 있어 가장 득이 되는 자리일 터였다. 남자의 외모나 성격은 전혀 보지 않고 오로지 가문의 세만을 살펴 결정하는, 그런 혼처 말이다. 국내가 아니라 아예 말도 잘 통하지 않는 타국으로 보내질 가능성도 없지 않았다. 로제시아의 눈이 슬픔과 분노로 젖어들었다. 그녀는 비틀비틀 몸을 일으켜 자신의 모친을 노려보았다.

"저를 이렇게 내치실 수는 없습니다! 최소한 황후 후보에라도 들게 해주세요!"

"너도 머리가 있다면 생각을 해보렴. 황후 후보로 황녀가 들어간다면 모두들 결과가 정해진 눈속임이라 생각지 않겠느냐. 억지로라도 황녀만을 남길 것이 분명하다며 귀족들이 지금처럼 간택전을 지지하고 들지 않을 것이란다."

황후 간택이 황태후의 권한이라 하여도 황제에 이어 귀족들까지 반대하고 나선다면 억지로 진행키는 힘들었다. 그렇기에 황태후는 로제시아 공주를 후보에서 제외함으로써, 황후는 귀족 영애들 중 한 명이 될 것이라는 사실을 보여줌으로써 귀족들의 지지를 이끌어냈다.

황태후는 어쩔 수 없다는 표정으로 대기해 있는 시녀들에게 손짓했다.

"설명을 해준다 한들 쉽게 포기할 수 없겠지. 그러니 로제시아, 황후 간택이 끝날 때까지 근신하고 있으렴."

"어마마마!"

"공주를 옌카 별궁에 가두도록."

"어마마마! 제게 이러실 수는 없습니다! 어마마마!"

황녀는 발버둥 쳤지만 결국 시녀들의 손에 질질 끌려 나가고 말았다. 그 추태를 바라보며 황태후가 혀를 쯧, 짧게 찼다.

"혈통과 외모 외에는 어쩜 저리도 쓸모없는 아이일까. 제 분수라도 깨닫고 있으면 좀 나을 터인데."

황태후는 친자식에게 내리는 것이라기에는 지나치게 냉정한 평을 중얼거리며 찻잔을 우아하게 들어 올렸다.

황제는 아리에스의 일을 최대한 숨기라 말해둔 뒤 생쥐가 잠에서 깨어나기 전에 도망치듯 나비궁을 나섰다. 일을 수습해보자고 일단 상황을 살펴보았으나 황후 간택전은 이미 그의 손을 떠나 있었다. 아니, 설사 자리를 비우지 않았다 하더라도 할 수 있는 일이 없었을 것이다.

황후 간택은 황태후의 권한이요, 귀족들 또한 찬성하고 있다. 그런 상황에서 황제가 홀로 반대해보았자 통할 리 만무했다. 결국 황제는 별 소득 없이 미뤄두었던 업무만을 정리한 채 발걸음을 돌려야만 하였다.

"폐하!"

황제가 귀궁하기 무섭게 눈물이 그렁그렁해진 생쥐가 달려왔다. 아무래도 결국은 아리에스에 대한 소식을 들은 모양이었다. 황제는 자신에게 달라붙는 생쥐를 안아 들며 역시나 걱정스러운 얼굴을 하고 있는 이카르를 쳐다보았다.

"말해주지 말라 했더니."

"요정들입니다."

"입 가벼운 놈들."

물에 빠지면 입만 동동 뜨다 못해 끊임없이 떠들어댈 요정들이니 당연하다면 당연한 결과였다.

"폐하! 아리에스 언니를 구해주세요!"

황제의 품 안에서 생쥐가 간절하게 외쳤다. 고인 눈물을 떨구지 않은 것이 용할 정도로, 지금 그녀의 머릿속과 가슴속은 엉망으로 헝클어져 있었다.

아리에스가 황태후에게 끌려갔다. 생쥐가 아는 황태후는 궁정 내에서 가장 위험한 사람이었다. 이미 여러 여자들이 황태후의 명령으로 살해당하였고 생쥐 또한 화를 입을 뻔했다. 그런 사람에게 정말 좋아하는 언니가 붙잡혀 갔으니 걱정으로 제정신일 수가 없었다.

"이미 잘못된 건 아니겠죠? 괜찮은 거겠죠?"

황제는 바들바들 떠는 생쥐를 소파에 내려놓으며 말했다.

"괜찮다. 기껏 손에 넣은 말을 무용하게 써버릴 여자가 아니니."

한동안은 안전할 것이라는 말에 생쥐가 커다랗게 한숨을 내쉬었다. 그래도 여전히 불안하다 못해 새파랗게 질린 얼굴이었다.

"어, 어떻게 해야 하죠? 어떻게 해야 하나요? 제가 대신 갈 수는 없어요? 언니가 집에 가는 거 싫다고 하는 게 아니었는데……. 나중에 가라고 그랬었는데……. 제 잘못이에요! 돌아가라고 했어야 하는 건데!"

황제는 횡설수설하는 생쥐의 옆에 앉아 그녀의 머리를 쓰다듬었다.

"진정해라. 어차피 네가 가라고 했어도 아리에스는 여기 머물렀을 거다. 저놈이 있으니까."

"그렇지만, 그렇지만……."

아리에스가 집으로 돌아갔으면 이런 일 없었을 텐데. 애초에 그녀가 황궁으로 오게 된 것도 자신 때문이 아니던가. 생쥐는 죄책감에 어쩔 줄 몰라 하며 두 손에 얼굴을 파묻었다.

"……아리에스 언니가 다치면 안 돼요. 절대로 안 됩니다."

그녀가 잘못되기라도 한다면, 절대 견딜 수 없을 것이다.

그럴 바에는 차라리 이 모든 행운이 없었던 일로 바뀌는 편이 나았다. 아리에스를, 황제를 만나지 못하고 더러운 뒷골목에서 비참하게 죽어가는 편이, 차라리 나았다.

결국은 더 참지 못하고 끅끅 눈물을 쏟아내는 생쥐의 모습에 황제가 짙은 한숨을 흘렸다. 생쥐가 격한 반응을 보일 것이라고 예상은 했지만 직접 눈앞에 두니 속이 썼다. 안절부절못하고 서 있는 이카르의 몰골 또한 눈에 거슬렸다.

"오늘 밤에 찾아가 보마."

황제는 어쩔 수 없다는 투로 말했다. 솔직히 그로서는 아리에스가 어떻게 되든 아무렇지도 않았다. 그 여자에게는 정이 안 간다. 하지만 생쥐와 이카르가 제 목줄 조인 듯 굴고 있으니 가만히 앉아 있을 수만은 없었다.

"아리에스와 직접 만나 상황을 확인해보고 정 위험하다 싶으면 데리고 오겠다."

"정말이요? 언니를 데리고 오실 거예요?"

"오겠다고 하면."

황제의 말에 생쥐의 얼굴은 밝아졌지만 이카르의 얼굴은 되레 더 어두워졌다. 정황을 잘 모르는 생쥐와 달리 이카르는 아리에스가 순순히 황제를 따라오지 않을 것임을 짐작하고 있었기 때문이다.

"부탁드려요, 폐하. 꼭 언니를 데리고 와주세요!"

"순순히 따라오면."

"당연히 올 거예요!"

생쥐는 자신 있게 외쳤다. 황태후는 위험하다. 위험한 곳에 붙잡혀 있는 것은 누구든지 싫어한다. 그러니까 아리에스가 당연히 벗어나려 들 것이라고, 간단히 생각하였다. 그런 생쥐를 황제는 아무 말 없이 바라보기만 했다. 어차피 곧 알게 될 일, 굳이 지금 말해줘서 겨우 그친 눈물을 또다시 쏟게끔 할 필요는 없었다. 대신 흐트러진 회색 머리칼을 재차 부드럽게 쓰다듬어주었다.

아리에스가 머무르는 객실에 잠입하기란 그리 어렵지 않았다. 비단 용혈을 지닌 황제의 능력 덕분만은 아니었다. 황태후가 주위 경비를 느슨하게 짜놓았기 때문이다. 그 속셈을 자세히 알 수는 없었지만, 아마도 황제를 비롯한 다른 누군가가 아리에스와 접촉하는 것을 눈감아주려는 모양이었다.

황제는 2층 객실의 발코니 위로 가볍게 올라섰다. 생쥐와 이카르의 부탁에 못 이겨 여기까지 오기는 했지만, 솔직히 아리에스가 순순히 자신을 따라 도망칠 것이라고는 생각지 않았다. 지금 여기서 달아난다면 황태후가 실각할 때까지 숨어 살아야 함은 물론이요, 살타토르 백작도 문책을 피할 수 없었다. 아리에스는 스스로의 안전을 위해 그런 불이익을 감수할 여자가 아니었다.

어쨌거나 여기까지 왔으니 권유는 해봐야 했다. 황제는 발코니 문을 열고 실내로 들어서다가 얼굴에 무언가 걸리는 것을 느끼고 흠칫 손을 올렸다.

'거미줄인가.'

눈에 띄지 않을 정도로 얇은 은사가 발코니 문 위쪽에 늘어져 있었다. 황제는 손으로 거미줄을 대충 걷어내고 다시 안쪽으로 걸음을 옮겼다. 늦은 시간이었지만 아직 잠들지는 않았는지 침실 문틈 사이에서 불빛이 새어 나오고 있었다. 황제는 침실 문을 가볍게 두드렸다. 잠시 뒤 문이 열리며 잠옷 위로 숄을 걸친 아리에스가 고개를 빼꼼 내밀었다. 그녀는 놀라지도 않은 채 머리를 살짝 숙이며 인사했다.

"이런 야심한 시간에 어쩐 일이신지요. 소녀가 비록 황후 후보라 하나 순결한 처녀의 방에 이리 불쑥 발을 들이시는 것은 무도한 일이랍니다."

"……입은 살았군."

"아직 머리가 멀쩡히 붙어 있으니까요."

아리에스는 어깨에 걸친 숄을 좀 더 당겨 올리며 침실 밖으로 걸어 나왔다. 불은 켜지 않았지만 침실에서 흘러나오는 빛이 있어 사물의 분간 정도는 가능했다. 접객용 소파로 가 앉은 아리에스가 어둠에 가리어 잘 보이지 않는 황제의 얼굴을 올려다보며 물었다.

"황태후가 저를 인질로 삼으려 할까요?"

"그건 내가 물어야 할 것 같은데. 황태후의 태도는 어떻지?"

황제 또한 반대편 소파에 자리 잡으며 되물었다.

"일단 생쥐와 저의 관계에 대해서는 확실하게 파악하고 있는 듯 싶습니다. 즉, 저를 손에 쥐고 있으면 생쥐를 움직이는 것이 가능하다는 사실을 알고 있다는 거죠. 하지만 생쥐가 폐하께 어느 정도의 효용을 가지고 있는지는, 아직 확신치 못하는 모양입니다."

"이카르에 대한 것도?"

"아마도요. 일단 저는 말하지 않았고 저와 이카르 경의 관계는 대외적으로는 무도회 파트너를 두 번 한 정도일 뿐이니까요. 이카르 경을 선택하고 헤세시 경을 걷어차긴 했지만, 그 남자가 여자에게 차인 일을 떠벌리고 다닐 성격도 아니고 이젠 말할 수도 없게 되었죠."

아리에스는 잠시 말을 멈추고 입술 끝을 조금 삐죽거렸다.

"사실 생쥐라면 모를까 이카르 경에게까지 인질 운운하기에는, 그는 저를 그렇게까지 좋아하진 않잖아요?"

말은 그렇게 하고 있었지만 아리에스의 눈빛은 사나울 정도로 날카로웠다. 자신의 물음에 긍정해버린다면 상대가 황제라 할지라도 가만있지 않겠다는 시선이었다.

"……내가 뭐라고 대답하길 바라는 거냐."

"생쥐가 어쩌고 있는지는 눈앞에 환하니까 걱정은 되어도 궁금하지는 않습니다."

"이카 놈도 안절부절못하고는 있다만."

"얼마나요?"

"제법 많이."

"좀 더 구체적으로 설명해주시죠."

"직접 봐라."

"반쯤 감금당한 처지인데 어찌 그러나요."

"원한다면 내보내 주지."

"그러곤 평생 숨어서 살고요?"

"평생까진 아닐 거다. 황태후보다는 네가 더 오래 살겠지."

"참으로 위로가 되는 말씀이시네요."

아리에스의 목소리 끝이 살짝 뾰족해졌다.

"황후 후보인 여자가 야반도주를 한다면 소문 참 좋게도 나겠지요. 황태후가 실각한다더라도 사교계에서는 영영 추방되고 말 겁니다. 혼삿길 꽉 막히는 건 덤이고요. 백작가를 잇는 것도 완전히 물 건너가겠네요."

지금 여기서 도망치라는 말은 꿈꾸고 있던 미래를 죄 포기하라는 뜻이나 마찬가지였다.

"일신의 영달에 목숨까지 걸 생각은 없습니다만 아직은 벼랑 끝까지 내몰린 건 아니니까요. 추락하기 일보 직전이라면 치맛자락 걷어붙이고 도망치겠습니다."

아리에스는 단호하게 말을 끝맺었다. 신변의 위험이 경각에 달하지 않는 이상은 버티겠다는 의지가 확고했다. 예상했던 태도인지라 황제는 굳이 설득하려 들지 않았다.

대신 황후 간택 쪽으로 화제를 돌렸다.

"황태후는 이번 황후 간택의 후보에서 황녀를 제외시켰더군."

"그건 저도 정말로 의외였어요. 어차피 폐하의 선택을 받을 수 없을 것이라고 생각했다 하더라도 아예 빼버리다니. 덕분에 로제시아 공주가 펄펄 날뛰다가 별궁에 갇혔다고 하더군요."

"자신의 딸을 황후로 앉힐 속셈이 아니었던 건가."

"공주가 아니더라도 자신의 손길이 닿는 여자가 황후로 책봉된다면 괜찮다, 하고 생각하고 있는 것인지도 모르죠. 실상 이번 황후 후보 중에서 공작 측 귀족 여식은 한 손에 꼽을 정도로 적습니다."

아리에스를 포함한 황후 후보는 모두 서른다섯 명. 그중 황태후 파가 스물셋이었고 중립이 여덟 명, 나머지 네 명만이 공작파에서 내놓은 여자들이었다.

"황후 후보를 고르는 것은 전적으로 황태후의 재량이니 공작 측으로도 어찌할 도리가 없었을 겁니다. 하지만 폐하께서는 당연히 공작 파나 중립파 출신 여식을 선택하시겠지요?"

아리에스의 말에 황제가 이맛살을 찌푸렸다.

"누구든 선택할 생각 없다."

"어머, 하지만 이번에는 그냥 지나가실 수 없으실 텐데요. 황태후가 이리 공식적으로 일을 벌이고 나섰으니 황후를 맞이하지 않고서는 빠져나가는 것이 불가능합니다. 폐하께서 결정하지 않으시고 시간을 오래 끄신다면, 자칫 황태후가 멋대로 황후를 정해버릴지도 모른다고요."

전례가 없는 일은 아니었다. 어린 황제가 즉위하였을 때 그 모친인 황태후가 독단으로 황후감을 고르고 정하여 혼인시킨 과거가 있기는 하였다. 그런 전례를 들먹이며 나이가 차도록 정실을 들이지 않는 황제를 걱정하는 척 귀족들을 회유하면 황태후가 최종 선택까지 하는 것도 가능할 터였다.

"그런 횡포는 공작이 막아주겠지."

"과연 그럴까요?"

아리에스가 좌우로 짧게 고갯짓했다.

"물론 카얄룬 공작 측에서 강 건너 불구경하듯 허허 쳐다만 볼 리는 없겠지요. 하지만 황태후가 믿는 구석 하나 없이 공식적인 황후 간택을 벌였을 리 만무합니다. 설사 그게 아니더라도, 폐하."

짙푸른 두 눈이 엄중할 정도의 예기를 띠며 황제를 똑바로 향하였다.

"언제까지 이대로 지낼 수는 없습니다."

평범한 촌부라면 결혼을 하든, 평생 혼자 살든 제 마음대로 결정할 일이다. 하지만 황제는 다르다. 행동 하나하나가 궁정 내는 물론이요, 넓게는 제국 전체와 국경을 넘은 타국에까지 영향을 미치는 것이다.

"적당한 여자를 고르세요. 황태후의 손을 들어줘도 좋고 공작의 손을 맞잡아도 좋습니다. 일전에도 말씀드렸지만 저는 여전히 폐하께서 쓸데없는 고집을 피우신다고 생각하고 있습니다. 폐하께서 두 세력 중 어느 한쪽을 선택하신다면, 그것으로 모든 것이

원만하게 해결되지 않겠습니까. 물론 두 세력 중 살아남은 쪽이 더욱 성세하여 훗날 더 큰 화가 될 가능성도 큽니다만, 이러지도 저러지도 못한 채 고착된 상황을 끝없이 이어가는 것보다는 낫습니다."

뚜렷한 이유도 없이 석상처럼 멀거니 쳐다만 볼 뿐 꼼짝도 하지 않는 황제의 태도를, 아리에스로서는 이해할 수가 없었다. 솔직히 가슴 답답한 노릇이었다.

"능력이 없으신 것도 아니시면서 대체 왜 손발이 다 족쇄로 묶인 것처럼 구시는 건가요?"

"묶인 건 맞다."

"……예?"

황제는 짧게 한숨을 내뱉었다. 상대를 귀찮아하는 기색이 만만이라 아리에스는 순간 발끈했다가 다시 마음을 가다듬었다.

"국정을 돌보는 기본적인 일 정도는 가능하지. 그러나 그뿐이다."

"……무슨 말씀을 하시는 것인지 잘 모르겠습니다만."

"내가 직접 세력 사이에 관여하여 움직일 수는 없다는 뜻이다. 그래서도 안 되고."

아리에스의 미간이 크게 찌푸려졌다.

"진짜 무슨 말씀이신지 모르겠는데요. 황제시잖아요?"

"일단은."

"일단은, 이라니요, 대체 그게 무슨……."

아리에스는 과거 황제와 처음 일대일로 대면하였을 때의 일을 떠올렸다. 그녀가 무심코 자리에서 벌떡 일어났다. 어둠 속에서도 뚜렷한 안광을 띤 금안이 경악에 찬 얼굴을 올려다보았다.

"……폐하께서는, 혹시, 퇴위를 염두에 두고 계신 것입니까?"

당시 잠깐 느꼈던 직감. 하지만 얼토당토 않는 일이라 생각하여 잊고 있었다. 아리에스의 물음에 황제의 눈매가 가늘게 휘었다.

"대답을 원하나."

"부정하지 않으시는군요."

"그래."

"이게, 말이……."

아리에스는 높아지려는 목소리를 얼른 거두며 입을 딱 다물었다. 잠시간 거친 숨소리만이 그녀의 입술 사이에서 흘러나왔다. 아리에스는 얼굴 가득 도저히 이해할 수 없다는 외침을 덧씌우며 다시 말을 꺼내었다.

"그래서, 퇴위하시면 솔레다드 산맥에라도 되돌아가시게요?"

"가능하다면."

"이카르 경은요?"

"그놈은 여기 있어야지."

"아, 그건 괜찮네요. 제가 주워 가면 되니까요. 생쥐는요?"

"데리고 가야지."

"그나마 주위 사람은 거두어주실 생각이시라 천만다행입니다. 물론 궁정은 태풍이 열댓 개쯤 잔치판을 벌이고 간 꼴이 되겠지만요."

아리에스의 목소리에 빈정거림이 섞여들었다. 그러나 그녀의 태도를 무례하다 탓할 수만은 없을 것이었다. 궁정의 그 누구라도, 아니 무지렁이 촌부라 하더라도 지금의 이야기를 듣는다면 경악할 수밖에 없었을 터이니. 황제가 후계자도 없이 황위를 박차고 나가겠다니, 스스로의 귀는 물론이요 감히 황제의 정신 상태도 의심해봄 직한 헛소리였다.

"대체 이유가 무엇입니까? 설마 이번에도 알 것 없다고 일축하실 생각은 아니시겠지요? 아니, 애초에 버리실 것이었다면 차라리 황위에 오르지를 마셨어야지요. 폐하께서 나타나지 않으셨더라면 로제시아 공주의 남편이 황제가 되었을 것입니다."

로제시아 공주의 남편은 십중팔구 카얄룬 공작가의 사람이 되었을 것이고, 두 세력은 그럭저럭 평화로운 화합을 이루었을 터였다. 약화되었던 황가 또한 두 세력의 지지를 얻어 지금보다 훨씬 안정적인 궁정이 되었을 것이다. 그런데 갑자기 나타나 선황제의 동생이랍시고 황위를 차지한 주제에 이제 와서 버리겠다니. 정계에 관심이 많은 아리에스로서는 기막힐 노릇이었다.

"정말이지, 정말이지 폐하를 이해할 수가 없어요. 절대로 이해 못 할 것 같습니다."

황제는 눈꼬리를 잔뜩 치켜세운 사나운 푸른 눈을 마주 바라보다가 자리에서 몸을 일으켰다.

"이해할 필요 없다."

"……그래서 여전히 침묵을 지키실 심산이십니까?"

"끝까지 모르는 편이 나아."

그녀로서는 모르는 편이 나을 진실이다. 황제는 이글거리는 눈길을 피하듯 몸을 돌렸다.

"전할 말이 있다면 전해주지."

"……이카르 경에게 약혼자의 본분을 잊지 말라고 전해주세요. 생쥐에게는 잘 있으니 걱정하지 말라고 전해주시고요."

"낭만은 없는 소리군."

"폐하로부터 그런 말을 들을 줄은 몰랐는데 말이에요. 아니면, 저 대신 키스라도 전해주시겠어요?"

"그런 건 생쥐로 충분하다."

"어머, 매정하셔라."

황제는 아리에스의 군소리를 뒤로한 채 발코니 밖으로 나갔다. 그의 모습이 이내 난간 너머로, 밤의 어둠 속으로 사라졌다. 아리에스는 피부를 스치는 차디찬 바람에도 아랑곳없이 한참을 우두커니 섰다가 짧은 한숨과 함께 발코니 문을 닫았다.

이카르는 밤이 깊었음에도 잠들지 못하고 나비궁의 정문 근처를 서성거리고 있었다.

그의 뒤편으로 턱을 괸 채 쪼그리고 앉아 있는 라지예가 보였다. 왔다 갔다 불안스럽게 흔들리는 금빛 머리통을 쳐다보던 라지예가 시큰둥하게 입을 열었다.

"솔레다토르가 눈에 띄게 행동하지 말랬잖아."

"……어차피 보는 사람도 없어."

"그거야……."

"내가 다 잠재웠으니까!"

어둠 속에서 불쑥 나타난 사지예가 소리쳤다. 사지예는 라지예 옆에 똑같은 포즈로 쪼그리고 앉아서는 역시나 비슷한 표정으로 이카르를 올려다보았다.

"시녀들 죄다 재워놓고 왔지~."

"잘했군, 잘했어~."

"내가 좀 잘하지~."

"근데 저놈은 못해!"

"할 줄 아는 게 없어!"

"……내가 왜 할 줄 아는 게 없다는 거야?"

이카르는 인상을 쓰며 두 요정을 노려보았다. 눈초리는 제법 사나웠지만, 그가 아장아장 걸어 다닐 때부터 봐왔던 요정들에게 통할 리 만무했다.

"솔레다토르가 알아서 잘할 테니 잠이나 자~."

"그래, 인간 어린애는 많이 자야 잘 큰댔다고~."

"어린애 아니거든!"

"백 살도 안 됐는데?"

"그러게 백 살은 먹어야 어른이지?"

"그건 요정이고 난 인간이라고!"

"그래 봐야 애지."

"그러게 애지."

"요만할 땐 귀여웠는데."

"요만했었지."

요정들은 엄지와 검지를 손가락 두 마디 정도로 벌리며 요만할 땐 귀여웠다면서 킬킬거렸다. 물론 아무리 갓 태어난 아기라 할지라도 손가락 두 마디보다는 크다. 이카르는 한숨을 내쉬며 요정들의 헛소리를 무시했다. 저 둘을 상대해봤자 끝없이 휘말릴 뿐이었다.

"젠장, 폐하께서는 대체 언제 돌아오시는 거지."

"언젠가는 오시겠지~."

"아리에스는 못 데리고 올 거 같지만."

"……."

라지예가 하는 말에 또다시 속이 울컥했지만 이카르 또한 아리에스가 황제와 동행해 올 것이라고 생각지는 않았다. 그렇기에 더더욱 가슴이 답답했다.

'……말은 지켜주느니 어쩌니 해놓고서.'

정작 자기가 잡혀가고 말았다. 물론 아리에스에게 정말로 보호받을 생각은 없었지만. 아니, 궁정에서의 처세술이나 정치적인 면에서라면 아리에스의 도움을 기대하는 마음이 없잖아 있긴 했다. 하지만 육체적인 면에서라면 그 반대가 되어야 하지 않겠는가. 어쨌거나 아리에스는 여자에 레이디요, 자신은 기사. 그럼에도 두 눈 멀쩡히 뜬 채 속수무책 황제가 돌아오기만을 기다리고 있으니 자신이 한심하게 느껴지지 않을 수 없었다. 복잡한 심경에 땅이 꺼져라 한숨을 푹푹 내쉬는 이카르를 두 요정은 쟤 왜 저러나 하는 표정으로 구경했다.

"쟤 저러다 생쥐처럼 우는 거 아닐까?"

"참, 생쥐는 어쨌어?"

"언니 올 때까지 안 잔다고 고집 피우면서 발 동동 구르다 울다 또 왔다 갔다 난리길래 수면제 먹여서 재웠지. 인간 어린애는 일찍 자야 하잖아."

"이카도 수면제 먹여버릴까?"

"울기 시작하면 뒤통수 후려치자."

이러쿵저러쿵 떠들어대면서도 두 요정은 이카르로부터 시선을 떼지 않았다. 이카르가 혹시라도 더 참지 못하고 뛰쳐나가기라도 하면 붙잡아놓으라는 황제의 명령이 있었기 때문이었다.

그때 정문 밖이 아니라 궁 안쪽에서 누군가가 걸어왔다. 다름 아닌 케이어스였다. 그는 어미 잃은 새끼 오리처럼 우왕좌왕하는 이카르와 쪼그리고 앉아 있는 두 요정을 차례로 쳐다보며 입을 열었다.

"솔레다토르는 이미 돌아왔다만."

"예?"

"왔어?"

"언제 왔대?"

"조금 전에."

이카르의 얼굴이 딱딱하게 굳었다. 그는 길게 듣지 않고 곧장 본채로 뛰어갔다. 그의 뒷모습이 어둠 속으로 완전히 사라지자 라지예가 쪼그려 앉은 그대로 케이어스에게 말했다.

"아리에스는 같이 안 왔겠네."

"동행했다면 정문으로 돌아왔겠지."

케이어스의 대답에 사지예가 혀를 쯧쯧 찼다.

"솔레다토르도 고생이겠다."

"그러게, 이카도 징징거리고 생쥐도 징징거리고. 그냥 우리가 가서 아리에스 납치해 올까?"

"아냐, 어쩌면 솔레다토르가 일부러 아리에스를 두고 온 걸지도 몰라."

두 요정의 눈동자가 일순 바늘처럼 가늘어졌다. 목소리 또한 평소완 달리 바닥에 닿을 듯 낮아졌다.

"아리에스도 조건이 될지도 모르잖아?"

"놓고 왔는데도?"

"하지만 생쥐의 언니고 이카랑도 결혼할 거랬으니까~."

"그럼 혹시 가능할지도?"

"가능할지도?"

속닥거리던 둘이 동시에 에잉, 하고 고개를 절레절레 저었다.

"그래 봤자 솔레다토르는 안 될 거야."
"그래, 안 될 거야."
두 요정의 결론에 뒤쪽에 서 있던 케이어스도 동의한다는 듯 짧게 끄덕였다.

황제는 근심 걱정 가득한 얼굴로 잠들어 있는 생쥐를 내려다보았다. 내일 아침, 잠에서 깨어나면 가장 먼저 아리에스를 찾아댈 모습이 떠오르자 벌써부터 피곤이 밀려들었다. 그뿐만 아니라 이카르도 곧 들이닥칠 터였다. 차라리 다시 가서 아리에스를 강제로 끌고 올까 하는 생각도 들었지만, 그래 봤자 그 여자의 성격상 펄펄 날뛰며 도로 황태후에게 돌아가 버릴 것이 분명했다. 그러니 감금이라도 해두지 않는다면 아리에스를 빼내어 오는 것은 불가능한 일이었다.

'골치 아프군.'

황제는 한숨을 흘려내며 침실 밖으로 나갔다. 단순한 버티기만으로는 역시 안 되는 것일까. 시간이 좀 더 주어지기를 바랐지만 황태후는 기다려주지 않았다. 그는 평소의 커피 대신 장식장 속의 브랜디와인을 꺼냈다.

술에 취할 수 있는 육신은 아니었지만 기분을 풀기 위한 마땅한 방법이 따로 있는 것도 아니었다.

황제가 술병을 반쯤 비워냈을 때 문이 벌컥 열리며 이카르가 나타났다.

"폐하!"

"목소리 줄여라. 네놈 하나만으로도 충분히 시끄러우니."

괜히 잠들어 있는 생쥐를 깨워 징징거림을 하나 더 추가하고 싶진 않았다. 둘을 동시에 상대하기에는 이미 충분히 지쳐 있었다. 이카르는 초조한 표정으로 황제가 앉아 있는 소파 옆으로 다가갔다.

"살타토르 영애는, 역시 오려 하지 않은 겁니까."

"설명할 필요가 없어서 기쁘군."

"……그녀는 무사합니까?"

"걱정되면 직접 가서 확인해라. 네 녀석도 어렵지 않게 드나들 수 있을 정도로 경비가 느슨하니."

마치 대놓고 도망칠 테면 도망치라고 외치는 듯한 수준이었다. 그 말에 안 그래도 굳어 있던 이카르의 얼굴이 더더욱 딱딱해졌다.

"황태후는 살타토르 양이 도망치길 바란다는 말씀이십니까?"

"모르지. 황태후의 속셈은 두고 봐야 알 일이다. 아리에스도 아직 짐작 가는 건 없는 모양이더군."

공식적인 황후 간택은 황태후에게도 그다지 유리한 일이 아니었다.

후보까지는 황태후가 고른다 하더라도 최종 결정권은 황제에게 주어져 있으며, 공작 측에서도 방해가 있을 게 분명하니 그녀가 원하는 황후를 세우기란 극히 어려울 터였다. 심지어 황태후는 이번 일을 위하여 로제시아 공주를 포기했다. 이제껏 끈질기게 내밀던 카드를 스스로 내던져버린 그 행동의 진위는 쉽게 파악하기 어려웠다.

황제는 반쯤 찬 술잔을 비우며 말했다.

"약혼자의 본분을 잊지 마라."

"……예?"

"아리에스가 전해주라더군."

"……."

이카르는 대답 대신 아랫입술을 잘근 깨물었다. 약혼자 운운하는 것을 보니 아리에스는 여전히 변함이 없는 듯하였지만, 그래도 그녀에 대한 걱정이 가슴을 가득 메운 채 흩어질 줄을 몰랐다. 헤어지기 전의 일까지 떠올라 더더욱 속이 따끔따끔 아파졌다.

"……이제 어떻게 하실 생각이십니까?"

아리에스를 억지로 구해 오는 것은 힘들다. 그러니 다른 방법은 없겠느냐는 물음에 황제가 나직이 대답했다.

"황태후는 고집을 꺾지 않을 터이니 공작파와 교섭을 해야지."

"카얄룬 공작이 받아들일까요?"

"반드시 황후를 정해야 한다면 황태후 측 여자로 결정하겠노라 언급해두면 그쪽에서 알아서 방해하고 나설 것이다."

카얄룬 공작이 황태후의 세력을 키우는 짓을 눈감고 놓아둘 리는 없다. 황제는 그렇게 확신했다.

"시간은 좀 걸리겠지만 황후 간택이 흐지부지되면 아리에스도 놓여나게 되겠지."

"……그렇게 된다면 다행입니다만, 혹 황태후가 살타토르 양을 해치지는 않을까요?"

"그 부분은 장담할 수 없다."

황제는 냉정하게 말했다.

"아리에스가 자신의 안전보다 미래의 기회를 더 중요시한 이상 내가 손 내밀어 줄 수 있는 일은 없어."

만일 아리에스가 스스로의 안전만 보장해주길 바랐다면 얼마든지 도와줄 수 있었다. 나비궁으로 데려와 본채에 숨겨놓아도 좋고, 최악의 경우에도 요정족의 마을로 보낸다면 인간들은 절대 그녀를 해칠 수 없게 될 것이었다.

하지만 아리에스는 도망치지 않았다. 황태후의 영역 안에 남겠다고 결정한 이상 황제가 그녀를 보호해주는 것은 불가능하였다.

"……사지예나 라지예, 혹은 케이어스 씨를 보내면 안 될까요?"

"아리에스가 머물고 있는 솔비른궁의 책임자는 황태후다. 이미 얼굴이 알려진 그 녀석들을 시녀나 시종으로 잠입시키는 건 불가능해."

"몰래 지켜줄 수는 없습니까? 경비도 느슨하다면서요."

"밤이라면 모를까 대낮에는 나조차도 힘든 일이다. 야외도 아니고 실내인 데다 몸을 완벽히 감추어가며 이동하는 건 불가능해."

아리에스가 항상 침실에만 머물고 있다면 모를까, 숨을 곳도 마땅치 않은 실내에서 시녀들은 물론이요 황후 후보들까지 득시글거린다. 그런 상황에서 호위자로 몰래 따라붙는 것은 불가능한 일이었다. 설사 드래곤이라 할지라도 몸을 투명하게 만들 수는 없었으니.

"밤에는 라지예나 사지예 중 하나를 보내놓지."

"감사합니다."

불안을 완전히 거두지는 못하였지만, 그래도 이카르는 납득하고 요정들에게 말을 전하겠다며 자리를 떠났다. 이제 남은 것은 쓸데없이 고집 센 꼬마 하나다. 황제는 눈썹을 찌푸린 채 빈 잔을 채웠다.

황제의 예상대로 생쥐는 잠에서 깨어나기가 무섭게 아리에스부터 찾았다. 희미하게 의식이 듦과 동시에 졸음을 억지로 밀어내고 침대에서 뛰어내려 긴 소파에 앉아 있는 황제에게 가 물었다.

"아리에스 언니는요? 돌아왔어요?"

황제는 퉁퉁 부은 눈을 끔벅이며 물어오는 말에 한숨을 섞어 대답했다.

"오지 않았다."

"어, 어째서요? 황태후가 막았어요?"

"아리에스가 도망치지 않겠다고 하더군."

"네?!"

생쥐는 깜짝 놀란 외침을 내뱉었다.

"어, 언니가요?"

"그래."

"하지만, 하지만 황태후는 위험하다고 했습니다! 위험한 곳인데, 그런데 어째서……?"

"황후 후보로 초청된 이상 몰래 달아난다는 것은 불명예를 넘어 황제를 모독하는 일이다."

황제는 생쥐에게 천천히 설명해주었다.

"그리되면 아리에스는 최소한 황태후가 실각할 때까지 숨어 살아야 함은 물론이고 부친인 살타토르 백작의 명예도 바닥에 떨어지게 되겠지. 또한 아리에스가 백작가를 이어받기 불가능해진다."

황제의 말에 생쥐의 표정이 창백해졌다. 명예니 황실모독죄니 하는 것은 잘 몰랐지만, 아리에스가 백작가의 계승권을 얼마나 중요시 여기는지는 몇 번이고 들어 알고 있었다.

그녀는 몸을 가늘게 떨다가 머리를 좌우로 휙휙 저었다.

"하지만, 그래도 가문을 이어받는 것보다는 목숨이 더 중요하잖아요! 언제 위험해질지 모르는데, 일단 피해야 한다고 생각합니다!"

"그건 사람마다 다르다. 아리에스라면 목에 칼을 들이밀어도 살타토르와 생명, 둘 다 건질 방법을 찾기 위해 마지막까지 머리를 굴려대겠지."

제 목숨을 쉽게 포기할 여자는 아니다. 하지만 동시에 위협받는다고 해서 자신이 가지고픈 것을 냉큼 손놓아버릴 여자 또한 아니었다. 그러니 황태후가 사형 날짜라도 잡아놓고 카운트다운에 들어가지 않는 이상 순순히 도망치려 들지 않을 것이었다.

황제의 말에 생쥐의 두 눈 가득 그렁그렁하게 눈물이 차올랐다. 그녀로서는 여전히 잘 이해가 가질 않았다. 살아남는 게 더 중요한데, 아무리 계승권을 원한다 해도 그래도 목숨이 더 중요한 건데. 하지만 이대로는 소중한 언니가 얼른 돌아오기 힘들다는 것만큼은 똑똑히 머릿속에 들어왔다.

"그럼, 억지로라도 데려와 주세요. 폐하!"

"꼬마."

진중하게 가라앉은 금안이 생쥐를 바라보았다.

"지금 너는 아리에스가 원치 않는 일을 억지로 하기를 바라는 거냐."

"……네?"

"바란다면 들어줄 수는 있다. 아리에스를 억지로 데리고 와 감추어 두는 것쯤 어렵지 않아. 하지만 그 여자는 크게 상처 받을 거다."

황제의 말에 생쥐는 입을 딱 다문 채 생각에 빠졌다. 잠시 뒤 그녀가 혼란스러운 표정으로 말문을 열었다.

"언니가, 상처 받는 것은 원하지 않아요. 하지만 위험을 피하지 않는 이유는 역시 잘 모르겠습니다."

"꼬마 너도 비슷하게 굴지 않았더냐."

"네?"

"너는 죽음을 각오하고 이곳에 왔겠지."

그뿐만 아니라 황제에게 도움이 될 수 있다면 자진하여 목숨을 내어놓겠다고도 하였다. 생쥐는 당황하며 변명하듯 말했다.

"어, 그건, 저는 어차피 오래 못 사는걸요. 아리에스 언니와는 다릅니다. 황궁에 오지 않았다면, 벌써 죽었을지도 몰라요."

"그건 네 생각이지. 전에도 말했다만 내게 있어서는 아리에스보다 꼬마 네가 먼저다."

담담한 목소리에 생쥐의 뺨이 약간 발그레해졌다. 골목에서의 일을 떠올린 탓이었다.

"……역시 백작가 때문에 위험을 무릅쓰는 것은 잘 모르겠습니다. 하지만 아리에스 언니를 그냥 놓아두는 것이, 언니를 위한 일인 것인가요?"

"어느 쪽이 옳은지는 나도 알 수 없다. 무사히 일이 마무리 지어질 수도 있고 불상사가 벌어진 뒤에 후회하게 될 수도 있겠지."

"폐하시라면 어떻게 하시겠어요?"

"당연히 끌고 온다."

황제의 입에서 망설임 없는 대답이 튀어나왔다. 생쥐에게 있어 아리에스는 가장 소중한 사람이다. 그런 상대가 위험한 곳에 가 있다면 길게 고민할 필요도 없었다. 억지로라도 끌고 와 보호 아래 둘 것이다.

예상과는 정반대인 대답에 생쥐가 눈을 동그랗게 떴다.

"상처받는다고 말씀하셨잖아요."

"그렇다고 해도. 나는 내 것을 빼앗기는 일 따위 참을 수 없다."

스스로 내어주는 것조차 속이 쓰다 못해 뒤틀리는데 강제로 빼앗긴다면 그 분노를 억누를 수 없을 것이다. 황제의 말에 생쥐의 표정이 더더욱 모르겠다는 듯 혼란스러워졌다.

"……저는 어떻게 해야 할까요."

"그건 네가 결정해야 할 일이다."

"이카는요? 이카도 폐하께 말씀드리지 않았어요?"

"어젯밤에 왔었지."

"이카는 뭐라고 했나요?"

"그 녀석은 아리에스의 의견을 존중했다."

오지 않을 것을 짐작하고 쉽사리 제 마음을 꺾었다. 눈앞의 소녀보다 현실을 잘 알고 있었고 그렇기에 더 포기가 빨랐다.

생쥐는 두 주먹을 쥐었다 폈다 하기를 반복하다가 어렵사리 대답을 내놓았다.

"언니가 바라는 대로, 하겠어요. 하지만 만약에 지금보다 더 위험해지면……."

"그때는 억지로라도 끌고 오마."

"네. 부탁드려요."

생쥐는 고개를 끄덕이곤 무릎을 대어 소파 위로 올라갔다. 그러고는.

"안녕히 주무셨어요."

하고 황제의 뺨에 키스했다.

다과상을 앞에 둔 황태후의 양옆에는 비고레 대백작과 샤르주 백작 부인이 앉아 있었다. 시녀는 약간 주눅이 든 채 백조 조각이 장식된 테이블 앞으로 다가가 머리를 조아렸다. 황태후가 인자한 미소를 띠며 입을 열었다.

"어찌 되었느냐."

"거미줄이 끊어져 있었습니다."

시녀는 공손히 대답했다. 아리에스의 객실을 담당한 이 시녀는 매일 밤 발코니로 통하는 문 위쪽에 거미를 풀어 집을 짓게끔 하였다. 반투명하게 늘어진 거미줄을 아리에스의 키보다 손가락 두세 마디 정도 더 높은 곳까지만 남겨놓았다가 다음 날 아침 확인하며 치워내었는데, 오늘은 그 거미줄이 갈기갈기 흩어져 있었던 것이다. 시녀의 말에 황태후의 미소가 좀 더 짙어졌다.

"수고했다. 내 시녀장에게 찾아가면 적당한 대가를 받을 수 있을 것이야."

"황송하옵나이다."

시녀가 물러가고 샤르주 백작 부인이 손뼉을 가볍게 치며 말했다.

"간밤에 손님이 있었던 모양이로군요."

아리에스의 키 높이로는 거미줄에 걸리지 않는다. 밤에는 거의 보이지 않는 거미줄이 불빛도 없는 발코니 문밖에 드리워졌으니 눈치채고 치웠을 가능성도 낮았다. 그러니 아리에스보다 키가 큰, 아마도 남성이 발코니를 통해 실내로 들어온 것일 터였다.

"황제일까요."

비고레 대백작도 한마디 거들었다.

"감시를 피해 몰래 드나들 수 있는 사람은 드무니까 말입니다."

"그건 아니랍니다, 대백작님. 황후 후보들이 모여 있는 솔비른 궁은 경비가 무척이나 느슨하거든요. 신체적 능력이 정식 기사 정도만 되어도 어렵지 않게 드나들 수가 있답니다. 물론 폐하께서 방문하셨을 가능성이 가장 높기는 하지만요."

두 사람은 대화를 주고받으며 황태후를 바라보았다. 황태후는 여전히 온화하게 미소 지은 채 천천히 말문을 열었다.

"어느 쪽이든 중요한 것은 방문자가 있었다는 사실이지요. 황제가 사랑스러운 아가씨에게 관심이 있다는 그 사실 말이에요."

"그렇다면 살타토르 백작 영애를 인질로 삼아……."

"아니, 그럴 정도는 아닙니다."

황태후는 백작 부인의 말을 잘라냈다.

"백작 영애를 진정으로 손안의 진주처럼 아꼈더라면 일찌감치 데려가 어디엔가 감추어두었겠지요. 정적의 손아귀에 내버려 둘 리 없지 않겠습니까."

신경을 쓰지 않은 것은 아니지만, 살뜰히 보호하고 아끼는 것 또한 아니다. 그러니 인질로 잡아 과한 요구를 받아들이게끔 하는 것은 어려울 터였다.

"우선은, 그래요. 소문을 퍼뜨리죠."

"무슨 소문입니까."

대백작의 물음에 황태후가 생글 어린 소녀 같은 눈웃음을 그려 내며 대답했다.

"물론 황제 폐하께서 아름다운 백작 영애를 남몰래 찾아가셨다는 진실한 소문이랍니다. 목석같은 만인지상의 마음을 사로잡았으니 황후의 자리는 아무래도 살타토르 백작 영애의 차지가 되겠군요."

즐거움을 띤 목소리가 계속해서 이어졌다.

"비록 소문을 들은 다른 후보들과 그 가문들은 속상해하겠지만 말이에요. 어쩌면 불상사가 조금, 벌어질 수도 있겠군요."

황태후의 말에 샤르주 백작 부인이 자리에서 몸을 일으켰다.

"그 불상사는 언제쯤 벌어지는 것이 좋을까요?"

"오늘 밤에……."

황태후 역시 의자에서 일어나 붉은 카펫 위를 가로질러 걸어갔다. 창가에 걸려 있는 커다란 새장 속의 금빛 잉꼬가 여주인이 다가오는 것을 보곤 파다닥 창살에 달라붙었다. 부리를 내밀어 오는 잉꼬를 어르며 황태후가 말했다.

"섀던 후작 영애, 가 비극적인 사고를 겪을 듯하군요."

"섀던 후작 영애 말씀이신가요?"

"그렇답니다. 황후 후보들 간의 암투는 언제나 있어왔던 흔한 일이었지요."

"하오면 내일의 예정은 조문인가요, 병문안인가요?"

"오랜만에 검은색 베일을 드리우겠군요. 어리고 예쁜 꽃이 지는 것은 언제라도 안타까운 일이에요."

한 송이 한 송이 흩어져가는 꽃잎은 가련하면서도 아름다울 것이다. 그리고 준비된 꽃은, 모두 서른다섯 송이.

"황제가 몇 송이까지 버틸 수 있을지 궁금하군요."

살타토르 영애의 신변이 위협을 당한 후일 것인가, 혹은 그녀가 겨버린 후일 것인가. 설사 끝까지 버틴다 해도 상관없었다. 예전 후궁으로 들어온 여자들의 비극처럼, 이번 일 또한 황후를 맞이하지 않겠다는 황제의 고집이 불러들인 참사로 예쁘게 포장하면 그만이다. 그리되면 황제의 입지는 더더욱 약해질 것이고 결국은 세도가 출신의 황후를 맞이하거나 혹은, 가장 높은 자리에서 끌어내려 질 가능성도 없지는 않았다.

"하온데 마마."

샤르주 백작 부인이 약간 걱정스러운 듯 물었다.

"혹 황제가 살타토르 백작 영애를 황후로 선택한다면 어찌하시겠습니까."

"그때는 살타토르 양의 의견을 물어봐야겠지요."

새장의 문을 열어주며 황태후가 말을 이었다.

"잘생긴 애인을 곁에 둘 생각이 없느냐 하고 말이에요. 만일 살타토르 양이 정절을 중히 여기는 아가씨라면, 안타깝게도 내가 원하는 황후감은 아니게 되겠지만요."

금빛 잉꼬가 포르르 새장 속에서 날아올라 출구 없는 방 안을 빙글빙글 맴돌았다.

아리에스는 거울 속의 자신을 들여다보며 뚱하게 중얼거렸.

'쓸쓸해.'

어려서 모친을 잃고 형제자매도 하나 없었기에 주위를 맴도는 이가 시녀뿐인 나날은 익숙했다. 하지만 최근에는 생쥐가 있었고 이카르가 있었고 또 시끄러운 두 요정도 매일같이 마주쳤다. 반가운 얼굴은 아니었지만 황제도 일단은 포함시켜서 심심할 일 없는 시간을 보내온 것이다. 그런데 갑작스럽게 홀로 떨어지게 되자 외로움이 문득문득 등 뒤에서 고개를 내밀어왔다.

'이카르는 뭘 하고 있을까. 생쥐가 걱정 많이 할 텐데 폐하께서 잘 달래주시려나 모르겠네. 요정들이 있으니 그나마 다행이지만.'

별일 없었다면 지금쯤 이카르를 데리고 부친을 만나러 가는 도중이었을 터였다. 어르고 달래어서 겨우 함께 가겠다는 확답을 받아놓았는데 이렇게 물거품이 되고 말 줄이야. 허무함에 절로 한숨이 새어 나왔다.

아리에스가 울적해하는 사이 그녀에게 배정된 시녀들이 금적빛 머리카락을 곱게 빗어 내리며 드레스와 장신구 등을 바삐 준비하였다. 솔비른궁의 황후 후보들은 매일 아침 황태후를 문안하고 함께 식사를 했다. 황실의 웃어른이 후보들의 몸가짐을 확인한다는 이유에서였다. 그나마 아침 식사 이후로는 따로 일정이 생기지 않는 이상 자유로워서 아리에스는 대부분의 시간을 침실과 서재에서 보냈다. 황후 후보들과 마주쳐서 좋을 일은 없었기 때문이다.

아리에스는 몸단장을 마치고 자신의 방을 나섰다. 그녀의 곁을 따르는 시녀들은 입을 꿰매기라도 한 듯 말이 없었다. 처음부터 끝까지 냉정하다 느껴질 만큼 사무적인 태도였다. 물론 아리에스 또한 황태후의 손길이 닿아 있을 시녀들과 마음 놓고 떠들어댈 생각은 전혀 없었다. 쓸쓸하고 지루하지만 벙어리 흉내를 내며 입을 딱 다물고 있는 것이 최선이었다.

'……폐하께서 날 도와줄 마음이 있기는 하신 걸까.'

복도를 따라 걸어가며 아리에스는 속으로 한숨을 삼켰다. 직접 찾아와주기는 하였지만 솔직히 그건 이카르와 생쥐 탓이 클 터였다. 그 둘이 없었더라면 황제는 자신의 안전에 대해 그다지 신경 쓰지 않을 게 분명했다.

'그래도 최소한 날 황후 자리에 앉히지는 않으시겠지.'

아무리 상황이 나쁘게 돌아간다 해도 양자의 여자를 가로챌 사람은 아니다. 그러니 굳이 방도를 찾지 않아도 이곳에서 무사히 버티고만 있으면 자연스럽게 풀려나게 될 것이었다.

솔비른궁의 중앙 홀에는 이미 반수 이상의 황후 후보들이 도착해 있었다. 하나같이 유력한 가문에 뛰어난 미모를 지닌 젊은 아가씨들이었다.

살타토르 백작가도 정통성 있는 중앙귀족이었기에 황후 후보로서의 자격은 나쁘지 않았지만, 저 무리 속에 섞이기에는 약간 뒤떨어지는 편이었다. 자연스럽게 아리에스를 향한 시선은 좋지 못한 상황이었으나 오늘은 더더욱 질이 나빴다.

'……무슨 일이지?'

평소의 배 이상으로 차갑고 날이 선 눈빛들에 아리에스는 속으로 의아해하며 긴 의자 중 하나로 가서 앉았다. 그녀들의 태도가 사나워진 이유가 분명 있을 것이었지만 물어볼 상대가 없었다. 아리에스가 애써 불안함을 감추며 분위기를 살피는 사이, 남은 후보들도 속속 홀에 도착했다. 그러나 마지막 한 명, 섀던 후작 영애만은 약속된 시간이 지나도록 모습을 보일 줄을 몰랐다.

친분에 따라 삼삼오오 모여 있던 여자들의 수군거림이 커져가던 그때, 시녀장이 빠른 걸음으로 홀에 들어섰다.

"섀던 후작 영애께서는 오늘 조식에 불참하게 되었습니다."

시녀장의 말에 몇몇 여자들이 과히 불쾌한 표정을 지어 보였다.

"이유도 말해주지 않고요?"

"그렇게 보지 않았는데, 섀던 후작 영애께서는 꽤 무례한 분이셨군요."

"단순한 조식이 아니라 황태후마마께 올리는 문안이거늘 변명 하나 덧붙이질 않다니요. 아, 혹시 자택으로 돌아가 버린 것일까요?"

이번 기회에 후작 영애를 아예 황후 후보에서 떨어뜨리려는 목소리도 섞여들었다. 잠깐의 소요가 있었으나 황후 후보들은 이내 황태후의 침전으로 향하였다.

"황태후마마를 뵈옵니다. 지난밤 강녕하셨사옵나이까."

옥좌에 자리한 황태후를 향해 황후 후보들이 한 명 한 명 인사를 올렸다. 어린 아가씨들에 뒤지지 않을 정도로 아름답게 단장한 황후는 아침 문안을 모두 받은 뒤 자애로우면서도 그늘이 살짝 진 얼굴로 입을 열었다.

"조금 전 안타까운 소식을 듣게 되었답니다."

황태후의 말에 모인 이들이 의아한 표정을 지었다. 그중 가장 나이가 많은 루디스 후작 영애가 대표로 나서 물었다.

"황태후마마의 심기를 어지럽히는 연유를 감히 여쭙고 싶습니다."

"아아, 여러분들도 알아야 할 일이랍니다."

황태후가 연민을 가득 담은 숨결을 흘리며 말을 이었다.

"섀턴 후작 영애가 간밤에 불행한 사고를 당하고 말았다고 합니다."

경악에 찬 외마디 소리가 여기저기서 들려왔다. 아리에스를 비롯한 몇몇의 안색이 희미하게 굳어졌다.

"좀 더 조치가 빨랐더라면 목숨까지는 잃지 않았을 텐데, 참으로 비극적인 일이에요."

황태후는 천연덕스럽게 안타까움을 표했다. 하지만 그런 그녀의 태도를, 사고라는 단어의 뜻을 곧이곧대로 믿는 사람은 별로 없었다. 적어도 사고사는 분명 아닐 것이다. 머리 회전이 빠른 황후 후보들은 물론이요 아리에스 또한 그렇게 생각했다. 그러나 솔직하게 입 밖으로 내뱉을 수 없는 문제였다.

"섀턴 후작 영애의 빈소를 마련하여 조문을 갈 예정이니 동행을 원한다면 시녀장에게 말하도록 하세요."

황태후는 그리 말하곤 불행한 소식에 음식을 삼킬 수 없을 듯하다며 자리를 떠났다. 남은 이들은 서로를 힐끔거리며 눈치를 살폈다. 그러다가 몇몇이 슬쩍 발을 뺐다.

"음, 저도 별로 배가 고프지 않아서요."

"마음 편히 식사를 들 분위기가 아니네요."

그렇게 말하며 반수가 넘는 여자들이 아침 식사를 마다하고 솔비른궁으로 돌아갔다. 뒤에 남은 이들의 수는 열이 채 못 되었다. 그중에는 아리에스도 포함되어 있었다.

그들은 어색한 침묵을 유지한 채 식사가 준비된 식당으로 자리를 옮겼다.

기다란 식탁을 채우는 음식들은 언제나 그렇듯이 훌륭했다. 격식을 차린 만찬을 몇 번 접해보지 못한 생쥐라면 분명 감탄했겠지만 이곳에 모인 귀족 소녀들에게는 익숙한 풍경이었다. 말없이 식기 부딪치는 소리만 간간히 흘러나오다가, 루디스 후작 영애가 맞은편에 앉은 아리에스를 똑바로 바라보았다.

"폐하께서 살타토르 영애를 밤마다 찾아오신다는 이야기를 들었습니다."

"······예?"

아리에스는 눈썹을 치켜세우며 놀란 표정을 지었다. 그런 소문이 돌고 있는 것인가. 출처는 십중팔구 황태후일 터였다. 그녀는 손에 쥐고 있던 포크를 내려놓으며 어이없다는 투의 한숨을 살짝 흘려내었다.

"세상에, 그래서 몇몇 분들께서 좋지 못한 시선을 보내신 것이었군요."

말도 안 된다는, 억울하다는 변명을 직접적으로 꺼내진 않았다. 대신 일일이 상대할 필요도 없는 헛소리라는 내색만 적당히 겉으로 드러내었다. 절레절레 가벼운 고갯짓을 하는 아리에스에게 샤느 백작 영애가 호기심 어린 눈을 빛내며 물었다.

"사실이 아닌가요?"

"길게 말할 필요도 없는 거짓이랍니다. 폐하께서는, 어린 후궁과

매일 밤을 함께하시는걸요."

 틀린 말은 아니었다. 황제는 생쥐와 항상 같은 침대를 썼다. 같은 침대에서, 오직 잠만 잤지만. 그러나 여자들의 귀에는 다르게 들어갔다. 어머, 하는 소리 죽인 감탄사가 여기저기서 새어 나왔다.

 "제가 나비궁의 객실에 꽤 오래 머문 것은 사실이지만, 황제 폐하와 마주친 일은 손에 꼽을 정도였답니다. 폐하께서는, 음, 저보다는 제 동생 같은 여자를, 네 그런 것이죠."

 "아아, 어리신 후궁마마님 같은……."

 그러니까 어린 여자 말이다. 후궁인 생쥐가 몸매도 키도 성인 여성에 비해 많이 부족하다는 사실은 익히 알려져 있었다. 아리에스는 황제를 어린 여자 취향으로 몰아가며 태연하게 미소 지었다. 황제에 대한 소소한 심술이기도 했지만 어차피 미래에는 사실이 되어야 할 일이기도 했다.

 "그런 폐하의 시야에 제가 들어갈 수 있을 리 만무하겠지요."

 그렇게 말하며 일부러 한쪽 손을 가슴께에 얹었다. 보기 좋게 솟아 있는, 결코 작다고 할 수 없는 부드러운 살덩이를 가리키는 듯한 손놀림이었다. 아리에스의 말과 태도에 황후 후보들의 얼굴 위로 납득의 빛이 감돌았다.

 "아쉽네요. 그렇다면 저도 폐하의 눈에 차기 힘들겠어요."

 "아, 저도 그러네요."

 "저도……."

 몸매에 자신 있는 여자들이 아쉬운 척 가슴을 내밀었다.

"그렇다고 해도 황후라는 자리는 연심만으로 결정되어서는 안 되니까요."

역시나 흉부의 풍만함을 자랑하는 루디스 후작 영애가 나직하게 말하였다.

"폐하께서도 그 점을 염두에 두고 계실 것이라 생각합니다."

"예에, 물론 그러하시겠지요."

아리에스는 그녀의 말에 맞장구를 쳤다. 물론 속으로는 퇴위하려는 작자가 그런 생각을 하고 있을 리가, 하고 중얼거렸지만.

"그래서 더더욱 저는 가망이 없을 것이라 생각하고 있답니다. 살타토르 백작가와는 이미 줄이 닿은 상태니까요. 그리 크지도 않은 가문, 일부러 한 줄 더 엮을 필요가 있겠어요?"

"어머나, 벌써 포기하시는 건가요."

"황송하게도 부름이 있어 이리 귀한 자리에 발을 들여놓고는 있습니다만 현실을 생각해야지요. 제 가치에 조금이나마 득이 되는 기회라고 여기고 있답니다."

황후 후보였다는 명예는 분명 결혼 시장에서 가치를 높이는 부분이었다.

"그러니 실질적인 황후 후보는 서른넷…… 아니."

아리에스의 입술 위로 의미심장한 미소가 깃들었다.

"서른셋이라는 것이죠."

아리에스에 섀던 후작 영애까지 제외한 숫자다. 그녀의 말에 그럭저럭 화기애애하던 분위기가 순식간에 얼어붙었다.

잠깐의 침묵이 흐르고 루디스 후작 영애가 입을 열었다.

"안타까운 일입니다."

"네에, 아닌 밤중에 사고사라니요."

그걸 믿느냐는 투의 경쾌한 목소리에 루디스 후작 영애의 눈매가 가느스름히 좁혀졌다.

"아직은 사고사입니다."

"예, 사고사이지요."

두 여자는 서로가 같은 사람을 범인으로 짐작하고 있음을 확신했다. 그러나 입 밖으로는 절대 꺼내서는 안 되는 이야기다. 루디스 후작 영애가 천천히 자리에서 일어나며 아리에스를 향해 살짝 고개를 숙여 보였다.

"루디스 후작의 차녀, 앨린느 루디스입니다."

아리에스 또한 몸을 일으켜 가볍게 묵례했다.

"살타토르 백작의 장녀, 아리에스 살타토르입니다."

갑작스러운 인사는 단순한 자기소개가 아닌 서로 교류하기를 원한다는 의사표시였다. 황태후가 이유 모를 횡포를 저지른 이상 같은 목표를 지닌 라이벌이라고 해도 계속해서 벽을 세우고 있어서는 안 된다. 보잘것없는 힘이라 해도 흩어지는 것보다는 뭉치는 편이 나았으니.

두 소녀는 다과의 약속을 하며 함께 식당을 나섰다.

셔던 후작 영애의 사망 소식은 이내 황제의 귀에까지 가 닿았다. 그는 이맛살을 찌푸린 채 시종장에게 물었다.

"단순 사고사라고?"

"예. 그렇게 전해 왔습니다."

"정확한 사인은 무엇인가."

"실족사라 합니다. 머리를 강하게 부딪쳐 의식을 되찾지 못한 채 방치되어, 날이 밝아 발견되었을 때는 이미……."

"우습지도 않군."

황제는 차갑게 내뱉었다. 젊은 여자가 자신의 침실에서 실족사할 가능성이 얼마나 된단 말이던가. 무언가 외부적인 요인이 개입했음이 틀림없었다. 그리고 그 범인으로서 가장 유력한 상대는.

'황태후겠지.'

길게 고민할 필요도 없었다. 애초에 황후 간택부터가 그 여자가 꾸민 짓이다. 하지만 어째서 셔던 후작 영애를 살해하였단 말인가. 황제는 자리에서 일어나 집무실 한쪽 벽의 절반을 차지하고 있는 커다란 유리창 앞으로 다가갔다. 멀리 솟아나 있는 첨탑에 검은 깃발이 오른 것이 보였다.

궁정에서 일정 신분 이상의 사람이 사망하였을 때 세우는 깃발이다. 황태후가 따로 명을 내렸는지 후작 영애라는 지위에 비해서는 급이 높은 종류의 깃발이었다.

'……아리에스의 목숨을 놓고 위협하는 것인가.'

가장 먼저 떠오른 생각은 그것이었다. 아리에스도 이렇게 살해당할 수 있다는 본보기. 그런 속셈이라면 아리에스를 억지로 끌고 나오면 그만이었다. 하지만 또 다른 이유로 후작 영애를 살해한 것이라면.

"황태후 궁으로 가겠다."

황제는 몸을 돌려 집무실 밖으로 나갔다.

"폐하께서 이리 발걸음 하시는 것은 참으로 오랜만의 일이로군요."

황태후는 기다리고 있었다는 듯이 자연스럽게 황제를 맞이했다. 그가 찾아온 목적을 뻔히 알고 있음에도 독대를 받아들이고 겉으로만큼은 무방비해 보이는 미소를 머금었다.

"사사로이 얼굴을 뵈오니 참으로 좋습니다. 같은 황가의 일원으로서 과히 소원한 사이이기는 하였지요. 그러니 앞으로는 종종

이와 같은 시간을 가져······."

"인사치레는 적당히 하시지."

황제는 불쾌감을 감추지 않은 채 황태후의 말을 끊었다. 손수 다과를 준비하던 황태후는 자리에 앉을 생각도 없이 서 있는 황제를 올려다보며 어머, 하고 작게 웃음 지었다.

"그렇게까지 날을 세우실 건 없지 않습니까. 보세요, 원하시는 대로 주위의 사람까지 모두 물려놓았답니다. 편히 자리에 앉으세요."

"내가 방문한 이유는 잘 알고 있을 텐데."

황제는 권유를 받아들이지 않고 차갑게 말했다. 보는 눈도 듣는 귀도 없었기에 그의 태도는 퉁명스럽다 못해 무례하기까지 했다. 만인지상의 황제라 해도 황태후는 선황의 정실, 어느 정도는 예의를 갖추는 것이 맞았다. 황태후는 예법을 무시하는 황제의 태도에도 기분 상한 구석 하나 없이 그린 듯 우아한 눈썹만 조금 움직였다.

"폐하께서도 조문을 원하시는 것인가요? 섀던 후작 영애가 참으로 기뻐할 것입니다."

"글쎄."

황제는 비웃듯 한쪽 입꼬리를 올렸다.

"원망이나 하지 않으면 다행이겠지."

"황후 간택을 위해 입궁하였다가 변을 당한 것은 사실이지만 단순 사고사이거늘 원망까지야 하겠습니까."

"괜한 알력에 끼여 살해당했다면, 충분히 원망할 만한 일이 아닌가."

"살해라니요, 무서운 말씀을 하시는군요."

황태후는 금시초문이라는 듯 깜짝 놀란 표정을 지어 보였다.

"섀던 후작 영애는 실족사하였답니다. 전해 듣지 못하셨나요?"

"그걸 곧이곧대로 믿는 멍청이가 궁에서 몇이나 될 거라고 생각하는 거지?"

"무슨 그런 말씀을. 멍청하지 않다면 되레 믿어주겠지요."

황태후가 섀던 후작 영애의 사인을 발표하였다. 그러나 대놓고 의심을 입에 담는 사람이 있다면, 제 목숨 아까운 줄 모르는 허세에 찬 자이거나 눈치라곤 약에 쓸래도 없는 어리석은 자일 터였다.

황제는 짧게 헛웃음을 흘렸다.

"멍청해서 미안하군."

"어머나, 그런 뜻은 아니었답니다."

황태후가 손사래를 살래살래 치며 말을 이었다.

"사죄의 뜻으로 원하시는 대답을 들려드리지요. 예, 맞아요. 가여운 섀던 후작 영애는 지난밤 살해당했답니다. 머리를 맞고, 쓰러져서, 영원히 두 눈을 뜰 수 없게 되고 말았지요."

황태후는 어린아이에게 동화책을 읽어주듯 상냥한 목소리로 말하였다. 그녀에게 있어 젊다 못해 어린 소녀의 죽음 따위 신경 쓸 가치도 없는 가벼운 일일 뿐이었다.

"그리고 다음 차례는 아직 정하지 않았답니다. 어떤가요, 폐하께서 골라보시겠나요?"

아무렇지도 않은 권유에 황제는 미간을 크게 찌푸렸다. 황태후에게 있어 솔비른궁에 모인 젊은 아가씨들은 인간이기 이전에 쓸모 있게 다루어 사용할 말이었다. 상처 입거나 목숨까지 잃는다 해도 그저 계획된 수 놀이의 일부일 뿐, 양심의 가책 같은 건 조금도 느끼지 않았다.

여전히 생글생글 웃고 있는 아름다운 얼굴을 바라보는 황제의 눈빛에 짙은 경멸이 깃들었다. 그 또한 여러 젊은 목숨이 사라지는 것에 일조하였지만, 먼저 이를 드러내지 않는 이상 직접적으로 손을 쓴 적은 없었다. 그뿐 아니라 황제와 황태후 사이에는 한 가지 크나큰 차이점이 존재했다.

"……황후 후보를 전부 죽이기라도 할 셈인가?"

"그렇답니다."

황태후는 가볍게 대답했다. 그녀는 등받이가 있는 팔걸이의자에 비스듬히 기대어 앉았다. 풍성한 드레스 자락이 복잡한 주름을 자아내며 발등을 감싸 흘러내린다.

"천천히 꺾어나갈 거랍니다. 너무 걱정하진 마세요, 살타토르 양은 마지막이 될 테니까요. 그전에 빼 가신다 해도 방해하진 않겠습니다. 경비도 느슨하니 언제든지 데리고 가세요."

아리에스를 인질로 삼을 생각은 없는 모양이었다. 황제는 굳어진 표정 그대로 물었다.

"후궁들을 살해했을 때와 같은 짓을 할 생각인 건가."

"폐하. 저는 폐하께 악의도 유감도 없답니다. 오히려 그 반대지요.

폐하께서 로제시아 공주와의 혼인을 받아들이기만 하셨더라면 기꺼이 폐하의 오른팔이 되어드렸을 것이랍니다."

황태후는 반달 같은 눈웃음을 머금으며 이어 말했다.

"폐하께서는 분명 영민하시지요. 국정도 더할 나위 없이 완벽하게 소화하시고 궁정 세력의 균형도 잘 유지하고 계십니다. 특히 폐하의 세력을 만들지 않으신 것은 탁월하신 선택이셨어요."

아리에스는 이 궁정에서 황제가 홀로 서 있다는 것을 탓하였지만 황태후는 되레 칭찬했다.

"폐하께서 따로 자신만의 세력을 만들려 시도하셨다면 저도 카얄룬 공작도 두고 볼 수만은 없었을 겁니다. 그 와중에 균형이 깨어지고 피할 수 없는 파란이 일어났겠지요. 두 세력 중 어느 쪽이 승리하든 황권은 바닥까지 떨어지고 말았을 것입니다."

하지만 황제는 자신의 세력을 만들지 않았다. 동시에 카얄룬 공작도 체네린 황태후도 선택하지 않음으로써 자신이 축이 되는 위태로운 저울 위에 궁정을 수평으로 올려놓았다.

"사실, 저도 전부터 여쭙고 싶었답니다. 폐하의 속마음을요."

황태후는 손가락 끝으로 자신의 도톰한 입술을 살짝 누르며 무표정한 사내를 올려다보았다. 얼굴은 석상처럼 차갑게 굳어 있었으나 황금색 눈동자 안으로는 노기가 언뜻 비쳐 보였다.

"처음에는 선대 황제처럼 황권 수복을 위하여 양 세력 중 어느쪽에도 손 내밀지 않으시는 것이라 짐작하였습니다. 하지만 그런 것치고는 짧지 않은 시간 동안 아무것도 하질 않으셨어요. 그저 이대로, 언제까지고 균형을 유지하려는 것처럼요."

황태후 파도 공작 파도 처음에는 새로이 즉위한 황제가 이내 무언가 행동을 보일 것이라 생각하였다. 그러나 아무리 기다려도 황제는 침묵을 고수했다.

성실히 국정에만 전념할 뿐, 정계에 손을 넣어 휘저을 기미는 조금도 없었다.

"하지만 결국은 선택을 하셔야 합니다. 또한 그 선택지는 단 두 가지, 뿐이지요."

카얄룬 공작이냐 체네린 황태후이냐. 그것은 피할 수 없는 결말이었다.

"지금이라도 늦지 않았답니다. 어느 한쪽을 선택하시고 황후를 맞이하세요."

"……카얄룬 공작을 선택해도 상관없다는 뜻이냐."

"물론 제 손을 붙잡아 로제시아 공주와 결혼하신다면 더없이 기쁘겠습니다만, 카얄룬 공작이라도 괜찮답니다. 욕심을 약간만 버리면 되는 일이니까요."

황태후의 말에 황제는 속으로 놀람을 금치 못했다. 눈앞의 여자로부터 이런 말을 듣게 될 줄은 꿈에도 몰랐다. 로제시아 공주를 황후 후보에서 제외시킨 것도 의외였지만, 그것을 넘어서 카얄룬 공작과 손을 잡아도 괜찮다 말하다니.

황태후가 품고 있는 계획이 대체 무엇인지 짐작조차 가질 않았다.

"황후 자리를 포기하겠다고?"

"네에. 폐하께서 황녀가 싫다 하시니 어찌 계속하여 강요를 하겠어요. 어미로서는 가슴 아프지만 포기하는 것이 도리이지요."

"……."

"참, 비고레 대백작에게는 비밀이랍니다. 그자는 절대 황후 자리를 포기하지 못할 테니까요."

"……설마."

황제는 가장 최악의 사태를 입에 담았다.

"카얄룬 공작과, 결탁한 것인가."

"서로 원하는 바가 맞닿았다고 말씀드리지요."

앞서 들은 그 어떤 말보다도 충격적인 내용이었다. 황제는 무심코 어금니를 사리물었다. 그동안 혼인을 비롯하여 여러 가지 문제들을 막아낼 수 있었던 가장 큰 방패는 바로 황태후와 공작의 대립이었다. 그 두 세력이 서로를 견제하게끔 만들어 자신의 일에 쉬이 간섭치 못하도록 해온 것이다.

그런데 이제 와 두 세력이 손을 잡는다면 황제는 고립되고 마는 것이었다.

"……공작에게 황후 자리를 내놓기로 한 것인가."

"비슷하지만 조금 다르답니다."

황태후는 순순히 거래 내용을 털어놓았다.

"카얄룬 공작에게 황후 자리를 제의했지만 어째서인지 그는 폐하께서 혼담을 절대 받아들이지 않을 것이라 장담하더군요. 그래서 공작과 협력하기로 하였음에도 굳이 황후 간택을 시작하였습니다."

공작과 황태후가 힘을 합친다면 굳이 공식적인 황후 간택을 거치지 않더라도 곧장 황제에게 압박을 가할 수가 있다. 그럼에도 번거로운 방법을 선택한 것이었다. 황태후는 자신도 공작의 속내를 잘 모르겠다는 듯 미간을 살짝 좁혔다.

"황후 후보들을 모아 살해한다는 것도 사실 공작의 생각이었답니다. 그리고 그 범인은 황제 폐하가 될 예정이지요. 유수의 귀족 영양들을 무참히 살해한 광증을 지닌 황제, 라는 스토리랍니다."

 그 목적이야 듣지 않아도 뻔했다. 폐위.

"뻔한 수작이지만 이 궁정에서 폐하의 편을 들어줄 사람은 몇 없지요. 모두들 귀머거리에 눈 뜬 봉사에, 착한 앵무새가 되어줄 것이니까요."

 목격자쯤 얼마든지 만들어낼 수 있다. 황태후와 공작이 한편이 된다면 희생자의 가족들조차 감히 불만을 표하지 못하고 얌전히 머리 숙일 것이었다.

"……왜 내게 사실을 털어놓는 거지."

 황제의 물음에 황태후가 배시시 소리 없이 웃었다.

"폐위보다는 로제시아 공주와의 혼인을 원하기 때문이랍니다. 자식이 행복하기를 바라는 어미의 마음이지요."

"어미의 마음? 웃기지도 않는군."

"제 아이를 위해서라면 무언들 못 해줄까요."

"황녀를 직접 가두어두지 않았던가."

 황태후는 대답 대신 눈가를 가느다랗게 휘었다. 그녀는 황제로부터 시선을 떼지 않은 채 천천히 자리에서 일어났다.

"황후를 맞이하세요. 그러지 않는다면 머지않아 폐하의 신변은 카얄룬 공작에게 넘어갈 것입니다."

"그것이 조건인가."

"예. 그뿐만 아니라 폐하께서 거느린 사람들 또한 공작가가 보호하게 된답니다. 어린 후궁도, 귀여워하시는 기사도 모두."

카얄룬 공작은 황후 자리 대신 폐위될 황제와 그 주위 사람들을 요구했다.

"아마도 황혈을 노리는 것이 아닌가 싶습니다만. 설사 폐위되신다 해도 폐하께서 지닌 용혈이 사라지는 것은 아니니까요."

"나를 붙잡아두겠다고."

"아, 물론 쉬운 일은 아니겠지요. 하지만 용혈이라 해도 무적은 아니며 인질 또한 존재하지 않습니까. 카얄룬 공작의 수완이라면 폐하를 붙잡아두기에 부족함이 없을 것이랍니다."

황제는 가슴 안쪽으로부터 불쾌감이 서서히 배어 나오는 것을 느꼈다. 만일 눈앞에 서 있는 자가 황태후가 아닌 카얄룬 공작이었더라면, 분노를 억누를 것도 없이 목을 분질러놓았을 것이다. 황태후의 말이 사실이라면 공작을 제재할 명분은 충분히 주어졌으니 참을 이유가 없었다. 그러나 지금 미소 짓고 있는 것은 손 댈 수 없는 여자다.

"그러니 폐하."

황태후는 한 발 앞으로 다가서며 달콤함이 배어나는 목소리로 눈앞의 남자를 유혹했다.

"원하시는 것을 말씀해보세요. 폐하의 바람에 따라 주름진 손 따위 언제든지 내팽개칠 수 있답니다. 폐하의 작은 둥지도 언제까지고 안전하게 지켜내실 수 있을 테고요. 과분한 씨만 품지 않는다면 어린 후궁에게 손대는 일은 결단코 없을 것이에요."

사근사근한 음성은 진심이 담겨 있었기에 더더욱 저열하였다. 이득을 위해서라면 같은 편에 섰던 자를 하루아침에 손바닥 뒤집듯 배신해버릴 수 있는 인간의 목소리. 한층 더 기분 나쁜 점은 카얄룬 공작 또한 황태후의 변심을 염두에 두고 있을 것이라는 사실이었다.

물고 물리는 아귀다툼은 수십 년, 수백 년이 지나도 변하지 않는다.

황제는 황태후와 달리 한 걸음 뒤로 물러섰다. 진력이 나다 못해 혐오로 농축된 감정이 그의 얼굴 위로 떠올랐다.

"……너희들은, 참으로 지긋지긋한 족속들이다."

신체의 끝부터, 말초신경을 갉아먹으며 파들어 오는 시커먼 개미떼에게 둘러싸인 감각. 분노보다도 소름 끼치는 역겨움이 먼저 스멀스멀 피어오른다. 아쉬울 때는 눈물콧물 다 짜내며 세상에서 제일 불쌍한 인간인 양 매달리다가, 약점을 잡았다 싶으면 과거 따위 죄 잊고 뻔뻔하게 휘두르려드는 족속들. 새끼 양처럼 순진한 얼굴로 온갖 거짓을 흘려내면서 천사와 같이 선량한 얼굴로 상대를 찔러 절벽으로 밀어뜨리는.

황제는 황태후의 얼굴 위로 또 다른 여자의 얼굴을 보았다. 그 여자뿐일까, 남자는 물론이요 노인도 청년도 심지어 어린아이까지도. 발목을 묶고 사슬의 끝을 잡아당기는 인간들은 많고 많았다. 그리고 자칫하면, 앞으로도 벗어나지 못하겠지.
　"지긋지긋하신가요."
　황태후는 고개를 살짝 기울였다.
　"궁정은 언제나 이러하였답니다. 새삼스러운 말씀이네요."
　"그래, 그랬었지."
　경멸로 일렁이던 금안이 서늘하게 가라앉았다. 여기서 감정을 터뜨려보았자 바뀌는 것은 없다. 오히려 상황만 더 악화될 것이었다.
　"시간을 다오."
　굽히고 나오는 황제의 태도에 황태후가 흔쾌히 대답했다.
　"길게는 드릴 수 없답니다."
　시간을 끈다 해도 황제가 별다른 수를 찾아내지 못할 것이라 확신하고 있는 표정이었다. 그도 그럴 것이 지금의 황제는 사면초가에 놓여 있었다. 자신의 세력이 없는 상태에서 궁정의 중심인 두 세력이 서로 손을 잡았다.
　상식적으로 대항할 수단이 있을 리 만무했다. 때문에 황태후는 무척이나 여유로웠다.
　황제가 자신의 요구를 받아들이면 최상이요, 끝까지 반항한다 해도 크게 아쉬울 건 없었다.

"좋은 선택을 하세요, 폐하. 저는 폐하께서 상처 받으시는 걸 바라지 않는답니다. 정말이에요."

진심으로 황제의 편인 양 나긋나긋하게 말하는 황태후를 향한 금안은 얼어붙을 듯 차가웠다. 황제는 마치 더러운 것을 피하듯 몸을 돌려 자리를 떠나갔다.

솔비른궁의 비극은 시녀를 통해 나비궁에도 이내 흘러들어 갔다. 그것도 궁정의 다른 소문들보다 상세하면서도 음모론적인 내용이었다. 물론 황태후의 입김이 닿은 결과였다.

황후 후보 중 하나인 섀던 후작 영애가 사망했다. 공식적으로는 실족사라 발표되었지만 실은 누군가의 암수가 닿은 것이다. 그 범인은 황후를 들이는 것을 반대하는 황제가 아닐까, 하는 쓸데없는 꼬리까지 덧붙은 이야기는 시녀들이 드나드는 별채에 머물러 있던 이카르의 귀에 가장 먼저 닿았다.

이카르는 그 소문을 듣기가 무섭게 자리를 박차고 나섰다. 하지만 나비궁을 채 벗어나기도 전에 며칠 전 밤처럼 정문에서 두 요정에게 가로막히고 말았다.

"이카, 너 어딜 가려고?"

"그러게 어딜 가려고? 아직 병가 중이잖아?"

"다리는 이미 다 나았다고!"

이카르는 그간의 울분을 담아 소리쳤다. 뼈까지 닿는 부상은 아니었기에 흉터만 아직 남았을 뿐 운신에는 아무런 지장이 없었다. 이젠 절룩거리지도 않는다. 그럼에도 복귀 처리는 되지 않았다. 심지어 아리에스가 끌려간 이후 나비궁 밖으로 나가는 것조차 허락되지 않았다. 그야말로 감금이나 다름없었다.

"폐하를 뵈려는 것뿐이니 비켜."

이카르의 말에 요정들은 서로를 쳐다보았다가 도리도리 고갯짓을 했다.

"솔레다토르가 나가지 못하게 하라고 했는걸~."

"그래, 네가 찾는 그 폐하가 나가지 말랬다고~."

"게다가 이카 너 딴 데로 샐 거 같은데~."

"그러엄~. 폐하 찾으면 그냥 기다리고 있으면 되는데 굳이 나가려고 하잖아."

이카르는 입을 꾹 다문 채 두 요정을 노려보았다. 그들 말대로 황제는 머지않아 돌아올 것이었다. 마음이 조급하긴 해도 굳이 찾아갈 필요까지는 없었다.

"……그냥 보내줘."

"안 된다니까?"

"맛있는 거 가져다줄 테니까 그거나 먹고 있어~."

도무지 비켜줄 생각이 없어 보였다.

이카르는 초조함이 깃든 한숨을 내뱉었다. 황제가 샜던 후작 영애를 살해하였다는 소문은 당연히 믿지 않았다. 하지만 실족사가 아닌 타살이라는 점만큼은 틀림없을 것이었다. 그리고 그 범인이야 십중팔구 황태후일 터였다. 황후 간택을 시작하여 후보들을 모으고, 모은 여자들을 살해하는 이유까지야 짐작이 닿질 않았지만, 중요한 것은 아리에스가 위험하다는 사실이었다.

"살타토르 양만, 잠깐 만나보면 돼."

"왜?"

"아리에스는 우리가 잘 지키고 있는 걸?"

"낮에는 못 가지만."

"하지만 인간은 보통 밤에 죽이지?"

"보통 밤에 잘 죽고 죽이지?"

"밤에는 잘 지키고 있어. 오늘은 사지예가 갈 거야."

"그래, 사지예가 갈 거야."

그리 말하며 자칭 라지예가 타칭 사지예를 손가락으로 쿡 찔렀다. 손가락에 찔린 타칭 사지예가 자칭 라지예를 팩 노려보았다.

"사지예 차례라니까?"

"그래, 사지예."

"내가 라지예고 네가 사지예지!"

"내가 라지예고 네가 사지예잖아!"

"그만해!"

또다시 이름 타령에 들어간 둘을 향해 이카르가 소리쳤다.

오래 알아왔지만 도대체가 믿음이 안 가는 이들이다. 그는 이마에 핏대를 세우며 말했다.

"가서 아리에스를 데려와야 한다고!"

"안 온댔는데?"

"아직 안 올 거 같은데? 근데 너 이름……."

"당장 오늘 밤이 위태로운데 설득해야지! 안 되면 강제로라도!"

두 요정은 열을 내는 이카르가 이해가지 않는다는 표정을 지었다.

"지키고 있다니까?"

"아리에스를 죽이러 군대가 들이닥칠 것도 아니고, 인간 몇쯤 간단하게 처리할 수 있어~."

"멍청한 소리 하지 마! 사람을 죽이는 방법은 무수하다고!"

이카르는 답답함에 미간을 좁혔다. 황제는 물론이고 그 주위에 머무는 인 외의 존재들은 안전에 무감각했다. 인간에 대해 잘 알고 익숙하다 해도 스스로가 잘 죽지도 않고 죽음을 심각히 여기지도 않다 보니 자연스럽게 방심하게 되는 것이다.

"음식에 독을 탈 수도 있고 긴 바늘을 침실에 꽂아둘 수도 있지. 불을 지르거나 침대 기둥을 잘라놓거나 독사나 독거미를 풀어놓을 수도 있어! 그런 건 낮에도 충분히 준비해놓을 수 있는데 어떻게 막겠다는 거냐고!"

"와, 많이 아네?"

"그러게, 잘 아네?"

실은 아리에스로부터 배운 것이었다. 이카르는 태연히 감탄하고 있는 요정들의 태도에 속이 끓어올랐다. 아리에스라면 모든 위험에 대비해 신중히 움직이겠지만, 그래도 실수가 아주 없을 가능성은 낮았다. 게다가 작정하고 낮에 죽이려 덤벼든다면 가녀린 여인의 몸인 그녀가 어찌 막아낼 수 있겠는가. 그러니 한시라도 빨리 아리에스를 솔비른궁에서 빼내어야만 했다.

"걱정되면 따라와도 좋아. 아니, 함께 가줬으면 좋겠어. 아리에스는 틀림없이 가지 않겠다고 고집 피울 테니까."

스스로의 몸을 지킬 힘도 없는 주제에 왜 그렇게 고집은 센지 모르겠다. 그냥 얌전히 보호받고 있는 게 뭐가 어때서. 다른 귀족 여성들은 그렇게 잘만 살고 있지 않은가.

함께 가자는 이카르의 말에 두 요정이 어쩌지, 하는 눈빛으로 서로를 마주보았다.

"하지만 솔레다토르가 안 된다고 그랬는데."

"게다가 낮이잖아. 경비가 느슨하다고 해도 들킬지도 몰라. 그냥 밤에 가."

"그래, 오늘 밤에 가서 납치해 오자."

"오늘 밤에 도와줄 테니까, 이카."

"솔레다토르가 반대해도 같이 가줄게, 해 지거든 가자."

"낮에 갔다가 다치기라도 하면 어쩌려구."

"솔레다토르도 화내겠지만 우리도 네가 죽는 건 싫어."

두 요정에게 있어서 아리에스는 물론이고 생쥐보다도 이카르가 더 중요했다. 이러니저러니 해도 어릴 적부터 돌봐온 아이다.

종족은 달랐지만 정이 가지 않을 리 없었다.

자신을 걱정하는 말에 이카르의 기세가 한풀 꺾였다. 그러나 불안감만큼은 여전히 흰 얼굴 위로 뚜렷이 드리워진 채였다.

"……밤까지 괜찮을까?"

"하루 사이에 무슨 일이 있겠어~."

"그래, 괜찮을 거야. 아리에스는 만만한 인간도 아니잖아?"

"그건 그렇지만……."

사지예와 라지예가 각각 이카르의 양옆으로 가 섰다. 둘은 한쪽 팔을 이카르의 어깨 위로 올려 감싸듯이 붙잡았다.

"자자, 들어가 있자, 응?"

"해 금방 지니까 조금만 더 기다려~."

"요새 낮 짧더라."

두 요정은 이카르를 반쯤 끌다시피 하여 궁의 본채로 들어갔다.

시녀들이 드나드는 별채와 달리 본채에는 아직 바깥소식이 닿지 못한 상태였다. 그래서 생쥐는 이카르와 달리 얌전히 자리를 지키고 있었다. 어린이용 동화책을 더듬더듬 읽어 내려가고 있던 생쥐가 거실로 끌려 들어오는 이카르를 보고 눈을 동그랗게 떴다.

"무슨 일이에요? 설마……."

"아니야, 아무것도 아니야!"

"그럼, 아무 일도 아니야!"

혹시나 생쥐가 눈치챌세라 두 요정이 재빨리 방어막을 쳤다. 요정들은 이카르를 소파에 억지로 앉힌 채 방긋 웃었다.

"그냥, 이카가 갑자기 발작했어."

"그래, 갑자기 날뛰었어."

억울한 누명이었지만 이카르는 인상만 구긴 채 입을 다물었다. 그도 생쥐에게 솔비른궁의 소식이 전해지는 것을 원하지 않았기 때문이다. 하지만 생쥐는 이카르가 본채로 끌려왔다는 것만으로도 불길한 직감이 들었다. 그녀는 보던 책을 덮고 세 사람을 바라보았다.

"아리에스 언니에게 무슨 일이 있어요?"

"아냐 아냐!"

"아무 일 없어!"

생쥐는 요정들의 외침을 무시하고 이카르를 향해 시선을 똑바로 주었다. 재촉 어린 눈빛에 이카르가 떨떠름히 입을 열었다.

"……별일 없다."

"정말이요?"

"그래. 있었으면 내가 먼저 뛰쳐나갔겠지."

"그래서 잡혀 온 거 아니에요?"

"……아니야."

이카르는 생쥐의 눈치가 의외로 빠르다는 것에 내심 놀라며 말했다. 부정의 대답이었지만 생쥐의 표정은 더욱 딱딱하게 굳어졌다.

"말 안 해주실 거죠?"

"……."

"……아리에스 언니는 무사해요?"

"아직 별일 없어, 어젯밤에도 확인했는걸~."

"그럼, 무사해~."

비록 새던 후작 영애가 변을 당하긴 하였지만 아리에스는 무사했다. 아직은 말이다. 두 요정의 호언장담에 생쥐의 굳었던 얼굴이 살짝 풀렸다. 그래도 걱정이 다 가신 기색은 아니었다.

"언니는 언제쯤 돌아올 수 있을까요……."

"금방 돌아올 거야."

"오늘 밤에 가서 데리고 올 거니까~."

"네?"

라지예의 말에 생쥐가 고개를 갸우뚱 기울였다.

"오늘 밤에요? 언니는 오지 않으려고 할 텐데요?"

"강제로 끌고 올 거거든!"

"응, 이젠 위험……."

"뭘 말하는 거야?!"

기껏 감춘 보람도 없이 죄다 털어놓으려는 요정들의 나불거림에 이카르가 급히 소리쳤다. 하지만 생쥐는 이미 수상함을 느낀 뒤였다. 생쥐가 자리에서 벌떡 일어나 셋이 앉아 있는 소파로 다가갔다.

"무슨 일 있었군요!"

평소에는 둥글게 유순하던 두 눈에 날이 바싹 섰다. 생쥐는 라지예와 사지예 그리고 이카르를 차례로 노려보았다.

"말해주세요."

"어, 아리에스에게는 정말로 아무 일 없어."

"그래, 아무 일 없어. 그치, 이카?"

"……황후 후보 중 한 사람이 지난밤 살해당했다."

"말했어!"

"이카가 말했어!"

두 요정의 꺅꺅대는 소리 속에서 생쥐가 눈썹을 치켜세웠다.

"황태후인가요?"

"아마도. 이유는 정확히 알 수 없지만 솔비른궁은 더 이상 안전하지가 않아. 그러니 오늘 밤 살타토르 양을 억지로라도 데리고 올 생각이야."

"그렇군요."

생쥐는 예상외로 침착하게 고개를 끄덕였다.

"폐하께서도 허락하셨나요?"

"아니. 아직 여쭤보지도 못했어. 귀궁하시면 말씀드려야지."

황제가 불허할 거라곤 생각지 않았다. 이미 위험해지면 억지로라도 끌고 와주겠노라 약속도 하였다. 생쥐는 가슴 가득 크게 한숨을 내뱉었다.

"밤까지는 아무 일 없겠지요?"

"그러길 바라야지."

생쥐와 이카르는 비슷한 감정이 담긴 눈빛으로 서로를 마주 보았다.

황제가 돌아온 것은 일몰이 머잖은 늦은 오후였다. 그는 생쥐와 이카르가 함께 자신을 기다리고 있는 것을 보고 귀찮은 일이 벌어졌음을 눈치챘다.

"네 녀석도 본채에 가둬놓을 걸 그랬군."

황제는 이카르를 쳐다보며 중얼거렸다. 둘이 이렇게 기다리고 있었다는 것은 즉 솔비른궁의 소문이 귀에 닿았다는 뜻일 터였다. 그리고 그 소문을 날라 올 사람은 별채의 시녀들뿐이다. 처음 시녀들을 들일 때 경고를 해두었지만 역시 소문이 드나드는 것까지는 막을 수 없었다.

황제는 짧게 한숨을 내뱉으며 소파에 걸터앉았다. 그 앞으로 생쥐와 이카르가 나란히 섰다.

"아리에스 언니를 데리고 와도 될까요?"

생쥐의 물음에 황제가 시큰둥이 대꾸했다.

"지금 정도로는 오지 않으려고 할 거다."

"하지만 이미 살해당한 사람이 있어요. 위험합니다."

"예. 언제 신변을 위협당할지 알 수 없습니다."

"……황태후가 아리에스는 가장 마지막에 손을 댈 것이라 말했다."

황제의 말에 생쥐와 이카르의 눈이 동시에 동그랗게 커졌다.

"역시 황태후였습니까!"

"마지막이라면, 언제쯤인 거죠?"

"황태후인 건 뻔한 일이고 남은 수가 서른넷이니 한 달은 무사하겠지."

사실 장담할 수는 없었다. 황태후는 하루 한 명씩 꼬박꼬박 죽이겠다는 말은 하지 않았다. 아마도 극적인 효과를 위해 이삼일 간격으로 한 명씩, 대여섯 명 정도 살해한 뒤 나머지를 단숨에 몰살시키는 방법을 쓸 확률이 높았다. 그렇다면 주어진 시간은 대략 열흘 안팎. 그리 길지 않은 여유였다.

"그사이에 황후 간택을 중지시킬 수 있을까요?"

이카르의 물음에 황제가 피곤한 기색으로 고개를 저었다.

"지금으로서는 방법이 없다. 일단 빠른 시일 내에 아리에스를 데리고 오는 수밖에."

황태후와 카얄룬 공작 간의 협약에 대해서는 부러 언급하지 않았다. 황제의 말에 생쥐와 이카르의 표정이 동시에 시무룩해졌다. 아리에스를 데리고 오는 것을 허락받은 것까지는 좋았지만 강제로 끌려올 그녀의 반응이 불 보듯 훤하였기 때문이었다.

"……언니가 싫어하겠지요?"

"단순히 싫다로 끝날 일이 아니지. 황후 후보로 선택되었음에도 도망친다는 것은 불명예를 피할 수 없는 짓이니."

 야반도주가 아닌 정식으로 이탈 선언을 한다 해도 큰 차이는 없을 터였다. 사교계에서의 매장은 기본이요, 제대로 된 혼처를 구할 수도 없게 될 것이다. 가문에도 크게 누가 되니 황후 후보들로서는 보이지 않는 족쇄에 묶인 것이나 마찬가지였다. 그러니 목덜미에 칼을 들이댄다 해도 도망칠 수 있는 자는 몇 없을 게 분명했다. 그저 얌전히 자리에 앉아 희생당할 뿐이다.

"일단 오늘 밤 아리에스에게 의견을 물어볼 생각이다. 순순히 받아들인다면 알아서 사퇴하고 나오겠지. 그게 끌려 나오는 것보다는 나을 거다."

"……하지만 듣지 않겠지요."

 이카르가 맥없이 말했다. 아리에스라면 가능한 한 끝까지 버텨보려 할 것이 틀림없었다.

"결국은 강제로 끌고 나와야만 할 것이고, 그렇게 된다면."

 이카르는 아랫입술을 얇게 깨물며 황제를 똑바로 바라보았다.

"살타토르 양은 제가 책임지겠습니다."

"……네 녀석이?"

"예."

 황후 후보에서 단순히 사퇴하는 것이라면 살타토르 백작가로 돌아가 근신함으로써 일단락된다. 하지만 억지로 끌어내야 한다면,

즉 몰래 도망치는 것과 다름없는 상황이 벌어진다면 아리에스는 황실에 대한 범죄자가 되고 마는 것이다.

"폐하께서는 마경으로 보낼 생각이시겠지만, 아마도 살타토르 양은 원치 않을 겁니다. 차라리 국경을 넘는 편이 그녀의 성미에 걸맞겠지요."

아리에스에게 나무 구멍 속의 벌레처럼 숨어 사는 처지는 어울리지 않았다. 그러니 국경을 벗어나 먼 외국으로 떠난다면, 무언가 그녀의 마음에 차는 새로운 일을 시작할 수 있을 터였다.

"바다 건너 남쪽에는 여성의 사회적 위치가 제국보다 높은 나라도 있다고 하더군요. 수배령이 떨어진다 해도 케이어스 씨의 도움을 받는다면 넘어갈 수 있지 않습니까. 그러니……."

"헛소리."

황제는 불쾌감을 감추지 않은 채 이맛살을 찌푸렸다.

"어린애 둘이 낯선 땅에 가서 뭘 하겠다는 거냐."

"저는 어린애가 아닙니다. 여자 한 명쯤 지켜줄 무력도 갖추고 있습니다. 처세술 쪽은 살타토르 양이 있으니 괜찮고요. 살타토르 백작가는 상단도 소유하고 있어 어릴 적부터 실무에 관여하기도 하였다더군요."

"그래 봐야 열여섯 살짜리 계집애일 뿐이다. 어림도 없는 소리 하지 마라. 보호자 없이 홀로 세상을 살아본 적 없는 어린 녀석들끼리 손잡고 기어나가 봐야 결말은 뻔해."

"어린애가 아니라고 말씀드렸습니다. 그리고 이건 저와 살타토르 양의 문제입니다. 폐하께서 참견할 일이 아닙니다."

이카르는 황제의 사나운 눈초리에 지지 않고 맞섰다.

"허락하지 않으신다 해도 갈 겁니다. 살타토르 양이 황후 후보에서 순순히 사퇴한다 해도 그녀가 원한다면 떠날 겁니다. 가질 수 없는 백작가에 머무르는 것보다는 그편이 낫겠지요."

황후 후보에서 자진 사퇴하게 된다면 살타토르 백작가의 안주인이 되는 것은 불가능하다. 기껏해야 하급 귀족이나 재력 있는 평민에게 시집가게 될 것이니, 아리에스라면 차라리 외국으로 나가 새로운 희망에 뛰어드는 편을 원할 가능성이 높았다.

"그러니 폐하."

무겁게 가라앉은 목소리가 이어졌다.

"호위기사직에서 물러나겠습니다."

허락을 구하지는 않았다. 어차피 받아들여지지 않을 것임이 분명했기에. 황제는 자기 앞에 서 있는 청년을 노기 어린 눈으로 노려보았다.

"네놈이."

떠나겠다고. 자신이 여기 이렇게 묶여 있는 이유가 대체 무언데 떠나겠다고. 황제는 자리에서 몸을 일으켰다. 반사적으로 흠칫 기세가 꺾이는 적자색 눈을 내려다보았다. 제 처지도 모른 채 속 편한 소리를 지껄이는 어린 것.

"아리에스가 원한다면 해외든 어디든 보내줄 수 있다. 그러나 너는 안 된다."

"하지만 저는……!"

"닥쳐."

황제의 손이 불쑥 튀어나가 이카르의 멱살을 틀어쥐었다. 별 반항도 못하고 붙잡힌 어린놈을 잡아먹을 듯 바짝 끌어당기며 그가 말을 이었다.

"도망치면 두 다리를 부러뜨려놓겠다."

이카르의 낯빛이 창백해졌다. 하지만 그는 여전히 고집스럽게 입을 다물었다.

"그래도 도망친다면, 그 계집을 죽이겠다."

"폐하!"

"안 돼요!"

난데없이 튄 불똥에 기겁하는 생쥐를 사지예가 재빨리 붙잡아 품으로 끌어당겼다. 황제는 경악에 찬 이카르의 얼굴을 들여다보며 나직이 으르렁거렸다.

"네놈이 있어야 할 곳은 내 옆이다. 그 계집과 약혼을 하든 결혼을 하든 그따위쯤 상관없지만 네놈 위치를 벗어나는 것은 허락 못 한다."

정확히는 허락할 수 없었다. 황제는 이카르를 내던지듯 놓고 소리쳤다.

"노체!"

"예, 폐하."

마담 노체가 유령처럼 스르륵 그의 곁에 나타나 머리를 숙였다.

"본채 밖으로 한 발짝도 내보내지 마라. 케이어스에게도 말해둬!"

"알겠습니다. 자아, 도련님. 들어가시죠."

노부인은 충격받은 얼굴로 굳어 있는 이카르의 팔을 가볍게 붙잡았다.

"……."

"어서요."

이카르는 어금니를 사리물며 몸을 돌렸다. 그와 노체의 모습이 시야에서 사라지자 황제가 커다랗게 한숨을 뱉어냈다.

"……멍청한 놈."

아무것도 모르니 속 편하게 떠들 수 있는 것이다. 황제는 표정을 구긴 채 다시 소파에 털썩 몸을 묻었다.

어쩔 수 없는 이유를 제외한다더라도 이카르는 물가에 내놓기 부족한 어린애였다. 적어도 황제는 그렇게 생각했다. 그러니 가능한 한 보호해주려 하였다. 굳이 핏줄에 묶여 위험하고 고된 길을 갈 필요는 없다. 무거운 짐은 이카르가 아닌 그 아이에게 물려주어도 되는 것이다. 불안정한 균형이나마 쭉 지속될 수 있었더라면 충분히 가능한 일이었다.

그러나 결국은 막다른 골목에 다다르고 말았다.

"……폐하."

생쥐가 고뇌에 찬 황제에게 쭈뼛쭈뼛 다가갔다. 그녀의 손끝이 조심스럽게 황제의 소맷자락을 붙잡았다.

"……폐하."

정말로 아리에스를 해칠 것이냐고 묻고 싶었지만 말은 입 밖으로 나오지 못했다. 지금 그걸 물어서는 안 된다는, 그런 직감이 들었기 때문이었다.

황제는 숙였던 눈을 들어 우물우물하고 있는 소녀를 바라보았다. 연녹색 눈동자에 깃든 걱정이 자신이 아닌 아리에스를 향한 것이라는 사실은 잘 알고 있었지만 그래도 위로로 다가왔다. 황제는 손을 뻗어 생쥐를 무릎 위로 올려 품에 안았다.

"저놈을 붙잡아놓으려고 한 말이다. 신경 쓸 거 없어."

"……제가 할 수 있는 일은 없을까요?"

생쥐는 간절하게 물었다. 도와주고 싶었다. 아리에스만이 아닌, 자신을 안고 있는 남자도. 황제는 대답이 없었지만 대신 소파 뒤쪽에서 두 요정이 불쑥 머리를 내밀었다.

"있긴 있지?"

"맞아, 있잖아?"

"뭔데요?!"

황제가 고개를 쏙 빼는 생쥐의 머리를 손으로 눌러 내렸다.

"들을 필요 없어."

"하지만……."

"솔레다토르가 처음에 쓰려고 했던 방법이 있어~."

"입 다물어라."

"하지만 솔레다토르~. 언제까지 이대로 있을 수는 없잖아요?"

"그러게, 게다가 생쥐는 알아도 괜찮을 거 같은데요?"

"게다가 쭉 모르는 채라면 생쥐가 잘못된다 해도 손쓰기 어렵잖아요? 그거 때문에라도 말해주는 게 좋을 거 같은데~."

칼날 같은 시선이 찔러 들었지만 두 요정은 기죽지 않고 나불거렸다. 지친 한숨을 흘리는 황제에게 생쥐가 매달리듯 물었다.

"가르쳐주세요! 제가 할 수 있는 일이라면 뭐든지 할게요!"

"……그러면 너는 죽는다."

"괜찮습니다. 처음부터 그러려고 왔으니까요."

이제 와서 새삼스러울 것도 없다는 표정에 황제가 못마땅히 혀를 찼다. 제 목숨 아끼지 않는 성향이 조금 나아졌나 싶더니만 아직 그대로였다.

"그 일이 아니더라도, 알려줘도 괜찮겠지."

생쥐는 언젠가는 내어주어야 하는 이카르와는 다르게 완전히 자신의 소유다. 그러니 슬슬 알려줄 필요도 있었다. 만일을 대비해서라도.

다음 날 아침 황제가 생쥐를 데리고 향한 곳은 다름 아닌 금지된 숲이었다. 황제 외에는 출입이 금해진 곳이었지만 드넓은 숲이니만큼 사람을 빽빽이 세워 지키기란 불가능하였다.

하여 조그만 소녀 하나 품에 몰래 숨겨서 들어가기는 어렵지 않았다.

"물이 엄청 많아요!"

생쥐가 호수를 보고 놀라 외쳤다. 숲 한가운데 펼쳐진 호수는 햇살을 받아 반짝반짝 빛나고 있었다. 잔잔한 호수 위로 물새가 낮게 스쳐 지나가고 이따금 물고기도 튀어 올랐다. 생쥐는 말에서 내려서자마자 곧장 호숫가로 달려갔다. 호기심에 가득 찬 얼굴은 아리에스의 일조차 순간 잊은 듯이 보였다.

"아, 저 끝에 새가 잔뜩 앉아 있어요."

호수 외곽으로 무성히 자라난 갈대밭에 철새들이 헤엄치고 있었다. 생쥐는 곁으로 다가온 황제를 올려다보며 말했다.

"전에 바다에는 먹을 게 풍부하다고 하셨잖아요. 여기, 음 호수죠? 호수도 그런 것 같아요. 식수도 풍족하고 물고기에 새도 있습니다."

아무래도 철새에 대한 감탄은 풍경으로서가 아니라 음식으로서였던 모양이다. 황제는 회색 머리통을 꾹 누르듯이 쓰다듬었다.

"바다에도 한 번 데려가 주마."

"바다는 멀잖아요?"

"시간이 안 날 뿐이지 그렇게 멀지는 않아."

물론 평범하게 육로를 이용한다면 오가는 데에만 일주일 이상을 잡아야 할 거리였다. 그러나 육로가 아닌 하늘로라면 일정을 절반 이하로 단축할 수 있었다.

황제는 조금 허망한 눈으로 잔잔한 수면을 바라보았다.
"……이카가 제자리를 찾는다면 불가능하겠지만."
"네?"
"황가에 묶여 수도 밖으로 나갈 수 없게 된다는 거다. 지금도 크게 다를 바는 없지만."
혼잣말처럼 중얼거리며 황제는 앞으로 걸어 나갔다. 호수의 경계선 근처에 서 있었기에 이내 물에 발이 빠졌지만 개의치 않았다. 그는 발목을 약간 넘어서는 깊이의 물속에 선 채 생쥐를 돌아보았다.
"뒤로 물러나라."
생쥐가 의아해하면서도 한 발짝 뒷걸음질 쳤다.
"좀 더."
"이만큼요?"
또 한 발자국만 물러나는 것에 황제가 재차 명령했다.
"뒤로 돌아서 달려."
"어, 어디까지요?"
"앞에 보이는 큰 나무까지."
생쥐는 하는 수 없다는 듯이 향나무 앞까지 달려가 다시 돌아섰다.
"여기요?"
"그래. 거기 가만히 서 있어라."
생쥐를 멀리 떨어뜨려놓은 황제가 짧게 숨을 들이켰다.

그리고 이내, 그의 육신이 짙은 안개에 감싸인 듯 흐릿해졌다.

"폐, 폐하?!"

생쥐의 입에서 놀란 외침이 터져 나왔다. 크게 뜨인 연녹색 두 눈 가득히 그림자가 드리워진다. 넓게 펼쳐진 피막의 날개가 태양을 가리고 사위가 일순 어두컴컴해졌다. 드넓은 호수를 절반 가까이 뒤덮는 거체에, 수면이 비명을 지르듯 요동친다. 눈앞에 보이는 것은 끝없이 이어진 암적색 비늘뿐.

마치 성벽과도 같은 거체에 헤매던 생쥐는 목을 잔뜩 위로 꺾었다. 뒤로 넘어질 듯 위태롭게 고개를 치켜들고 나서야 겨우 황금색 눈과 시선이 마주쳤다. 이제는 정말로 달과 같이, 커다랗게 머리 위 높이 떠 있는 금빛 눈동자. 무심코 두어 발 뒷걸음질을 치다가 나무줄기에 등을 부딪치고 그 자리에 풀썩 주저앉았다. 자리에 앉으니 올려다보기 좀 더 편했다. 약간 벌어진 입술 사이로 숨을 쌔액, 날카롭게 들이마셨다.

멍하게 앉아 있는 생쥐의 귓가로 물결이 흔들리는 소리가 뒤늦게 들려왔다. 생쥐는 아래로 시선을 떨어뜨렸다. 잔잔하던 호수에 파도가 부서지고 있었다. 드레이크가 잠수할 수 있을 만큼 깊은 호수임에도 용의 몸은 고작 다리 정도가 잠길 뿐이었다. 생쥐는 눈을 한 번 깜박거리곤 다시 고개를 꺾어 물었다.

"저기, 폐하. 물이 차갑지 않나요?"

가을이 무르익다 못해 고개를 숙이는 계절이다. 겨울이라기에는 일렀지만 호숫물은 충분히 차디찰 터였다.

조금 전이야 신발을 신고 있었지만 지금은 맨발인데. 생쥐의 뜬금없는 물음에 드래곤의 머리가 약간 외로 기울어졌다. 딱딱한 비늘 덮인 얼굴에서 표정을 가늠하기는 힘들었지만, 기막힌 한숨을 내뱉고 싶다는 기색이었다.

[……물은, 별로 차갑지 않다.]

"정말이요?"

[그렇다고 기어 들어오진 마라.]

물의 온도를 직접 확인이라도 해볼 생각이었던 걸까, 자리에서 일어나려던 생쥐가 용의 말에 도로 주저앉았다.

"폐하는 엄청 큰 드레이크셨군요."

[용이다.]

"네?"

[드래곤이라고. 혼례식 준비하면서 배웠을 텐데.]

지식은 물론이요 상식조차 바닥인 생쥐였지만, 황가에 대한 기초적인 내용은 혼례식 준비 중에 아리에스와 두 요정이 가르쳐주었다. 생쥐는 고개를 갸웃거리며 기억 속 저편으로 밀어 넣었던 지식들을 끄집어내었다.

"으음, 초대 황후마마께서 드래곤이었다고 했습니다. 그래서 황족 중에는 폐하처럼 드래곤의 특성이 나타나는 경우가 드물게 있다고 배웠는데, 드래곤이 어떻게 생겼는지는 아무도 말해주지 않았습니다."

[벽화나 동상이 여럿 있었다만. 황가의 문장도 드래곤이고.]

"아, 전 드레이크인 줄 알았어요."

분명 벽화와 동상은 물론이요 태피스트리, 천장화, 각종 장식에서 용의 모습을 보기는 보았다. 하지만 누구도 생쥐에게 그게 드래곤이라고 가르쳐준 사람은 없었다. 궁정에서는 너무나도 당연한 상식이라 마치 사람 그림을 보고 저게 사람이라고 알려주는 것과 같았기 때문이다.

"처음에는 특이하게 생긴 짐승인 줄 알았고요."

궁정 내에는 드래곤을 표현한 장식이 가장 많았지만 사자나 유니콘, 그리핀, 인어 등 생쥐가 보지도 듣지도 못한 동물 장식 또한 여럿 있었다. 그렇기에 드래곤도 그냥 신기하게 생겼다, 하고 별다른 의문 없이 넘어간 것이었다.

"어…… 그러면 폐하께서 수호룡이세요? 솔레다토르요? 라지랑 사지랑 케이어스 아저씨, 노체 할머니도 그렇게 부르기는 했지만, 진짜예요?"

[그래.]

황제의 대답에 생쥐가 깜짝 놀란 표정을 지어 보였다.

"여자셨군요! 몰랐어요."

[……뭐?]

중후하던 드래곤의 음성이 일순 삐끗 흔들렸다.

"황후는 여자잖아요. 초대 황후마마가 수호룡이고 솔레다토르니까 폐하께서 예전엔 황후셨고 그러니까 폐하께선……."

[그 여자는 내 어머니다.]

황제는 생쥐의 말을 끊으며 재빨리 변명했다.

"아…… 어머니세요? 어머니와 이름이 같습니까?"

[이름을 물려받았기 때문이다.]

드래곤의 이름은 자신이 지배하는 마경과 같았다. 솔레다토르란 즉 솔레다드, 솔레다드 산맥의 소유자라는 의미를 가지고 있는 것이었다.

[인간으로 치자면 황제나 공작, 백작 등의 작위를 이어받는 것과 비슷하지. 다만 작위명이 곧 이름이 되는 것이다.]

"그러니까…… 폐하께서 어머니의 뒤를 이어 수호룡이 되신 거군요!"

[……수호룡이 아니라 솔레다토르다.]

수호룡이라는 것은 이름에 따라붙은 거추장스러운 족쇄일 뿐이었다. 하지만 그 자세한 속사정을 알 길 없는 생쥐는 황제가 드래곤이라는 사실에 잔뜩 흥분했다.

"드래곤이라면 황태후를 물리치고 아리에스 언니를 구할 수 있는 거지요? 드래곤은 엄청 강하다고 들었습니다!"

황제는 눈을 반짝반짝 빛내는 생쥐를 내려다보다가 짧게 한숨을 내뱉었다. 그러곤 다시 인간의 모습으로 변했다. 드래곤의 모습을 취하기 전과 달라진 점은 없었지만 단 하나, 목덜미를 드러낼 정도로 짧았던 머리카락이 길게 자라나 발치에서 흔들리고 있었다. 생쥐는 자리에서 벌떡 일어나 물 밖으로 걸어 나오는 황제에게로 달려갔다.

"머리카락이 길어졌어요!"

"매번 길어지지."

정확히는 회복된다는 쪽에 가까웠다. 생쥐는 손을 뻗어 길게 늘어진 적갈빛 머리카락을 한 움큼 쥐어보았다. 자신의 키보다도 훨씬 더 긴 머리칼이 손가락 사이에서 간질간질 흘러내린다.

"이렇게 긴 머리는 처음 봅니다."

머리카락을 곱게 기른 여자들이야 많았지만 제 키를 넘기는 경우는 없었다. 심지어 황제는 여느 여자들보다 머리 하나쯤은 더 키가 컸으니 똑같이 발치까지 길렀다 해도 이쪽의 압승인 것이다.

신기해하는 생쥐와는 달리 황제는 귀찮다는 표정을 지으며 허리춤의 칼을 뽑아 들었다. 그러고는 망설임 없이 긴 머리채를 목덜미까지 짧게 쳐내었다.

"앗!"

생쥐는 짧게 비명을 토해내며 우수수 쏟아져 내리는 머리카락을 바라보았다.

"아까워요!"

"거추장스러워."

"하지만 이렇게 길고 결도 좋은 머리카락은 돈이 됩니다. 게다가 예쁘다고 생각해요."

머리카락은 귀족들의 전체 혹은 부분 가발을 만드는 데 사용되었기에 상태와 길이에 따라 제법 비싸게 팔리기도 했다. 꼭 그 이유만이 아니라도 아무렇게나 버리기에는 아까웠다.

생쥐는 흩어진 머리카락을 주섬주섬 모아다 둥글게 감아서 품에 안았다.

"제가 가져가도 될까요?"

"……마음대로."

"감사합니다."

"……."

황제는 떨떠름하게 생쥐를 쳐다보았다. 제 몸뚱이보다 더 긴 머리채를 끌어안고서 기뻐하고 있는 꼴을 보고 있자니 또다시 한숨이 새어 나왔다.

아리에스를 구하기 위해 목숨을 내어놓겠다 하였으니 저따위 머리카락 챙겨 가나 버리고 가나 아무런 차이가 없는 게 아닌가. 무덤 속에라도 넣어달라 할 셈인 것인지. 속이 꽉 막힌 듯 답답해졌다.

"……분명 드래곤이라면 황태후는 물론이고 제국 전체를 상대하는 것도 어렵지 않다."

황제는 다시 본래의 주제로 돌아가 운을 떼었다.

"하지만 나는, 수호룡이다."

"수호룡이 왜요?"

"솔레다토르는 황가를 지킬 것을 맹세했다."

정확히는 초대 황후인 선대 솔레다토르가 맺은 계약이었지만, 그 계약은 솔레다토르라는 이름에 묶이는 것이기에 초대 황후가 떠나간 지금도 여전히 지속되고 있었다.

"그렇기에 나는 지켜야 할 대상인 황족을 해할 수 없다. 직접적인 공격은 물론이요, 해칠 마음으로 무언가를 꾸미는 것조차 불가능하다."

오랜 맹세에 얽매인 탓에 언제든지 숨통을 끊어놓을 수 있는 연약한 인간 여자를 그저 껄끄럽게 쳐다만 볼 수밖에 없었다. 케이어스나 요정들을 비롯한 다른 인간들의 손으로 처리하게끔 시키는 것도 불가능했다. 심지어 황가에 위해를 가해선 안 된다는 제약 때문에 황족만이 아닌 고위직 귀족들 또한 이유 없이는 쉽게 손대지 못하는 처지였다.

"나 또한 직계 황족으로서 계승권을 지니고 있기에 황제 자리를 차지하는 데는 별문제 없었지만."

만약 선대 솔레다토르였더라면 이런 식으로 황제 자리에 오르는 것에도 제약이 있었을지 몰랐다. 황제는 말을 곧장 잇지 않고 연거푸 무거운 숨을 내쉬었다. 수호룡으로서 계약에 묶여 있는 한 황태후를 직접적으로 막아서기는 힘들었다. 드래곤이 아닌 인간의 황제로서, 법의 테두리 안에서 간접적으로 어찌 발버둥은 쳐볼 수 있으나 정치적으로 뼈가 굵은 그녀는 쉽게 감당할 만한 상대가 아니었다.

"……그렇지만."

그는 내키지 않는다는 표정으로 말을 이었다.

"황족을 지켜야 한다는 제약에서, 예외가 아주 없는 것은 아니다."

황제의 말에 생쥐가 두 눈을 크게 치떴다.

"예외가 뭔가요? 무슨 방법이에요?"

"우선, 스스로의 목숨은 지킬 수 있다. 말하자면 황족이 나를 죽이려 들 때 반격할 수 있다는 거지."

"그럼 황태후가 폐하께 덤벼들면 되는 거네요?"

"그 여자가 직접 칼 들고 내게 덤벼들 일이 없다는 게 문제지."

"……안 될까요?"

"안 돼. 절벽 끝에 몰려 마지막 남은 수단조차 잃어버렸다면 모를까. 도박을 좋아하는 여자가 아니다."

지금의 황태후가 불확실하면서도 위험성이 큰일에 뛰어들 리 없었다. 생쥐는 이내 시무룩해져 시선을 숙였다. 황제는 무척이나 강하니까, 심지어 드래곤이기까지 하니까 황태후가 먼저 덤벼주기만 한다면 쉽게 물리칠 수 있을 텐데.

"다른 방법은, 있어요……?"

"복수."

"네?"

"황태후가 내게 있어 일정 이상으로 중요한 사람을 살해하면 갚아주는 것이 가능하다."

소중한 사람이라 해도 죽이려는 시도만으로는 막아서는 것 이상의 제재는 가할 수 없다. 그러나 살해당했다면, 목숨을 목숨으로 갚는 복수가 가능한 것이다. 물론 황족 상대가 아닌 경우에는 위협적으로 나오는 것만으로도 반격을 가할 수 있었다. 황제가 생쥐에게 드래곤의 모습을 보여준 것도 바로 그 때문이었다.

카얄룬 공작이 인질로서 생쥐를 노릴 가능성이 높아진 이상 좀 더 적극적으로 보호할 필요가 생긴 까닭이었다.

황제의 말에 생쥐가 곤란한 얼굴로 자신의 아랫입술을 꽉 깨물었다.

"폐하께 중요한 사람은…… 사람은……."

"일단은 이카 녀석이겠지. 그놈은 내 아들이니."

비록 친자는 아니지만 자신의 아이로 인정하고 있다. 그 이유가 아니더라도 중요한 존재이기도 하였고.

"그, 그럼……."

생쥐는 우물쭈물하다가 고개를 떨구었다.

"그래도, 이카는…… 안 되겠죠……?"

"안 돼. 애초에 나는 그 녀석을 위험에 빠뜨릴 수도 없다."

"……네."

생쥐는 작게 대답했다. 처음부터 크게 기대치는 않았다. 아리에스 때문에 이카르를 해치는 것도 꺼렸을뿐더러, 그는 황제만 아니라 언니의 소중한 사람이기도 하였으니까.

그래도 아쉬운 마음이 드는 것만큼은 어쩔 수 없었다. 둘 중 한 사람만을 선택하라면 생쥐의 손가락은 틀림없이 아리에스를 가리킬 것이기 때문이었다.

"그럼, 그럼…… 폐하께 중요한 사람이, 또 있나요……?"

황제의 주위 사람이라고 해야 몇 명 없다. 게다가 더 있다고 한들 중요한 사람을 미끼로 내세울 수는 없는 노릇이기도 하였다.

이 방법도 안 되는 걸까, 전전긍긍하는 생쥐에게 황제가 느릿한 어조로 입을 열었다.

"내가 무가치하게 죽어갈 후궁의 입궁을 눈감고 놓아둔 것은 황태후 앞에 내세울 미끼를 찾기 위함도 있었다."

"후궁이면, 저요?"

"그래."

후궁이라 해도 따지고 보면 아내, 즉 가족이다. 그 후궁을, 아내를 황태후가 직접 죽이게끔 유도한다면 복수가 허용되지 않을까. 황제는 그렇게 생각하고 후궁을 밀어 넣는 것을 묵인하였다.

"제대로 된 반려가 아닌 인간 황제로서의 후궁에게 복수가 가능할 정도의 가치가 주어질지는 확실치 않았지만, 그래도 첫 번째 후궁은 만인 앞에서 정식으로 혼례를 치르는 상대이니 그에 더해 내 정체까지 밝힌다면 가능할 듯싶더군."

하지만 미끼로 내세울 여자의 조건이 까다로웠다. 우선은 자기 목숨을 내어놓아야 한다. 또한 황태후의 위협 혹은 회유에 넘어가지 않아야 했다. 마지막으로 황제가 실은 수호룡임을 절대 밝히지 않을 무거운 입을 지닌, 그런 여자가 필요했다.

황제의 설명을 들은 생쥐가 자신 있게 소리쳤다.

"저는 절대 말 안 해요!"

"……그래. 꼬마 너는 말 안 하겠지."

알고 있다. 그렇기에 이렇게 본모습을 보여준 것이다. 황제는 피곤이 어린 눈으로 생쥐의 머리를 쓰다듬었다.

이 소녀라면 가능할 것이다. 황태후를 처리하기 위한 완벽한 제물로서의 가치를 분명히 가지고 있었다. ……후궁 따위가 아니더라도.

황제의 대답에 생쥐가 한껏 들떠 하며 말했다.

"그럼 제가 할게요! 제가 할 수 있나요? 후궁이고, 폐하가 드래곤이라는 것도 알고, 말도 안 할 거고, 황태후가 무슨 말을 해도 잘 죽을 수 있습니다!"

잘할 수 있다. 황제는 제 목숨 바치겠다고 내밀어 오는 생쥐를 가만히 내려다보다가 입을 열었다.

"너는 안 돼."

"아, 안 돼요……?"

"그래."

짧은 긍정에 생쥐의 두 눈이 옅게 젖어들었다.

"저는, 폐하께 안 중요해서요……? 그래서 안 됩니까……?"

"……그래."

음성은 부드러웠지만 그 속뜻은 차디찼다. 생쥐는 가슴이 무너져 내리는 것을 느끼며 기어이 눈물을 떨구었다. 이 눈물이 아리에스를 돕지 못한 탓인지, 황제에게 있어 자신의 존재가 크지 않다는 사실 탓인지는 잘 알 수 없었다. 하지만 더없이 슬프다는 것만은 분명했다.

황제는 팔을 뻗어 울고 있는 소녀를 안아 들었다. 훌쩍이며 품 안을 파고드는 그녀를 다독거렸다.

"처음부터 가능성 없는 방법이었다."

"하지만, 하지만……."

"걱정 마라."

황제는 쓸쓸하게 웃었다.

"아리에스가 도망치거나 근신할 필요도 없이 무사히 풀려나도록 해줄 터이니."

생쥐는 젖은 눈을 동그랗게 뜨고서 황제를 올려다보았다. 분명 기쁘게 감사의 말을 꺼내야 할 터인데 이상하게도 얼른 입이 떨어지지가 않았다. 가슴은 여전히 괴롭게 지끈거릴뿐더러 걱정까지 덜컥 들었다.

"……정말요?"

"그래."

"하지만…… 괜찮습니까?"

"괜찮다."

네가 걱정할 일은 아무것도 없다고, 드래곤은 자신의 소녀에게 상냥하게 속삭여주었다.

그리 크지 않은 별궁에는 불길이 휘몰아쳤던 흔적이 아직 짙게 남아 있었다. 검게 타들어 갔던 땅을 잡초가 무성히 덮어 자라났지만 잿가루 또한 군데군데 눈에 띄었다. 무너져 내린 지붕과 기울어진 기둥, 타다 남은 가구의 흔적이 오랜 과거의 참사를 바로 어제 일처럼 온몸으로 알려주고 있었다.

황제는 20여 년 전 불타버린 에르인궁을 천천히 가로질러 갔다. 화재의 흔적을 고스란히 품은 별궁을 손대지 않고 놓아둔 것은 선대 황제의 명령 때문이었다. 바로 이곳에서 선대 황제의 후궁과 어린 황자가 참변을 당했다. 아내와 아들을 일시에 잃은 선대 황제는 슬픔에 잠겨 에르인궁을 보수치 말고 그대로 남겨두라 명하였다, 하고 세간에는 알려져 있었다. 그러나 그 진실은.

'……내 어린애.'

어쩔 수 없이 떠맡았던, 어린아이. 처음에는 그저 적당히 목숨만 붙여놓은 채 키우다가 되돌려주면 그만이라 생각했다. 하지만 그 아이는 자신의 아이가 되었고 10년, 20년이 지나도록 여전히 어렸다. 차마 진흙탕 속에 던져 넣지 못할 정도로 어리고 못 미더운 아이였기에 시간만 질질 끌었다.

그러나 이제는…….

"계획은 포기하신 겁니까."

황제는 걸음을 멈추고 뒤를 돌아보았다. 반쯤 불타올랐지만 다시금 싹을 틔운 정원 나무 옆에 케이어스가 서 있었다.

"요정들에게 들었습니다. 새로이 적당한 상대를 찾기에는 시간이 부족하실 텐데요."

"그렇겠지."

황제는 다시금 화마의 손길을 받은 건물로 시선을 돌렸다. 탄식에 가까운 목소리가 그의 입술 사이에서 흘러나왔다.

"찾는다고 해도……."

또다시 같은 일이 반복되지 않으리라는 법은 없었다.

인간의 목숨을 빼앗는 짓에 거부감을 느끼는 것은 아니다. 무의미한 살생은 즐기지 않았지만 필요하다면 망설임 없이 손을 쓸 수 있었다.

다만 아무리 종족이 다르다 해도 말이 통하는 상대와 같은 공간 같은 시간 속에서 지내면서, 마음을 아예 내어주지 않는다는 것은 불가능한 일이었다. 말 못하는 짐승도 곁에 두고 먹이와 잠자리를 챙겨주다 보면 정이 가는 법이 아니던가.

그러니 드래곤이라는 사실을 밝힐 수 있을 만큼 믿을 수 있으며 스스로 목숨을 내어줄 만큼 마음을 바쳐오는 상대를, 쉽사리 사지로 내몰 수 있을 리 없었다. 생쥐가 아니더라도 불가능한 일이었다.

"자신의 것을 쉽사리 내어주는 드래곤은 없지."

아리에스에게 양보하는 것도 여전히 속이 쓰리건만 황태후 상대라니, 어불성설이다. 아무리 당겨진 목줄에 바닥까지 떨어졌다 하여도 손안에 쥔 어린애조차 지켜내지 못할까.

솔레다토르는 어둠이 내려앉은 하늘을 올려다보았다.

"하지만…… 한 녀석은 제 발로 떠나려 하고 있으니."

이제는 약속된 자리로 돌려놓아야 할 때인가. 황후 간택을 중지시킴과 동시에 황태후를 저지할 방법은 그것뿐이었다. 비록 자신은 늙은 이리에게 목줄을 내미는 꼴이 되겠지만, 손안의 아이들은 무사할 수 있을 것이었다.

그러니 어찌할 바 없이.

불타버린 별궁의 정원에서 흑적색의 거대한 드래곤이 날아올랐다.

늙으면 잠이 없어진다 하던가. 드베르 카얄룬은 황금과 비취로 화려하게 장식된 괘종시계를 힐끗 쳐다보았다. 시간은 자정을 넘기다 못해 머지않아 새벽빛이 밝아올 것이었다. 그는 읽고 있던 책을 덮고 자리에서 몸을 일으켰다.

너른 서재의 한쪽 벽에는 태피스트리가 걸려 있었다. 카얄룬 공작은 태피스트리 속 그림을 향해 시선을 두었다. 벽의 절반을 차지하는 커다란 태피스트리에는 황궁의 지붕을 밟고 있는 드래곤의 모습이 섬세하게 그려 넣어져 있었다. 그 웅장한 자태를 바라보며 주름진 눈가가 희미하게 휘어졌다.

"옛날이야기지."

그로서도 드래곤을 직접 본 적은 없었다. 다만 조부로부터 들을 수는 있었다. 그 옛날, 황궁에 갇혀 있던 드래곤의 이야기를. 어리석게 굴다가 수호룡을 놓쳐버린 황가에 대한 감상은 조부의 무릎 위에 올라앉았던 어린 시절에도, 무릎에 앉힐 손주들을 여럿 둔 지금도 다를 바가 없었다.

몰락한 것이 당연한 결말일 정도로 한심한 황가. 카얄룬 공작은 혀를 끌끌 차고 천천히 지팡이를 짚어가며 발코니 쪽으로 걸어갔다. 여전히 잠은 오지 않았기에 바람이나 쐴 심산이었다.

그가 발코니로 나가 안락의자에 노구를 묻었을 때였다.

"마침 깨어 있었군."

돌연 머리 위쪽에서 누군가의 목소리가 들려왔다. 평범한 사람이라면 기겁할 만한 일이었지만 공작은 차분하게 의자에서 몸을 일으켰다. 귀에 익은, 그 주인을 잘 알고 있는 목소리였기 때문이었다. 그뿐만 아니라 공작의 침실에 조용히 잠입할 수 있는 「인간」의 존재는 목소리를 듣지 않아도 쉽게 추측해낼 수 있었다.

"과히 야심한 시간입니다만."

그 말에 대답하듯이 위쪽에서 뚝, 인영 하나가 발소리도 없이 뛰어내렸다. 공작은 눈앞에 내려선 남자를 향해 머리를 조아렸다.

"어서 오십시오, 폐하."

카얄룬 공작은 주름진 입가에 미소를 떠올리며 인사했다. 정중하게 고개는 숙였으나 여느 귀족들처럼 자신을 낮추는 말로써 예를 더하지는 않았다. 더도 덜도 않는 적당한 인사말, 그뿐이었다.

황제는 가라앉은 눈으로 노인을 내려다보았다.

"놀라지 않는군."

"언제고 찾아오실 것이라 예상하고 있었습니다. 그러나 좀 이르셨군요."

노인은 숙였던 머리를 들어 올리며 온화한 표정을 지었다.

"오신다면 살타토르 영애가 아닌 이카르 군의 신변이 위험해졌을 때일 것이라 생각했습니다만."

이카르를 언급하는 말에 황제의 미간이 불쾌감을 담아 좁혀졌다.

"……어디까지 알고 있는 거냐."

"글쎄요. 안다기보다는 추측하고 있는 것일 뿐입니다."

먼저 밝히지 않겠다는 의지가 짙은 대답이었다. 황제는 길게 캐묻지 않고 포기했다.

말꼬리를 늘여 빙빙 돌려대는 혀 놀림은 황궁에 있는 여우도 상대하기 버거웠다. 하물며 그보다 배는 더 묵은 능구렁이 상대라니. 승산 없는 싸움을 계속해서 이어가 봐야 약점만 잡힐 뿐인 것이다.

"길게 늘어놓을 것 없겠지."

황제는 냉랭한 목소리로 말을 이었다.

"카얄룬 공작, 당신의 도움이 필요하다."

"말씀하시지요."

공작은 가볍게 고개를 끄덕였다. 경어를 사용하고는 있었지만 눈앞에 선 남자가 대수롭지 않은 상대라는 듯한 태도였다.

"……황태후에 맞설 세력이 필요하다. 그 여자를 확실하게 견제하고 황제를 보호할 힘이."

"허어. 소신이 어찌 폐하를 보호해드릴 수 있겠습니까. 용혈 짙은 황제 폐하를요."

공작은 과장되게 혀를 쯧쯧 찼다.

"폐하를 무려 보호씩이나 하려면 적어도 사라진 수호룡쯤은 되어야 하지 싶습니다만."

"보호 대상은 내가 아니다."

"방금 황제 폐하를 보호할 힘이 필요하다시지 않으셨습니까?"

주름진 눈가가 기분 좋게 휘어지며 노인의 얼굴에 마치 선물상자를 눈앞에 둔 어린아이 같은 표정이 떠올랐다. 그는 이미 알고 있는 대답을 재차 요구했다.

"어찌 그런 말씀을 하시는 것인지 참으로 궁금하군요."

공작은 솔직하게 즐거워하며 황제를 빤히 쳐다보았다. 그 시선에 황제는 어째서인지 말문이 막혀오는 것을 느꼈다. 본능적인 혐오와 경계심이 불을 밝혔지만, 황제는 결국 다시 입을 열었다.

"……보호해야 할 상대는 내가 아닌, 이카르다."

"폐하의 호위기사를 말입니까? 그것참 이상하군요!"

공작은 허허 웃었다. 30년은 젊어진 것처럼 싱글벙글거렸다.

"혹 그 청년이 세간에 떠도는 것처럼 폐하의 친자라도 되는 것입니까?"

뻔히 알고 있음에도 능청스럽게 물어오는 목소리가 황제의 속을 벅벅 긁어댔다. 그러나 아쉬운 소리를 하고 있는 것은 이쪽이다. 황제는 노기를 억누르며 대답했다.

"이카르는 선대 황제의 아들이다."

"아, 그렇습니까. 불에 타 죽었다던 후궁 소생의 황자인 모양이로군요."

알려진다면 궁정이 발칵 뒤집힐 사실이었지만 공작은 무덤덤하게 반응했다. 그에게 있어 이카르의 출신 따위는 중요치 않은 사실이었다. 되레 약간 실망스러운 소리이기도 하였다. 노인은 지팡이 끝을 바닥에 댄 채 빙글빙글 돌리며 말했다.

"그러나 황태후는 물론이고 다른 귀족들 역시 폐하의 말씀을 쉽게 믿어주지 않을 것입니다. 특히 황태후는 이카르 군이 황자로 인정받는 것을 필사적으로 막으려 들겠지요."

"내가 여기까지 와서 비밀을 털어놓고 있는 이유가 무엇이라 생각하나."

"알고 있습니다. 하오나 소신이 폐하를 도와드려야 할 이유가 있습니까?"

두 사람의 시선이 똑바로 마주쳤다. 살의마저 옅게 어린 짐승의 눈에도 노인은 두려움은커녕 조금의 굽힘조차 없었다. 오히려 빙그레 미소를 머금었다.

"이 노구가 황태후의 편에 서지 않을 것이라는 확신이라도 있으십니까? 이미 황태후와 손을 잡았을 가능성도 없지는 않습니다만."

"이미 들었다."

"쯧쯧, 생각보다 입이 가벼운 여자였군요. 그래도 쓸 만하다 여겼었거늘 실망스럽습니다. 그러면 폐하께서는 그 사실을 아시고도 제게 이리 말씀을 하시는 겁니까? 소신이 황태후와 협력하여 이카르 군을 해치려 든다면 어찌하시려고요."

"그전에 죽인다."

카알룬 공작이라는 대귀족을 사사로이 해칠 수는 없다. 그러나 이카르를, 직계 황족을 보호하기 위해서라면 가능했다. 황제의 말에 공작이 어깨를 으쓱해 보였다.

"무섭군요. 폐하께서 그리 마음을 잡수신다면 과연 누가 막을 수 있겠습니까. 무서워서라도 입은 다물고 있어야겠습니다. 얼마 남지 않은 인생이라 해도 아쉬운 필부라서 말입니다. 허허."

농처럼 말하고 있었지만 비밀을 지키겠다는 것은 진심이었다. 하지만 여전히 협조하겠다는 대답은 없다. 물론 확실하게 거절하겠다는 말을 한 것도 아니다. 두루뭉술하게 이쪽을 살피고 있는 태도에 황제는 한숨을 삼켰다.

"원하는 게 뭐지."

공작은 눈을 가느다랗게 떴다.

"폐하께서 제게 주실 수 있는 것이 있습니까."

고작해야 황제가. 노인은 소리 없이 비웃었다.

"관심 없는 황위를 제외하고는 손에 넣지 못할 것은 없습니다. 심지어 황태후와의 거래 조건은, 폐하를 돕지 않아야만 얻을 수 있는 것이고 말입니다."

"……원하는 게 없다면 처음부터 거절하면 되었을 텐데."

그럼에도 공작은 이야기를 계속 끌어가고 있었다. 즉, 무언가 바라는 것이 있다는 뜻이었다.

"앞서 말씀드렸습니다만 대가를 원한다기보다는 폐하의 손을 거들어드릴 이유가 없다는 것이지요. 현 황제 폐하의 정당성조차 의심의 여지가 있는 국면에 난데없는 선황제 폐하의 후손이라니요. 과연 그 누가 흔쾌히 고개 끄덕이며 받아들이겠습니까."

"그러니 카얄룬 공작의 도움이 필요한 거다."

카얄룬 공작의 보증이라면 세력 없는 황제의 것 이상의 가치를 지닌다. 그러니 황태후가 방해한다더라도 이카르를 황자로, 그리고 황제로 올리기 어렵지 않을 것이다. 그것이 황제, 솔레다토르가 이곳까지 찾아온 이유였다.

황가와 공작가가 손을 잡는다면 황태후의 세력을 확고히 압도할 수 있다.

그러나 그 사실을 잘 알고 있음에도 이제까지 카얄룬 공작에게 도움을 요청하지 않은 것은, 평범한 방법으로는 절대 그의 지지를 얻어낼 수 없다는 사실을 잘 알고 있기 때문이었다. 섣불리 접근했다간 오히려 약점을 잡히다 못해 이카르의 신변이 위험해질 가능성이 높았다.

"그리 말씀하셔도 이 늙은이는 황가에 충성을 맹세한 몸입니다."

공작이 고개를 절레절레 저었다.

"용혈이 뚜렷한 폐하시라면 모를까, 출신 성분이 확실치 않은 이카르 군을 어찌 폐하의 말씀만 믿고 황자라 인정할 수가 있겠습니까. 차라리 폐하께서 후손을 가지시지요. 그리하시면 이 노구, 황태후를 몰아내는 일에 기꺼이 바치겠습니다."

"……확실한 증거를 원한다는 건가."

"혹은."

주름진 입이 길게 찢어지며 소리 없는 웃음을 토해냈다.

"확실한 보증인을 원합니다. 가령…… 그렇군요. 수호룡의 보증이라면 이 늙은이뿐만 아닌 궁정의 그 누구라도 인정치 않을 수가 없을 것입니다."

공작의 눈동자가 번드르르하게 빛났다. 그는 당장이라도 덤벼들 것처럼 황제를, 솔레다토르를 노려보았다. 솔레다토르의 손이 무심코 꽉 주먹 쥐어졌다.

"……수호룡의 보증인가."

"예, 드래곤의 보증입니다."

솔레다토르는 찔러오는 노인의 눈길 속에서 설마 했던 의심이 확신으로 변해감을 느꼈다. 카얄룬 공작은 그를 드래곤, 수호룡이라고 생각하고 있었다.

어떻게 추측해냈는지는 알 수 없었다. 어쩌면 단순히 넘겨짚고 있는 것일지도 모른다. 하지만 저 시선은, 목소리는 노골적으로 솔레다토르가 스스로 정체를 밝히길 원하고 있었다.

황금색 눈동자가 일순 사나워졌다가 체념으로 물들었다.

그러나 완전히 포기한 것은 아니었다. 카얄룬 공작이 순순히 협력해줄 가능성은 낮았으니, 이것 또한 예상에 있던 바였다.

"드베르 카얄룬."

땅 아래에서 울리는 듯 무거운 목소리가 흘러나왔다. 가늘어진 동공 위로 싸늘한 안광이 덧씌워진다.

"맹세해라."

벌어진 입술 사이로 날카로운 송곳니가 위협적으로 드러났다.

"지금부터 보고 들은 것을 그 누구에게도 입을 열지 않겠노라고."

새벽 호수의 짙은 안개처럼 퍼져나가는 위압감 속에 카얄룬 공작은 재차 소리 없이, 더없이 만족스럽게 웃었다. 그는 나이에 맞지 않게 크게, 힘 있게 고개를 끄덕였다.

"맹세하겠습니다."

목숨을 건 맹세라 해도 얼마든지 해줄 수 있다. 공작은 두 팔을 크게 벌렸다. 손에서 놓인 지팡이가 쇳소리를 내며 바닥을 구른다.

"맹세만 할 뿐이겠습니까, 새로운 황제를 확실하게 지지해드리겠습니다. 바라시는 대로 해드리지요!"

눈앞의 존재가 원하는 대로. 눈앞의 광포한 기세를 흘려내고 있는, 드래곤이 바라는 대로.

솔레다토르는 공작의 꿰뚫을 듯 날카로운 시선 속에서 발코니의 난간 위로 올라섰다. 사위는 여전히 어두웠다. 고요한 하늘, 고요한 정원. 왕성과도 같은 대저택의 최심부에서 용은 날아올랐다.

그 거대한 육신을 하고서 소리도 없이, 습기 어린 밤공기를 한 차례 크게 휘저어놓으며 순식간에 고공으로 치솟았다.

공작은 주름진 두 손으로 난간을 움켜쥐고 상체를 한껏 바깥으로 내밀었다. 어둠에 녹아들듯 멀어지는 드래곤의 모습을 끝까지 지켜보다가,

"하하하하!"

웃음을 터뜨렸다. 유쾌하여 견딜 수 없다는 듯 커다란 웃음이었다.

다음 권에서 이어집니다.

외전.
솔레다드

 붉은 머리칼의 소녀는 눈이 새하얗게 감싸 안은 바위 위에 걸터앉아 있었다. 겉보기에 열서넛 가량 되어 보이는 자그마한 몸은 검은색 두꺼운 모피코트에 푹 파묻힌 채였다. 목 주위에는 여우 털을 두르고 두 손도 두 발도 모두 꽁꽁 감추어, 흰 살결이 드러난 곳이라고는 약간 붉어진 얼굴과 두 귀뿐이었다.
 소녀는 장갑 끝으로 차가워진 귀를 문지르다가 졸린 눈빛을 한 채 앞에 서 있는 젊은 용을 향해 생긋 미소 지었다.
 "안녕, 아들."
 젊은 용은 날개 끝을 약간 움직여 긴 뼈대를 따라 쌓인 눈을 털어냈다. 이대로 훌쩍 날아가 버리고 싶다는 몸짓에 소녀, 솔레다드 산맥의 주인인 붉은 용이 까닥까닥 가까이 오라는 손짓을 하였다.

모친의 부탁은 거부할 수 있어도 속한 마경의 주인의 명령은 뿌리칠 수 없다. 그렇기에 젊은 용은 날아가는 것을 포기하고 인간의 모습으로 화하였다.

"무슨 용건입니까, 솔레다토르."

마경의 주인이면서도 마경이 아닌 인간의 황궁에 머무르는 그녀다. 반면에 이름 없는 용은 주인의 허락을 받지 않고서는 속한 마경을 떠날 수 없었기에 모자지간이라고 해도 두 드래곤이 마주치는 일은 드물었다.

솔레다토르는 자신보다 머리 두 개쯤은 더 큰 남자를 올려다보았다. 황금색 파충류의 눈을 제외하고는 둘의 모습에서 닮은 부분을 찾기란 어려웠다.

"여자아이였으면 좋았을 텐데."

젊은 용은 굳이 대꾸하지 않았다.

마경의 주인인 드래곤은 이종족과의 사이에서만 아이를 낳을 수 있으며, 그 아이는 무조건 이종족의 성별을 따라간다. 그러니 암컷인 솔레다토르가 여자아이를 낳는 것은 처음부터 불가능한 일이었다.

모친은 무반응인 아들의 태도에 실망스러운 표정을 지었다. 재미없다고 투덜거리다가 굽이쳐 흘러내린 붉은 머리카락의 끄트머리를 붙잡고서 손가락으로 배배 꼬았다. 겉만 보면 그 나이에 걸맞은 소녀의 모습이었다.

"나 솔레다토르를 그만두려고 해."

드디어 입 밖으로 나온 용건에 젊은 용의 얼굴 위로 의아함이 떠올랐다.

"이름을 물려주겠다는 겁니까."

"응."

솔레다토르는 가볍게 대답했지만 그 내용은 가벼운 것이 아니었다.

드래곤은 이름을 가진 용과 그러지 못한 용으로 나뉜다. 그리고 이름이 없는 용은, 실상 진정한 드래곤이라 할 수 없었다. 드래곤에게 있어 이름이라 함은 자신이 지배하는 마경이다. 비유하자면 이름 없는 드래곤은 나라를 잃은 왕과 같은 것이었다. 즉, 솔레다토르의 말은 아직 한창 나이의 왕이 아무 권한 없는 아들에게 왕위를 물려주고 자신은 홀몸으로 고국을 떠나겠다는 것과 동일했다.

"아나닙시 사막 쪽으로 갈 생각이야. 아나니토르와는 안면도 있고. 칼라마리 협곡도 괜찮겠지만 지금의 칼라마토르는 성격이 까다롭거든. 뭐, 어디든지."

가느다란 동공을 지닌 눈이 젊은 용을 올려다보았다. 금속성의 눈빛은 차게 메말라 있었다.

"인간이 없거나 적은 곳으로."

"인간을 좋아한다고 생각했습니다만."

"산속에 처박혀 있는 것보다는 재미있으니까. 하지만 슬슬 질릴 때도 되었잖아?"

"이름을 포기할 정도로 질렸다는 겁니까?"

"응."

솔레다토르는 단호하게 대답했다.

"지겨워. 여길 떠나면 한 천 년쯤 잠이나 잘 거야."

긴 속눈썹 아래의 눈이 느리게 깜박였다. 그녀는 벌써부터 졸음이 밀려온다는 표정으로 작게 하품했다.

"그러니까 아들, 네가 이름을 물려받아. 솔레다토르인 채로는 계약 때문에 잠을 잘 수도 떠날 수도 없으니까."

중요한 이야기를 제멋대로 툭툭 던져대는, 마치 겉모습 그대로의 나이인 것처럼 구는 모친을 젊은 용은 묵묵히 쳐다보았다. 어차피 말로 해서 통할 상대도 아니요, 그녀를 거부할 힘을 가진 것 또한 아니다.

가만히 내버려두면 혼자서 떠들어대다가 멋대로 결론짓고 다시 훌쩍 떠나갈 모친이었다.

솔레다토르는 멍하니 서서 자신의 말을 귓등으로 흘려보내고 있는 아들에 눈썹 끝을 바싹 치켜세웠다.

"그 사람도 나도 목석과는 거리가 멀었는데 대체 누굴 닮은 걸까. 넌 왜 이렇게 말이 없어?"

"할 말이 있을 때는 합니다."

"그러니까 내게 할 말이 없다는 거야? 오랜만에 만났는데? 그간 아무 일도, 이야기할 거리가 없었어?"

젊은 용은 잠시 생각에 잠겼다가 고개를 끄덕였다.

몇 년에 한두 번씩 불쑥 나타나는 모친 외에는 대화를 나누고 교류하는 상대가 전혀 없었다. 솔레다드 산맥에 말이 통하는 이 종족이 여럿 살고 있었지만 굳이 먼저 다가갈 마음이 들지 않은 탓이었다.

그러다 보니 일상은 이야깃거리를 찾을 수 없는 단조로움만 반복되었다.

"하긴 나도 어릴 때는 그랬었지."

솔레다토르는 앉아 있던 바위 위에서 톡, 내려섰다. 소복이 쌓인 눈 위로 작은 발자국을 남기면서 몇 발짝 걸어가던 그녀가 빙그르르 자신의 아이를 돌아보았다.

"이름을 물려받는다는 것은, 권리와 책임 또한 함께 가져간다는 뜻이야. 내가 네 아버지와 계약을 했다는 사실은 알고 있지?"

"제 목 조르는 짓이었다고 올 때마다 투덜거리셨습니다만."

"맞아! 그래서 이곳엔 이름 없는 용이 아들 하나뿐이잖니. 괜히 발목 잡힐까 봐 아무도 안 오지!"

붉은 머리 소녀는 화사하게 웃으며 말했다. 이름 없는 드래곤은 속한 마경의 주인에게 복종해야만 한다. 지저분한 계약이 얽힌 이름을 떠넘기려 든다 해도 얌전히 받아들일 수밖에 없는 것이다. 지금의 젊은 용처럼.

"하지만 네겐 나쁜 이야기가 아니라고 생각해. 다른 드래곤에게야 그냥 흔한 인간들 중 일부일 뿐이지만 너에겐 핏줄이잖니. 네 동생의 후손들이니까."

젊은 용은 여전히 긍정도 부정도 하지 않은 채 침묵을 지키고 있었다.

동생이라고 해봐야 얼굴 한 번 못 본 사람이다. 솔레다토르는 처음 낳은 알을 품지 않았고, 방치된 알은 200년에 가까운 시간이 흐른 뒤에야 부화되었다.

드래곤이 아닌 인간으로 태어난 동생은 이미 늙어 죽은 후였다. 그래도 형제라 하니 약간의 호기심은 있었지만 아직 그 이상의 감정은 느껴지지 않았다.

형제의 후손을 들먹거려도 돌아오지 않는 반응에 솔레다토르가 눈 위로 발을 푹푹 굴렸다. 그녀는 드래곤이 아닌 성난 토끼처럼 뛰면서 무심한 아들을 향해 투덜대었다.

"좋다는 거니, 싫다는 거니? 뭐라고 말은 해야지!"

"좋든 싫든 물려줄 거 아닙니까."

"아…… 재미없어라!"

솔레다토르는 다시 자박자박 자신의 아이에게로 걸어갔다. 황금색 눈이 가느다랗게 찢어지며 자신과 같은 눈동자를 올려다보았다.

"네 동생은 이렇지 않았단 말이야. 좀 더 붙임성 있고 애교도 있었고."

"……원하는 게 뭡니까."

왜 자꾸만 엉뚱한 억지를 부리는지 모르겠다. 젊은 용의 말에 그의 모친은 입을 딱 다물었다가 작은 목소리로 중얼중얼했다.

"……미안해서 그러는 거지."

"미안하다고요?"

"왜, 나는 미안해하면 안 되니?"

"미안해할 필요 자체가 없다고 생각합니다만."

어차피 이럴 목적으로 낳은 것이 아니던가. 이제 와서 죄책감에 휩싸이기에는 늦어도 많이 늦었다.

솔레다토르는 자신이 앉아 있던 바위 위로 기어 올라갔다. 그 위에 우뚝 서서야 겨우 아들과 눈높이가 비슷해졌다.

그녀는 손을 뻗어 길게 흘러내린 적갈색 머리카락을 한 움큼 쥐었다.

"너는 아직 어려."

"당신에 비하면 어리겠지요."

"그러니까 도망칠 수밖에 없는 주제에 걱정할 수밖에 없는 거야. 인간들 사이에서 산다는 것은 지금까지와는 전혀 다른 삶이 될 테니까. 여자아이였으면 좀 더 낫겠지만, 그것도 아니니."

드래곤이라 해도 작은 소녀의 모습을 하고 있다면 보호받을 수 있다. 하지만 이런 성인 남자의 모습으로는 불가능하다. 솔레다토르는 붙잡은 머리카락을 당겨, 순순히 끌려오는 뺨에 키스했다. 뺨을 매만지고 다시 이마에 입 맞추었다. 애정보다는 연민이 담긴 키스요, 어루만짐이었다.

"충고컨대 최대한 빨리 벗어나렴."

"당신도 몇백 년이나 붙잡혀 있지 않았습니까."

"나는 이미 질릴 대로 질려버렸으니까. 또다시 사랑하는 게 이렇게 어려울지 몰랐어. 그렇다고 인간 외의 다른 적당한 종족이 있는 것도 아니고. 요 근처에서는 마땅한 상대라고 해봐야 요정뿐인데 요정을 반려로 맞이하는 미친 짓을 할 수는 없잖아?"

"요정족은 안 되는 겁니까?"

"아직 만나본 적 없어? 보면 알게 될 거야. 아무튼 요정 외에는 드레이크나 목령 정도뿐인데, 둘 다 무리고."

솔레다토르는 생글 웃으며 붙잡은 머리카락을 손끝에서 스르륵 흘려보내었다.

"어차피 이름을 받게 되면 후계자를 하나쯤 만들어두어야 하니까. 나는 불가능했지만 너라면 풀려날 수 있을지도 몰라."

무책임한 소리를 던져놓고 솔레다토르는, 아니 이름 없는 드래곤은 훌쩍 도망쳤다.

솔레다토르는 느리게 눈을 떴다. 암적색 두꺼운 비늘로 뒤덮인 거대한 몸뚱이가 지진을 만난 것처럼 한차례 잘게 흔들렸다. 날카로운 송곳니 사이에서 긴 한숨이 흘러나왔다. 옛꿈, 혹은 옛 기억의 여운이 아직 머릿속을 맴돌고 있었다.

길고 긴 시간을 인간사에 얽매여 있는 것은 진저리 나다 못해 끔찍하기까지 하였지만, 짐을 떠넘긴 모친에 대한 감정은 여전히 무덤덤했다. 다만 그녀가 자신이 벗어날 수 있을 것이라고 진심으로 생각했을지는 이따금 궁금해졌다.

'……상처는 거의 회복되었군.'

아직 흉터는 남아 있었지만 파헤쳐졌던 심장은 본래의 모습을 되찾았다. 그는 스스로의 심음에 조용히 귀를 기울였다. 잠에 빠져 있는 동안 멈춘 게 아닌가 싶을 정도로 천천히 박동하던 소리가 이제는 제 속도를 되찾았다. 그렇다 해도 여느 생명체보다는 느긋한 움직임이었다. 두근두근 거대한 몸 전체로 붉은 피를 흘려보내던 소리가 순간, 쿵. 크게 울렸다.

육신은 물론이요 영혼까지 잡아당기는 그 울림에 드래곤의 가느다란 동공이 더욱 날카롭게 수축되었다. 계약의 부름이다. 그간 잠잠하였던 것이 몸이 회복되기가 무섭게 다시 네가 있어야 할 곳으로 돌아가라 소리치기 시작한 것이었다.

'…….'

솔레다토르는 틈 없이 맞물린 이를 더욱 힘주어 다물며 억지로 눈을 감았다. 결국은 끌려가게 될 터였지만, 그래도 조금이나마 더 휴식을 누리고 싶었다. 하지만 얼마 지나지 않아 또 다른 방해꾼이 나타났다. 한 쌍의 발소리가 가볍게 울리며 동굴 안쪽으로 들어온 것이었다.

"오, 정말로 깨어났네?"

"그러게 깨어나셨네?"

목소리만 들어도 상대의 종족이 짐작 갔다.

솔레다토르는 감았던 눈을 다시 뜨며 천천히 머리를 들어 올렸다. 그의 시야 안으로 쌍둥이처럼 비슷하게 생긴 두 명의 요정족이 비추어졌다. 두 요정이 싱글벙글 웃는 낯으로 나름 정중히 인사를 해왔다.

"처음 뵙겠습니다, 솔레다토르~."

"요번 대 시종은 우리랍니다~."

"저는 사지예고요."

"잠깐만, 내가 사지예잖아."

"아냐, 내가 사지예였어."

"내가 사지예였는데?"

"내가 사지예라니까?"

"그럼 난 누군데?"

"그건 네가 알아야지! 난 사지예니까."

"내가 사지예니까 네가 네가 누군지 알아야지!"

"네가 네가 누군지 모르는 누구라니까!"

"네가 네가 누군지 모르는 누구잖아! 나는 네가 누군지 몰라!"

"나도 네가 누군지 몰라!"

"네가 누군지 모르면 누가 누군지 아는데?"

"그걸 네가 알아야 하는데 네가 누군지 모르니까 누군지 모르는 거지!"

[라지예다.]

솔레다토르는 시끄럽게 떠들어대는 요정들을 향해 한숨을 섞어 말했다.

[오른쪽이 사지예 왼쪽은 라지예.]

시종으로 오는 요정은 늘 한 쌍이었고, 늘 같은 이름이었으며, 늘 이름을 두고서 다투었다. 솔레다토르의 말에 두 요정이 서로를 쳐다보았다.

"그럼 네가 라지예네?"

"그럼 네가 라지예네?"

"솔레다토르가 왼쪽이 라지예랬잖아!"

"그러니까 네가 라지예지!"

"왼쪽이야, 왼쪽!"

"그래, 왼쪽!"

"봐, 여기가 왼쪽이잖아."

"아니야, 여기가 왼쪽이지."

"여기가 왼쪽인데? 이쪽 손이 왼손 맞잖아."

"그건 네 왼손이고. 솔레다토르가 왼쪽이랬으니 솔레다토르 기준으로 왼쪽이지!"

"솔레다토르는 솔레다토르 기준 왼쪽이라고 말 안 했는데?"

"솔레다토르가 말했으니까 솔레다토르 기준이지!"

"하지만 솔레다토르가 보고 있는 건 우리니까 우리 기준일 수도 있지!"

또다시 왁자지껄 떠들어대는 요정들을 내려다보며 솔레다토르는 꿈속의 모친의 말을 떠올렸다. 그때는 흘려들었지만 확실히 요정을 짝으로 삼는 드래곤은 없을 법했다. 시종으로 두기에도 충분히 귀가 괴로웠으니. 그래도 정신없는 소음 덕에 울적한 기분이 조금이나마 덜해지기는 하였다.

그러는 사이 또다시 심장 안쪽이 크게 울렸다. 보이지 않는 사슬이 전신을 옥죄며 수호룡으로서 의무를 다할 것을 재촉한다. 이 이상 지체하는 것은 힘들 듯했다. 솔레다토르는 내키지 않는 몸을 일으켜 드래곤의 육신을 인간의 것으로 바꾸었다.

"케이어스는 오지 않은 건가."

"케이어스요?"

"드레이크."

"아아, 그 영감이요?"

"북쪽 봉우리 쪽에 일이 있댔을걸요?"

"무슨 일인지는 기억 안 나지만."

"불러 오라 그래요?"

드레이크는 이름 없는 용의 후손이었다. 드래곤에 비할 바는 못 되었지만 그 다음가는 강력한 마수였기에 드래곤이 자리를 비우거나 잠든 사이 대신 마경을 관리하곤 했다. 솔레다토르는 짧게 고개를 끄덕이며 동굴 입구로 걸어갔다.

"황궁으로 오라 전해라."

"우리는요?"

"우리도 가요?"

요정들이 쫄래쫄래 주인의 뒤를 따르며 물었다.

"네 녀석들은 일단 기다려라. 상황을 살펴야 하니."

잠들어 있던 시간은 결코 짧지 않았다. 정확하게는 알 수 없으나 적어도 100년 가까운 세월이 흘렀음은 짐작할 수 있었다. 동굴 밖으로 걸어 나온 드래곤은 노을이 붉게 진 하늘을 올려다보았다. 그 아래로 끝없이 펼쳐진 산맥은 짙게 푸르렀다.

"여름인가."

"아직 초입이지만요."

"머잖아 곧 더워질걸요?"

솔레다토르는 오랜만의 하늘이 검게 물들 때까지 기다렸다가 제국의 수도를 향해 날아올랐다.

야음을 틈타 조용히 내려앉은 금지된 숲은 예전과 변함없어 보였다. 커다란 호수도 우거진 나무도 여전히 사람의 손길이 닿지 않은 그대로였다. 수호룡이 사라진 뒤에도 금기를 유지해온 모양이었다.

솔레다토르는 내키지 않는 한숨을 흘리며 인간의 모습으로 변화했다.

등을 넘어 바닥에 닿으리만치 길게 늘어진 머리카락이 거슬렸지만, 날이 있는 쇠붙이는 지니고 있지 않아 잘라낼 수 없었다. 그는 고개를 들어 황궁 중앙 쪽 본궁이 있는 방향을 바라보았다. 거리는 멀었지만 계약으로 인해 현 황제의 기척을 느낄 수 있었다.

'변한 게 없군.'

숲만이 아니라 본궁의 위치 또한 그대로였다. 제법 긴 시간이 흘렀건만 황가는 한결같이 유지되고 있는 것이다. 하기야 그사이 몰락해버렸다면 수호룡을 속박하는 계약 또한 사라지고 없었을 것이다.

그랬더라면 좋았을 터인데.

솔레다토르는 아쉬움을 감추며 황제가 있는 곳을 향해 발걸음을 옮겼다. 어쩔 수 없이 가기는 가겠다만 이번에는 최대한 황실과 궁정 사에 관여하지 않을 작정이었다. 물론 황제나 직계 황족들이 수호룡으로서의 약점을 잡고 억지 요구를 해온다면 거절키 어렵다. 그저 현 황제가 말이 잘 통하는 인간이길 무력하게 바라볼 따름이었다.

그가 이변을 느낀 것은 본궁의 침전에 들어선 이후였다. 황제와 그 직계가 머무는 곳이니만큼 경비가 삼엄한 것은 당연한 일이었다. 하지만 무장병들 이상으로 배회하고 있어야 할 시중인들의 모습이 눈에 띄지 않았다. 보이는 것은 과도하게 긴장감 어린 얼굴의 병사들뿐, 점잖 빼는 시종이나 치맛자락을 흔들어대는 시녀는 찾아볼 수 없었다.

귀찮게 되었다. 솔레다토르는 미간을 찌푸리며 경비병들의 시선을 피해 황제의 침실로 접근했다. 언뜻 보아도 황제에게 문제가 있음이 분명하였고, 자신은 그 일에 휘말리게 되고 말 터였다. 제 발로 굴러 들어온 강대한 무력을 평상시도 아닌 변고가 생긴 마당에 그냥 손 놓아줄 멍청이가 과연 있을까.

 솔레다토르는 빛이 희미하게 새어 나오는 발코니에 내려섰다. 제법 늦은 시간이었지만 황제는 아직 잠자리에 들지 않은 모양이었다. 그는 싫은 표정을 감추지 않은 채 발코니 문을 열었다. 침실 쪽에서 불안하게 서성이는 발소리가 들려왔다. 잠을 이루지 못한 채 근심에 휘감긴 사람의 기척이었다.

 발소리의 주인은 아직 서른 초중반 정도의 젊은 황제였다. 짧게 자른 금발은 흐트러져 있었고 두 눈은 붉게 충혈된 기가 역력했다. 그가 반쯤 열린 침실 문 앞에 선 불청객을 발견한 것은 침대 주위를 세 바퀴쯤 배회하고 나서였다.

 "누구……!"

 높게 튀어 오르던 목소리가 도중에 끊겼다. 황제는 경악에 찬 얼굴로 낯선 남자를 바라보았다. 그 찌르는 듯한 시선 끝이 멈춘 곳은 가느다란 세로 동공의 황금색 눈이었다. 눈앞에 선 자가 평범한 인간이 아님을 뚜렷하게 나타내고 있는 차가운 금안.

 황제는 한참 만에서야 벼락에라도 맞은 듯 정신을 차리고 입을 열었다.

 "당신, 은……."

속에서 맴도는 말은 혀 위에서 미끄러지기를 반복할 뿐 쉽게 흘러나오지 않았다. 황제는 메마른 입술을 몇 번 달싹거리다가 손으로 이마를 짚었다.

  혹시 간절한 바람이 불러들인 환영인 것은 아닐까. 입 밖으로 내뱉어 말하며 손을 뻗는다면 사라져버리는 것은 아닐까. 황제는 망설임 끝에 석상처럼 우두커니 서 있는 남자를 향해 다가갔다.

  "……솔레다토르, 이십니까?"

  이야기로만 들어온 수호룡. 초대 황후의 이름을 이어받은 그녀의 아들이자 초대 황제의 적장자인 검붉은 드래곤. 분명 오래전 황가를 떠나버린 그 드래곤이 다시금 황제의 눈앞에 나타난 것이다.

  솔레다토르는 가늘게 떨리는 자색 눈을 내려다보다가 짧게 대답했다.

  "그렇다."

  "신이시여!"

  황제는 드래곤의 앞에 무릎 꿇었다. 단순한 기쁨을 넘어선 환희가 그의 가슴을 가득 채웠다. 더는 길이 없어 포기하려는 순간에 나타난 수호룡이라니! 만인지상의 몸이라 하나 무릎을 꿇고 머리를 숙이는 것쯤 아무렇지도 않았다. 어차피 눈앞의 남자는 그의 먼 조상이기도 하였다.

  "다시 돌아오신 것입니까? 황가를 버리신 것이 아니었습니까?"

  "……계약은 아직 끝나지 않았다."

버리고 싶어도 버릴 수가 없다. 황제는 솔레다토르의 목소리에 담긴 쓰디쓴 속내를 미처 눈치채지 못하였다. 스스로의 일만으로도 머릿속이 꽉 차고 넘쳤기 때문이다. 그는 드래곤의 옷자락을 매달리듯 붙잡았다.

"황후를 막아주십시오!"

"……황후를?"

"예! 수호룡이 떠난 후 황가의, 황제의 위엄은 바닥으로 내려앉았습니다. 모든 실세는 중앙귀족과 변경백이 나누어 가져, 황제는 허수아비에 불과합니다. 그것을, 어떻게든 바로잡으려 노력하였으나……."

황제는 침음을 삼켰다. 그의 얼굴 가득 짙은 수심이 내려앉았다.

"송곳니도 발톱도 모조리 뽑힌 처지로서는 허무한 발버둥이었습니다. 그래도 최소한 두 세력의 주축에게 외척의 지위까지는 넘기려 하지 않았으나 황후는 사특한 꾀를 내어 수태하고, 유일한 황자를 살해하려 들고 있습니다!"

현 황후는 변경 무가를 배경으로 두고 있었다. 무가 세력의 전대 수장의 딸로서 황가의 힘을 키우고자 한 황제를 꺾고 궁지로 몰아간 주역이기도 하였다.

솔레다토르는 황후의 타도를 부탁해오는 황제를 내려다보다가 조용히 입을 열었다.

"나는 집안싸움에는 관여할 수 없다."

"……예?"

"그 여자는 틀림없는 네 처이며 자식까지 배었다. 그러니 나는 그 여자에게 손을 댈 수가 없다. 황위를 다투는 황족끼리의 아귀다툼에는 간섭하지 못해."

무능력한 황족이 수호룡을 꼬드겨 황위를 차지하는 것을 막기 위한 제약이었다. 솔레다드 산맥의 주인은 분명 황족의 안위를 지켜야만 한다. 그러나 같은 황족이 황족을 해하는 것까지는 참견할 수 없었다.

솔레다토르의 냉정한 말에 황제의 안색이 시퍼렇게 질렸다. 절벽에서 떨어지기 직전 간신히 붙잡은 동아줄이 뚝 끊어져버린 것이다. 드래곤이 도와주지 않는다면 황후를 막을 방도가 없다. 스스로의 목숨이야 건질 수 있겠지만 하나뿐인 소중한 아들의 미래는 맥없이 사라지고 말 것이었다. 그는 부들부들 떨리는 목소리로 소리쳤다.

"방법이, 방법이 없습니까? 황후는 아무래도 좋습니다! 제 아들을, 황자를 지켜주십시오!"

"황후가 직접 황자를 죽이려 든다면 막을 수 없다."

솔레다토르는 짧게 한숨을 내뱉으며 말을 이었다.

"그러나 도망치는 것 정도는 도와줄 수 있겠지."

맞서 싸우는 것이 아닌 피해 달아나는 것이라면 관여할 수 있다. 황제는 도망이라는 말에 표정이 약간 흔들렸으나 이내 고개를 끄덕였다.

"그것만으로도 좋습니다. 부탁드리겠습니다!"

현재의 상황으로는 기약 없는 도피생활이 될 터였지만 그래도 죽는 것보다는 낫다. 살아만 있다면 언젠가 황궁으로 돌아올 수 있으리라는 희망이 남아 있는 것이니. 그러나 솔레다토르의 대답은 여전히 냉정했다.

"멋대로 떠들고 있군."

 황금색 눈동자 위에 얹힌 두 눈썹이 불쾌감을 담아 비뚤어졌다.

"내가 왜 네놈의 어리광을 전부 받아줘야 한단 말이냐."

 지긋지긋했다. 온갖 이유를 들먹이며 매달려오는 인간들의 아우성을 귀가 아프다 못해 썩어가도록 들어왔다. 단순한 부탁을 넘어서 약점을 잡고 이용해 억지 요구를 해오는 짓거리들도 수없이 많이 당했다.

 그러니 이제 충분하다. 솔레다토르는 경멸로 얼어붙은 눈길을 황제에게 던졌다.

"네놈과 황후 사이의 일은 나와는 관계없다."

"하, 하지만! 수호룡은 황가를 지켜야 하지 않습니까!"

"앞서도 말했지만 황족 간의 다툼에는 관여할 수 없다. 즉, 지켜줄 의무도 없다는 뜻이다."

"그런…… 그럴 수가……."

 솔레다토르는 창백한 낯짝을 내려다보았다. 후손이라고 해도 그와는 닮은 구석 하나 없는, 생판 남이라 해도 좋을 정도의 외모였다. 길디긴 시간 동안 섞이고 섞여 용혈의 흔적조차 찾아보기 힘든 인간에게 핏줄의 정 따위 느껴질 리가 없었다. 그러니 단호히 잘라내는 것쯤 어렵지 않은 일이었지만.

"다만, 내가 원하는 바를 들어준다면 도와주겠다."

"뭐, 원하는 것이요? 드래곤께서도 원하는 것이 있습니까?"

물론 보통의 드래곤이라면 인간에게 무언가 바라는 일 따위 없을 것이었다. 솔레다토르는 스스로의 처지에 씁쓸함을 느끼며 대답했다.

"나는 더 이상 황가와 관련되고 싶지 않다. 그러나 계약이 사라지기 전까지는 황궁 내에, 황족의 곁에 머무를 수밖에 없다."

수호룡은 지켜야 할 황가, 황족으로부터 멀리 떨어질 수 없었다. 자신의 영역인 솔레다드 산맥을 방문하는 것조차 황제의 허락을 구한 뒤에야 가능했다. 설사 허락이 있다 해도 오랜 기간 황궁을 떠나 있을 수는 없었다.

"그러니 내가 인간들을 피해 은거할 수 있도록 도와다오. 누구도 찾아오지 않아 쓸데없는 소식이 귀에 들어올 리 없는 장소가 필요하다."

수호의 의무에 얽매였다 해도 지켜야 할 대상의 위험을 까맣게 모른다면, 인식조차 하지 못한 상태라면 억지로 나설 필요 또한 없는 것이다.

"수호룡이 돌아왔다는 사실을 밝히지 않고 황궁 내에 은신처를 마련해다오. 본궁의 지하라면 제약 없이 잠들어 있을 수 있겠지. 은신처를 만든 뒤 내게 그곳에서 잠들어 있어달라 「부탁」해다오."

황제의 청이라면 황족이 직접 찾아와 깨어나기를 요구하기 전까지 조용히 잠들어 있을 수 있었다. 가능하다면 그렇게, 세월의 흐름에 따라 황가가 자연히 몰락하여 계약에서 벗어날 수 있을 때까지 죽은 듯 웅크리고 있고 싶었다.

 드래곤의 요구에 황제는 곤혹한 표정으로 마른침을 삼켰다. 수호룡이 돌아왔다는 사실을 밝힌다면 황가는 다시금 옛날의 위세를 되찾을 것이다. 하지만 자신의 아이는…… 십중팔구 목숨을 잃게 되고 만다. 수호룡의 존재가 드러나기 무섭게 황후는 유일한 황자를 살해할 것이고 드래곤은 그것을 막을 수 없다.

 아들을 버리면 드래곤의 요구를 들어줄 필요가 없고, 황권은 강화될 것이었다. 이제 겨우 아장아장 걸어 다니는 조그만 핏덩이를 버릴 수만 있다면. 황제는 한참 만에야 메말라 붙은 입을 열었다.

 "솔레다토르께서는…… 더는 황가를 지켜주고 싶지 않으신 것입니까."

 "그것이 가능하다면."

 "그렇다면 알겠습니다."

 황제는 바닥에 닿은 무릎을 떼고 자리에서 일어나 섰다. 일그러진 얼굴로 마주 선 남자를 똑바로 바라보았다. 이것은 부탁이 아닌 거래다. 드래곤 상대라 해도 더 이상 굽힐 필요는 없었다.

 "원하시는 대로 해드리겠습니다."

 수호룡에 대한 욕심이 없을 리 만무하였지만, 드래곤을 억지로 묶어두는 것이 반드시 득이 되리란 법 또한 없었다.

오히려 과거의 일이 또다시 반복된다면 그때야말로 황가는 무너지는 것을 넘어서 사라지고 말 것이다. 그러니까.

황제는 변명을 끌어모아 아들을 선택했다.

"수호룡의 귀환을 비밀로 붙인 채 은신처를 마련해드리겠습니다. 그곳에서 잠들어달라는 부탁 또한 해드리지요."

"좋다. 대신 네 아들은……."

"단순한 도피 이상의 것을 바랍니다."

"뭐?"

황제는 딱딱하게 굳은 어조로 말을 이었다.

"황가의 수호룡을 포기하는 대가입니다. 수호룡의 존재를 드러내어 이용한다면 황권 강화는 물론이요 황후의 세력 또한 위축될 것입니다. 그러나 그리하면 드래곤을 억지로 붙잡아둔 것에 대한 위험부담에 더해 제 아이의 살길은 완전히 틀어 막히게 되겠지요."

"……그래서. 원하는 게 뭐냐."

"제 아들을 황제로 만들어주십시오."

황제의 말에 솔레다토르의 미간이 크게 찌푸려졌다.

"욕심이 과하군. 황위 쟁탈전에 엮이는 것은 불가능하다 말했을 텐데."

"직접적으로 관여해달라는 게 아닙니다. 죽은 것으로 꾸며 황궁 밖으로 데리고 나가 적당한 시기가 올 때까지 돌봐주십시오. 돌아올 자리는 제가 어떻게든 마련해놓겠습니다."

"지금 내게 보모 노릇을 하라 이건가."

"나쁜 이야기는 아니라고 생각합니다. 적어도 제 아이를 보호하는 동안에는 황궁을 떠날 수 있지 않습니까?"

"……."

틀린 말은 아니었다. 황제와의 계약을 통해 황자를 보호하는 식이라면 황궁에서 멀어질 수 있었다. 실제로 그런 식으로 출정한 황자나 타국으로 시집가는 황녀를 호위하기도 했다. 애 보기는 내키지 않았지만 황궁을 벗어날 수 있다는 건 솔깃한 이야기다. 게다가 황자라는 것을 숨겨야 하니 거추장스러운 꼬리 없이 홀가분하게 지낼 수 있을 것이다.

솔레다토르는 짧게 고개를 끄덕이며 대답했다.

"확실히 나쁘진 않군. 좋다. 네 아들이 성인이 될 때까지 보호해주지. 다만 황위는 보장 못 한다."

"그렇다면 황위에 오르기 전까지의 안전을 보장해주십시오."

"……끈질기군."

황자를 황제로 만들거나 평생을 보호하라는 소리였다. 인간 상대라면 터무니없는 조건이었지만 솔레다토르는 영원에 가까운 시간을 살아가는 드래곤이다. 길어야 백 년 정도는 참을 만했다.

"알겠다. 받아들이지."

이것이 지긋지긋한 얽매임의 끝이라면 보모 노릇쯤 기꺼이 감수해주겠다. 솔레다토르가 제안을 받아들이자 황제의 얼굴은 안도와 허탈감으로 짙게 얼룩졌다. 그는 순식간에 10년쯤 늙어버린 표정으로 말했다.

"황자는 모친과 함께 에르인궁에 있습니다. 황후의 감시 아래 놓여 있지만 솔레다토르시라면 어렵지 않게 드나들 수 있겠지요."

"언제 데리고 가면 되지?"

"하루의 시간을 주십시오. 단순 실종보다는 사망한 것으로 처리하는 편이 앞일을 위해 유리할 것입니다."

황제의 유일한 후손인 황자가 목숨을 잃게 된다면 황후도 어느 정도 방심을 하게 될 터였다. 그리되면 황제가 자신의 세력을 키울 틈이 생기게 될 가능성도 높아진다. 솔레다토르는 알겠다 대답하곤 몸을 돌렸다.

"내일 새벽이 밝기 전에 에르인궁으로 찾아가겠다."

"이 반지를 가지고 가십시오. 그리고, 부탁드리겠습니다."

황제는 돌아서는 등을 향해 부친으로서 머리를 숙였다.

붉은빛을 띤 어두운 갈색 머리카락이 칼날 아래 우수수 떨어져 내렸다.

솔레다토르는 발치에 쌓인 자신의 머리카락을 무심하게 내려다보았으나, 머리카락은 이내 새빨간 불길에 휩싸여 잿가루만 조금 남긴 채 깨끗이 타버렸다.

드래곤인 탓에 잘라내기 전에는 화기에 해를 입지 않았지만 몸에서 떨어지고 나면 평범한 머리카락과 다름이 없었다. 솔레다토르는 어느 불운한 기사로부터 빼앗은 검을 화단 너머로 적당히 던졌다.

주위는 여전히 어두컴컴하고 또 고요했다. 그는 별다른 목적 없이 천천히 걸음을 옮기기 시작했다. 황궁의 건물은 거의 변하지 않았지만 그 속의 인간들은 모두 뒤바뀐 후일 것이었다. 적어도 자신이 기억하고 있는 얼굴들은 남아 있지 않을 터였다.

어차피, 흐릿하니 잘 떠오르지도 않았지만.

'……인간 어린애라.'

그러고 보니 황자에 대한 것은 거처 외엔 아무것도 듣질 못했다. 나이도 외모도 이름도. 젊은 황제였으니 그 아들은 많아야 열 살 안팎이겠지. 어린애를 접해보지 않은 것은 아니지만 곁에 둔 적은 없었다. 아무튼 어린 것은 인간이든 짐승이든 귀찮은 상대였으니.

섣부른 계약을 해버린 게 아닌가 하는 생각이 순간 들었지만, 귀찮은 어린애를 떠맡는다면 일이 잘못되더라도 최소 100년 가까이 자유로울 수 있는 것이다. 황자를 보호하고 있는 한은 황실에 얽매일 필요가 없으니까. 그렇게 생각하자면 나쁘지 않은 거래였다.

'정 귀찮으면 적당히 떠넘기면 되는 일이고.'

솔레다드 산맥으로 돌아가 요정이나 목령에게 던져주면 안전하게 키워줄 것이었다.

어쨌거나 죽지 않게 지켜만 주면 될 일이 아닌가.

그리 무사히 일이 끝난다면, 지긋지긋한 황가와도 작별이다. 솔레다토르는 어둠 속 총총히 떠올라 있는 불빛들을 바라보다가 눈을 감았다.

진득한 기름 냄새.

약속한 시간, 에르인궁으로 숨어든 솔레다토르는 불쾌한 냄새를 느끼고 눈가를 찌푸렸다. 별궁의 가장 안쪽 건물에서 기름 냄새가 짙게 흘러나오고 있었다. 황제가 말한 사망 처리의 도구는 아마도 화재인 듯했다. 황자와 비슷한 나이의 어린애를 준비해놓고 불을 질러버린다면, 분명 속여 넘기기는 쉬울 것이었다. 하지만 애꿎은 어린아이는 물론이요, 황자 주위에 머무는 사람들도 죽음을 면치 못하게 된다.

목적을 위해 다수의 사람들을 희생시키는 것은 궁정에서는 흔한 일이다. 그렇지만 언제 겪어도 기분 나쁘다는 느낌만은 변하지 않았다.

솔레다토르는 기름 냄새가 가장 진한 곳으로 발걸음을 옮겨 갔다. 십중팔구 그곳이 황자가 머무는 방일 것이었다.

예상대로 늦다 못해 새벽에 가까운 시간임에도 불이 훤히 켜진 침실이 눈에 들어왔다. 잠 못 이루고 서성거리는 인기척 또한 느껴졌다. 솔레다토르는 눈의 색과 모양을 바꾼 뒤 발코니를 통해 안으로 들어갔다.

"아!"

갑자기 나타난 낯선 남자를 보고 수수한 드레스 차림의 여인이 놀라 소리를 내었다. 그 곁에 서 있던 기사가 반사적으로 검을 빼 들다가 멈추었다.

"……혹시."

"황제가 보냈다."

솔레다토르는 짧게 말하며 황제가 준 증표를 던졌다. 기사가 반지를 받아 들어 옆에 선 여인, 후궁이자 황자의 모친인 일데르에게 건네었다.

"확실합니다."

일데르는 떨리는 목소리로 말했다. 황자를 위한 일이라지만 아직 어린 피붙이를 낯모르는 사람의 손에 건네준다는 것은 결코 쉬운 결심이 아니었다. 그녀는 울 것 같은 표정을 억지로 가라앉히며 침대에 잠들어 있던 황자를 안아 들고 나왔다.

"……이 아이입니다."

조그맣다. 황자를 본 첫 감상은 그러했다. 솔레다토르는 제 아비를 닮은 금빛 머리통을 쳐다보며 미간을 좁혔다. 황자는 그의 예상보다 더 작고 어렸다.

"그거 젖은 뗀 건가."

"네. 걸을 수도 있답니다."

작긴 하지만 아주 갓난쟁이는 아닌 모양이었다. 일데르는 새근새근 잠든 자신의 아이를 조심스럽게 눈앞의 남자에게 건네었다. 솔레다토르는 걱정 어린 시선 속에서 약간 어설프게 황자를 안아 들었다.

"저어……."

"뭐지."

일데르는 서늘하게 무심한 눈동자를 마주 바라보다가 무심코 뻗었던 손을 얌전히 모아 내렸다.

"아무것도 아닙니다. 제 아이를 잘 부탁드리겠습니다."

"계약대로 목숨은 확실히 붙여놓겠다."

황제가 비밀로 붙였기에 일데르는 눈앞의 사내가 드래곤이라는 사실을 몰랐다. 하지만 어째서인지 그가 자신의 아이를 확고히 지켜줄 것이라는 믿음이 들었다. 틀림없이 안전할 것이다. 그런 생각이 들자마자, 그녀의 두 눈 가득 참았던 눈물이 넘쳐흘렀다. 울고 있었지만 입가에는 뚜렷한 미소가 어렸다.

"날이 밝기 전에 어서 가세요."

솔레다토르는 울면서 웃는 여자를 한 번 바라본 뒤 몸을 돌렸다. 황자를 안아 든 채 에르인궁을 빠져나가 얼마쯤 걸어가다가 문득 뒤를 돌아보았다. 아직 어두운 하늘 아래 치솟아 오르는 새빨간 불길이 금빛으로 돌아온 두 눈에 비쳤다.

멀리서도 뚜렷이 보일 정도로 거세게 불타오르는 화마 속에, 살아남는 자는 없을 것이다. 솔레다토르는 무심코 품 안의 아이에게 눈길을 주었다. 황자로 태어났다는 이유만으로 어미를 잃고 아비와도 떨어져 살아야 하는 어린애. 지긋지긋한 황가의 일족이라 해도 동정이 아주 들지 않을 수는 없었다. 어쩔 수 없이 물려받게 된 족쇄라는 동류감도 약간 느껴졌다.
　솔레다토르는 짧게 한숨을 내뱉으며 금지된 숲으로 향하였다.

　호수에서 흘러나오는 물기 어린 바람에 황자가 작게 재채기를 했다. 초여름이라곤 해도 해가 뜨기 전의 어두운 공기가 아무래도 차갑게 느껴졌던 모양이었다. 솔레다토르는 품 안에서 꼬물거리다가 눈을 뜨는 어린애를 내려다보았다. 머리색만이 아니라 두 눈도 제 아비를 닮아 짙게 보랏빛을 띠고 있었다. 아직 잠기운이 어린 커다란 눈동자가 자신을 안은 남자를 올려다봐 왔다. 낯선 얼굴을 마주 대하고도 놀라거나 하진 않고 그저 약간 의아해하는 기색이었다.
　'울지는 않는군.'
　솔레다토르는 속으로 중얼거렸다.

어린 인간에 대한 지식은 별로 없었지만 곧잘 울음을 터뜨리곤 한다는 것은 경험으로 알고 있었다. 드래곤에게 자기 자식을 선보이려 드는 자들은 황족부터 귀족까지 꽤 흔했기 때문이다. 그리고 대부분의 열 살 미만 어린아이들은 무거운 분위기에 잔뜩 긴장하고 있다가 시끄럽게 울어대었다.

부모와 동행한 어린애들도 드래곤을 앞에 두면 본능적인 두려움을 느끼곤 하는데 이건 홀로 떨어진 주제에 제법 얌전했다. 어쩌면 희석해질 대로 희석해진 용혈이 이 꼬마에게 의외로 짙게 흐르고 있는 것일지도 몰랐다. 겉으로 보기에는 평범한 인간과 다를 바 없었지만.

"말은 알아들을 수 있는 건가."

"으응."

조그만 머리통이 대답하듯 끄덕거렸다. 하지만 정말로 이해하고 말하는 것인지는 알 수 없었다.

"꼬마 너…… 이름이 뭐지."

"이름?"

"모르는 건가. 어차피 바꿔야 하겠지만."

죽은 척하는 마당이니 원래 이름은 당연히 사용하면 안 된다. 솔레다토르 품에 얌전히 안겨 있던 황자가 돌연 팔다리를 바동거렸다. 내려달라는 듯한 몸짓에 솔레다토르는 어린 황자를 수풀 위에 내려놓았다.

모친의 말대로 혼자서 제법 잘 걸어 다닌다.

무성한 풀잎을 조그만 손으로 뜯어보던 꼬마가 넓게 펼쳐진 호수로 관심을 돌렸다. 어두컴컴한 수면이 희미한 달빛을 반사시키는 모양새가 퍽 마음에 든 모양이었다. 망설이지도 않고 곧장 물을 향해 돌진하려는 꼴을 본 솔레다토르가 발끝으로 황자를 툭 쳐서 넘어뜨렸다.

"쓸데없이 돌아다니지 마."

황자는 앞으로 엎어졌음에도 울지 않고 발딱 일어나 고개를 잔뜩 꺾어 자신보다 한참 큰 남자를 올려다보았다.

"안 돼요?"

"안 돼. 얌전히 있어라."

얌전히 있으라는 말에 아이가 크게 고개를 끄덕였다. 익숙한 일이라는 태도였다.

하기야 황후의 감금이나 다름없는 감시 아래 놓여 있었으니 이런 어린아이에게도 각종 제약이 많았을 것이다. 철모르는 실수 한 번에 목이 달아날 수도 있는 환경이었을 터이니.

황자는 호수로부터 관심을 떼고 솔레다토르의 주위를 아장아장 걸어 다녔다. 보호자의 곁에서 멀어지지 않고 머물도록 교육받은 듯했다. 솔레다토르는 간간히 하늘 쪽을 확인하면서 흙장난을 시작한 어린애를 지켜보았다.

'병아리 같군.'

샛노란 털을 한 조그만 것이 천지 분간도 못한 채 삐악삐악 태평하게 돌아다니고 있었다.

갑자기 바뀐 낯선 환경을 무서워하지도 않고 사라진 모친을 찾지도 않는 꼴이 좀 멍청한 게 아닌가 싶기도 하였다. 겁먹어 시끄럽게 빽빽대는 것보다야 훨씬 나았지만.

그러는 사이 희미하던 달빛이 완전히 자취를 감추었다. 밤하늘 가득 무수히 흩뿌려져 있던 별무리 역시 떠오르는 태양에 밀려 그 빛을 잃어갔다. 날이 밝아오는 것에 솔레다토르는 약간 초조해하며 솔레다드 산맥이 솟은 방향을 바라보았다.

"늦군."

그가 기다리고 있는 것은 다름 아닌 드레이크인 케이어스였다. 날이 완전히 밝기 전에 케이어스가 도착해야 황궁을 떠날 수 있기 때문이었다. 혼자 몸이라면 곧장 원래 모습으로 돌아가 어둠을 틈타 날아가 버리면 그만이지만 지금은 혹이 하나 붙어 있었다. 성인이라면 모를까 말도 제대로 못 하는 어린애를 차디찬 비늘로 감싸 비행한다면, 최소한 감기 정도는 걸리고 말 것이었다. 그러니 남의 눈에 띄지 않고 솔레다드 산맥으로 돌아가려면 케이어스의 도움을 받는 방법뿐이건만 도통 소식이 없었다.

드래곤보다는 작다 해도 드레이크 또한 어지간히 높이 날지 않는 이상 지상에서 쉽게 발견되는 덩치를 지니고 있었다. 그렇다고 어린애를 데리고 고공비행을 할 수는 없으니 이대로라면 하루를 더 황궁에서 보내야만 하는 것이었다. 솔레다토르는 난처한 표정으로 흙장난에 열중인 황자를 내려다보았다.

'……젖은 뗐다고 했었지.'

그렇다면 아무 음식이나 가져다줘도 먹을 수 있는 것일까. 솔레다토르는 손을 뻗어 황자를 덥석 집어 들었다. 꽤 난폭한 취급임에도 어린아이는 몸이 공중에 뜨는 것이 재미있는지 까르르 웃었다.

솔레다토르는 황자를 자신의 눈높이까지 들어 올려 활짝 웃고 있는 입안을 들여다보았다.

"아직 이가 다 나지는 않은 듯한데. 못 먹는 게 있나."

"우웅?"

"……젠장."

물어본 쪽이 바보다. 솔레다토르는 크게 한숨을 내뱉었다. 그가 심란해 하거나 말거나 황자는 팔을 파닥거리며 즐거워했다. 아직은 마냥 해맑게 생글거리고 있었지만 잠에서 깨어난 어린애가 배고파지는 것은 금방이다.

다시 숲을 빠져나가 먹을 거라도 구해 와야 하나 고민하던 그때, 보랏빛으로 옅어지는 하늘을 거대한 무언가가 밤이 되돌아온 듯 새까맣게 뒤덮었다. 해가 완전히 뜨기 전에 케이어스가 도착한 것이었다.

검은 피막이 자아내는 바람이 잔잔하던 수면에 파도를 일으켰다. 돌풍과 함께 튀어 오르는 물방울에 솔레다토르는 손에 달랑 들고 있던 황자를 품속으로 옮겨 보호하듯 안았다. 황자는 자신을 안은 남자의 옷깃을 꽉 붙잡은 채 놀란 눈으로 그림이나 석상으로만 접해왔던 마수를 바라보았다.

"와아…… 드래곤!"

"드레이크다."

"드레이쿠?"

"그래. 드레이크. 드래곤과는 다르다."

"드레이쿠!"

 황자는 조그만 손으로 드레이크를 가리키며 소리쳤다. 그 사이 인간의 모습으로 변한 케이어스가 둘에게 다가왔다. 한쪽뿐인 붉은 눈이 의아함을 띤 채 황자를 바라보았다.

"이건 뭡니까."

"황자다."

"……인간들이 애 보기까지 시키는 겁니까?"

 케이어스가 떨떠름히 말했다. 그는 자신의 주인인 솔레다토르가 인간들에게 얽매여 있는 것을 탐탁해하지 않았다. 자연히 황자를 바라보는 시선 또한 곱지 못했다.

"이걸 보호하고 키워주는 대신 황가와 엮이지 않게끔 도와주기로 황제와 거래했다."

"그렇군요."

"일단 날이 완전히 밝기 전에 마경으로 돌아가자. 이 녀석이 다 자라기 전까지는 황궁을 벗어날 수 있으니."

"그건 반가운 소식이로군요."

 케이어스는 다시 드레이크의 모습으로 돌아갔다. 솔레다토르는 황자를 좀 더 품 안에 파묻히도록 고쳐 안은 뒤 드레이크의 등 위로 올라탔다. 검은 피막의 날개가 활짝 펼쳐지며 거대한 덩치가 이내 창공 위로 훌쩍 날아올랐다.

[설마 손수 키우시지는 않으시겠지요?]

케이어스의 물음에 솔레다토르가 잠깐의 침묵을 두고 대답했다.

"일단 요정족 마을에 갖다놓을 생각이지만……."

[요정에게 맡겼다간 오래 못 살 겁니다.]

"그렇겠지. 목령을 붙여놓아야겠군. 그리고 나도 어느 정도는 곁에 머물러야 할 거다. 이걸 돌보는 조건으로 풀려나는 것이니."

게다가 훗날 황제에게 돌려보내려면 황족으로서 기본적인 교육 정도는 시켜야 할 터인데, 마경에서 그것이 가능한 자는 오랜 기간 황궁에 머물렀던 솔레다토르밖에 없었다.

[그거 이름이 뭡니까.]

"……아직 안 정했지만."

솔레다토르는 다시 졸음이 밀려드는지 꾸벅꾸벅 졸고 있는 어린 황자를 내려다보았다.

"병아리, 아니…… Kardiva…… 이카르."

잠에서 깨어나 계약의 부름에 이끌린 순간을 떠올리며 솔레다토르가 말했다.

"이카르로 하지."

생긴 거나 하는 짓이나 딱 병아리지만 황자에게 그런 이름을 붙일 순 없었다.

게다가 인간 어린애는 금방 커버리지 않던가.

지금이야 조그맣고 귀엽지만 햇병아리로 보이지 않을 때가 순식간에 올 것이다.

솔레다토르는 그렇게 생각하며 아침 햇살을 받아 반짝거리는 금빛 머리칼을 쓰다듬었다.

지은이 후기

 황제 씨의 정체가 드러나며 3권이 끝이 났습니다……라고 해도 내내 알아봐 주세요! 라고 소리친 듯한 정체지만요. 덧붙여서 이카르도요. 반전 같은 건 손톱만큼도 없었다고 합니다.
 어째 주연커플보다 조연커플이 진도를 훨씬 더 빼고 있습니다만 그것도 이제 곧 끝날 예정입니다. 얼결에 떠맡게 된 애 다 키워서 장가도 보내고 나면 황제 씨도 새로운 인생을 찾아야죠. 가령 어린 부인이라거나 어린 부인이라거나 겉으로 보든 속으로 보든 한참 어린 부인이라거나요.
 참고로 황제 씨 엄마와 생쥐는 겉보기로는 동갑으로 설정했답니다. 남자주인공의 로리콤스러움을 조금이나마 덜어주기 위한 장치, 라고 할까요.

하지만 황제 씨는 졸지에 1권에 이어 3권에서까지 어린 소녀와 투샷을 찍게 되고 말았습니다. 저래 보여도 엄마예요. 다정한 엄마와 아들입니다, 아하하하.

그럼 남자 주연과 조연이 쌍으로 거하게 땅 파게 될 4권에서 다시 뵙기를 바라며, 언제나 좋은 하루 되세요~.

2015년 7월

303행성

아드미르의
가시꽃

악녀. 리윤 아드미르.
아드미르 백작 가문의 수치라는 소리를 듣고 자라온 그녀는
뛰어난 부모님은 물론 오라버니와도 비교당하며
스스로 비틀렸다고 여긴다.
본성을 감춘 채 아카데미 생활을 버텨낸 것이 3년.

하지만 결국 리윤은 자신의 성격을 들켜 버리고,
주변은 모두가 예상한 것과는 다른 방향으로 흘러간다.

3

유지공 지음
NOCA 일러스트